الداما

محمد صادق

الطبعة الأولى: يناير 2023

للنشر والتوزيع

186 عمارات امتداد رمسيس 2
مدينة نصر - القاهرة - مصر
هاتف: 20220812006+
rewaq2011@gmail.com
www.alrewaqpublishing.com

تصميم الغلاف: أحمد مراد

الإخراج الفني: ضياء فريد

المراجعة اللغوية: سارة سرحان

الترقيم الدولي: 978-977-824-186-0

رقم الإيداع: 2023/5056

هل تعلم يا عزيزي... أنك لا تعلم شيئًا؟

الداما

رواية

محمد صادق

الرواق للنشر والتوزيع

إلى كل من أراد أن «يبوح»..
وبقي الصمت يسجن داخله الحروف..

5

+18

تحذير Trigger Warning

تحمل هذه الرواية مشاهد مؤذية نفسيًّا لكل من تعرض لعنف جسدي أو جنسي.

مفتتح

قال لي وهو يبتسم ابتسامة أكثر لزوجة من مخاط مريض مصاب بإنفلونزا الخنازير:

- أنا عارف اللي في دماغك ونفسك تسأليه بس خايفة..

ابتسمت وأنا أنظر للمطفأة الممتلئة بأعقاب سجائره المارلبورو، تعانقها أعقاب سجائري الحديثة الـ(هيتس) الفضي.

قلت وأنا أبتسم ابتسامة جانبية:

- ما اعتقدش إنك عارف اللي في دماغي دلوقتي...

كنا في مطعم فاخر من تلك المطاعم التي تطل على النيل، وهناك بار مخصص للخمور، وددت لو طلبت فودكا - مشروبي المفضَّل- كي أتحمل كل هذا الهراء، لكن هذا سيفسد شخصيتي التي أتظاهر بها أمامه، هز رأسه نافيًا وهو يمسك يدي وتتسع ابتسامته، وقال بثقة:

- لأ عارف.. أنت بتفكري أنا ليه اخترتك أنت بالذات عشان أحكيلك وأبقى صريح معاك كده.. صح؟

لا يا عزيزي..

هل أنت مستعد حقًّا لأن تسمع حقيقة ما كان يدور في عقلي؟ متأكد؟

تذكَّر أنني حذرتك!

حسنًا.. حقيقة ما يدور في عقلي هو: هل احمرار جلدي حول حاجباي وفمي من جرَّاء الفتلة ظاهر لك أم أن مساحيق التجميل تؤدي وظيفتها التي خُلِقت من أجلها وتداري ذلك الاحمرار؟ الحذاء الأحمق ذو الكعب يكاد يفرم إصبعي وأريد أن أخلعه الآن.. أيضًا لماذا -دونًا عن كل الأيام- لم أجد إلا تلك الـ(برا) القديمة قليلًا؟ تلك الحديدة البشعة تنغرس في لحمي وتجعلني أريد أن أحركها كل دقيقة.. وبالطبع لا أستطيع أن أفعل ذلك إلا خلسة وأنت تشعل سيجارتك.. وأنت منذ جلستَ تحدِّق بي لأن هناك كتابًا أحمقًا قرأتَه في فن (الشقط) قال لك أن تحدِّق دائمًا فيمن تريد أن (تشقطها)...

أفكر يا عزيزي لماذا بدأت آلام صدري وظهري الآن؟ ما زال هناك أكثر من أسبوع حتى يأتي ميعاد دورتي الشهرية، ولو أتت وشرفتني الآن، فأنا أراقب وأمسح المكان كي أجد الإناث حولي، وأقرر من مِن كل السيدات حولي أستطيع أن أذهب إليها وأهمس في أذنها إذا كانت تملك (pad) معها.. وأدعو الله أن تكون من النوع الذي لا يسبب حساسية شديدة لي.

أفكر أيضًا أن أمي لن تتحمَّل السهر أكثر من ذلك، وابنتي بالتأكيد تبكي وتنتظرني، وأنني لا بد أن أُنهي معك تلك الجلسة في حدود النصف ساعة، من أجل ابنتي في المقام الأول، ومن أجل رائحة أنفاسك المعبقة بالسجائر في المقام الثاني..

كل هذا يدور في عقلي، وليس سؤالك الأبله الذي تقول بكل ثقة إنه كل ما يشغل عقلي الآن...

كم أنت مسكين يا (هشام).

ابتسمت وأنا أنظر له، يعلم الله القوة التي دفعت بها شفتاي لتبتسم تلك الابتسامة الجذابة، الرجل كائن بسيط، ميل خفيف بالرأس مع ابتسامة جانبية، تضييقة خفيفة للعين مع لمسات خفيفة من يدي على شعري وعنقي، وانتهى الأمر. سيظن أنني أسمعه وأنني معجبة بكل حرف من حروفه المعتوهة التي ينتقيها بعناية كي يثير انبهاري.

قلت بابتسامة بريئة وعين أكثر براءة، حاربت نفسي بقوة ألا تظهر على حقيقتها ساخرة:

– أنت إزاي عارف كده؟ بصراحة أنا كنت مش عارفة أسألك السؤال ده إزاي.. حد زيك أكيد عنده بنات كتير قوي حواليه.. إشمعنى أنا؟

انتفخت أوداجه ونظرة انتصار لمعت في عينيه، يحبون من يخبرهم بأنهم على حق، أنهم فهموا ما لم يفهمه أحد.. يقارن نفسه بمن سبقوه ويشعر بأنه «الألفا» الذي عبر أسوارًا لم يعبرها كل من سبقوه.

قال (هشام) بحنان وهو ينظر في عيني مباشرة:

– عشان من ساعة ما شفتك.. حسيت فيك حاجة مختلفة عن كل اللي عرفتهم يا (داما).

ضحكت ضحكة رقيعة عالية في عقلي، ضحكة صوتها عالٍ لدرجة أنني خفت أن يسمعها في عيني، لن أحرجه وأسأله عن ماهية الشيء المختلف، أهو صدري أم مؤخرتي أم صبري على بلاهته طوال الفترة السابقة؟ أزحت يدي بعيدًا عن يده في حركة تلقائية لن يلحظها، ليقول وهو يقترب مني قليلًا:

- يعني إيه (داما) صحيح؟

يا للسؤال المكرر! قلت بابتسامة جذابة وأنا أنظر لعينيه مباشرة،
نظرة أخترق بها كل حوائط دفاعه:

- الملكة في الشطرنج بالإسباني..

عقد حاجبيه قليلًا، ثم قال بحيرة:

- بس الشطرنج مافيهوش ملكة..

ابتسمت، لن أجادله، هززت كتفي بهدوء أنني لا أبالي، ليبتسم
هو وينسى سؤاله المفتعل الذي يؤدي لما كان يريد في الأصل:

- عاوزك تيجي معايا النهارده نكمل سهرتنا في البيت...
تحكيلي موضوع داما ده وتفهميه ليا أكتر..

أخيرًا قالها، صبرت أكثر من أسبوع حتى تخرج تلك الكلمة من
شفتيه، تنفست الصعداء وابتعدت عنه. حانت لحظة الصفر.. عدت
لشخصيتي أخيرًا بعد طول انتظار.. عدت (هيا) الحقيقية وليست
تلك الـ(داما) التي يظنها الأحمق.. ابتسمت مستهزئة وأنا أمد يدي في
حقيبتي وهو يراقبني في تعجب.. أخرجت ورقة منها...

ورقة تركتها لي (رحاب) بنفسها وهي تبكي، بعد أن أخبرتني
قصتها وجعلتني أفعل كل هذا من أجلها..

أخذت نفسًا آخر وقرأت بصوت عالٍ:

- عزيزي (هشام).. أنا (رحاب).. فاكرني؟

انقلبت ملامحه وابتعد بجسده وعقد حاجبيه، لأكمل أنا
وابتسامتي المستهزئة تتسع:

- أنا (رحاب) اللي خلّيتها تجهض ابنها منك عشان «خايف على بيتك وسمعتك».. يا رب تكون مراتك بقت كويسة.. بعد المرض الفظيع اللي قلت إنك مش هتعرف تسيبها بسببه.. وإنك بسبب مرضها بقيت مخلص لها ومش عاوز تكمل خيانتها معايا.. وأنا ساعتها شفت إنك عظيم ودست على قلبي.. وفضلت أتابعك من بعيد.. لا عارفة أحب حد بعدك.. ولا عارفة أنسى الوجع اللي للأسف أنا كنت سبب فيه..

كش جسده كأسد في قفص حديقة الحيوان، تعرَّقَت جبهته وأخذت قدماه تتحركان في توتر، لأكمل أنا قراءة دون أن أبالي:

- أنت أذيتني يا (هشام).. أنت حبيت تضمن سكاتي.. فأذيتني.. وده.. حقي منك.

انتهيت من القراءة.. ونظرت لـ(هشام) الذي بدا أنه يمر بحالة بشعة من التوتر، كل ذلك الأداء للرجل «الألفا» أسقطه، وتحول لقط تقوس ظهره ويريد أن يهس وهو يضرب بيده في عشوائية.. ابتسمت لذلك التشبيه في عقلي وأنا أنظر له كلبؤة منتصرة..

في العالم أجمع يحترمون اللبؤة.. لكن هنا.. جعلونا نعتبر أن اللبؤة سُبَّة لا تغتفر دون أدنى سبب.. سوى أن اللبؤة لها أكثر من شريك جنسي.. رغم أنها -بنت اللبؤة- تنام مع ملك الغابة نفسه.

ولأنها بتلك القوة.. جعل رجالنا العظماء من اسمها سبة حقيرة نخاف أن نقولها.. رغم أن ملك الغابة واثق في نفسه بما يكفي لأن يتركها بحريتها.

لكن رجالنا ليسوا ملوكًا.. هم من القطيع الذي يرغب في اللبؤة فقط..

قال (هشام) في محاولة مضحكة لأن يتظاهر بالقوة، وأنه لا يبالي:

- وهي كده جامدة يعني؟ جابتلي صاحبتها عشان تقرالي جواب؟!

أشار إلى الجواب في استهانة:

- جواب اعدادي ده اللي خدلها حقها؟

هززت رأسي وأنا أبتسم في عتاب كأم محترفة تعرف كي تؤدب ابنها بنظرة «عيب يا ولد»، رفعت إصبعي الذي كنت أريد أن أرفع جاره، وأشرت له أن «لا» في لوم:

- عيب عليك.. ما تستعجلش رزقك..

«إزيك يا (هشام)».

صدر الصوت من خلفي.. أتت دون أن أعطيها الإشارة أن تأتي.. لكني لا ألومها.. فمن منا عندما يعرف كل تلك المعلومات عن زوجه المحترم يستطيع أن يتحكم في تصرفاته..

انتفض (هشام) والتفت لها مذعورًا، حاول أن يقول شيئًا لكن كل ما صدر منه هو همهمات غير مفهومة. تحركت هي بهدوء وجلست إلى جانبي تنظر لزوجها نظرة تقتله مئات المرات، وابتسامة تجعل قنوات إنتاج حيوانته المنوية ينسد...

التفتت إليَّ زوجته وقالت بابتسامة واسعة:

- إزيك..

هززت كتفي بلا مبالاة، أشرت لـ(هشام) الجالس يحدق بنا:

- أنت سمعتي كل حاجة.. ولو لسه مش مصدقة...

فتحت هاتفي وفتحت صفحتي المزيفة على الإنستجرام.. فتحت الرسائل بيني وبينه وأخذت أريها المحادثات والصور العارية التي أرسلها لي.. توقفت عن صورة معينة ونظرت لها بشفقة قائلة وأنا أضم إبهامي على السبابة:

- ليه مكملة؟

هزت كتفيها وقالت ساخرة:

- الحب بقى والبيت وكده.. حمارة...

هززت رأسي في تفهم، ذلك الحب اللعين الذي يجعلنا نرى من العصافير ديناصورات، كانت زوجته تعلم بكل ما سيحدث، لذا قد أخذت وقتها في البكاء والصراخ، والآن هي في الحالة التي يخشاها أي رجل..

عندما تدرك الأنثى قيمتها أمام شيء بلا قيمة..

قال (هشام) في محاولة مستميتة للنجاة:

- إوعي تصدقي ولاد الكلب دول.. البت (رحاب) دي بتحاول تنتقم مني عشان كانت عاوزة مني فلوس و...

أشارت له زوجته أن يصمت، رأيت دمعتها تكاد تخونها خلف وجهها الجامد، لعنة الله على عاطفتنا، حتى ونحن ندرك حقارة من أمامنا، نشفق على أنفسنا من غبائنا فنبكي.. خبطت بيدي على المنضدة ونهضت.. نظرت لـ(هشام).. قلت بابتسامة قاسية:

- آخر مرة تتعرض لرحاب.. آخر مرة تتعرض لأي بنت على وجه الأرض.. حتى لو مراتك سامحتك عشان بيتها.. حق (رحاب) رجعلها إن النهارده أنت بقيت مفضوح.. وأقسم بالله.. لو كملت.. لو حاولت تئذيني أو تئذي أي واحدة تانية.. حياتك كلها هاتتفضح في كل حتة..

قلتها وانصرفت بخطوات سريعة..

ولأول مرة منذ تلك الجلسة اللعينة، عدلت من وضع (البرا) لأشعر براحة حقيقية.. ورفعت رأسي وأنا أكمل سيري.

1

هل تعلم يا عزيزي أن واحدة من كل ثلاث فتيات تعرفهن.. هناك رجل من نوعك تعرض لهن سواء بالضرب أو التحرش؟

لو لديك أم وأختان، أو أب لاثنتين، فأنت سعيد الحظ.. لو لم تكن أنت من تؤذيهن جسديًا.. فاترك كل ما في يديك واذهب احتضن تلك الواحدة التي صمتت..

◎ ◎ ◎

«بلغني أيها الكائن البشري ذو العضو الذكري..

أنك -يا عزيزي- ما زلت تعترض على أسلوب ندائي لك..

كنت أظنك اعتدتَ -بعد مرور سنة- على تلك التحية مني.. ظللت قرونًا من الزمن تستمتع بكلمة «بلغني أيها الملك السعيد ذو الرأي الرشيد» التي قالتها شهرزاد في أعظم قصص الأدب العربي.. ترضي غرورك وترغب في سماعها.. كل ما فعلته أنني غيرتها قليلًا لتصبح أكثر واقعية لما يناسب حياتنا في عام 2023...

لماذا يخدش رجولتك ويثيرك أنني (داما) أطلق عليك «الكائن البشري ذا العضو الذكري»؟ كلنا بشر.. أنا أمتلك من الفتحات ما جعل حياتي جحيمًا.. وأنت تملك ذلك العضو الذي جعل حياتك مأساوية..

فلماذا تشعر بالإهانة؟

كم مرة رأيت فتاة وأطلقت عليها ذات الصدر الكبير؟ أو ذات المؤخرة الجذابة؟ صاحبة المنحنيات الخطيرة؟ كل تلك الألقاب العظيمة سمعتها تقال في شخصي المتواضع.. وبالتأكيد استخدمتها أنت يومًا ما.

كل ما يثير حفيظتك -إن كانت هي حقًّا ما يثار فقط- أنني أنثى.. وأطلق عليك هذا اللقب.. وكبرياؤك العظيم لا يحتمل...

وأنا لا أهتم لكبريائك.. ولأصدقك القول.. لا أهتم بك أنت شخصيًّا.. لأنني أعلم أن أصحاب تلك التعليقات، سيصبحون يومًا ما.. ضحية لي على تلك الصفحة.

أخبرتك بأنني سأحكي لك عن انتصاري العظيم.. اليوم تم أخذ حق (ر) من (ه).. (ه) مهندس كبير متزوج وناجح ولديه ولدان ندعو الله أن تزرع أمهما المحترمة فيهما ما لن يزرعه أبوهما أبدًا.. تعرف على (ر) الفتاة العشرينية.. وتحت اسم الحب والعاطفة.. مارس الجنس معها وجعلها تجهض الطفل في شهره الثاني.. ثم فصلها من عملها وقال إن سبب الرفد هو السلوكيات الجنسية مع موظفي الشركة كلهم.. وأنه يريد أن يحافظ على القيم الحميدة في الشركة..

فترك (ر) وحيدة، بلا عمل، ولا مستقبل.. وعاش سعيدًا مع زوجته وعشيقاته.. وعاشت (ر) بسر دفين.. بلا أمل في الحب ولا نفسية تتحمل أن تثق في مخلوق آخر.

أعلم أن الأفلام والمسلسلات جعلا تلك القصة تمر عليك مرور الكرام.. لن يعرف ألمها إلا من عاشها حقًّا.. وأعلم أيضًا نوع البشر

الذي سيمتعض ويقول: «هي من وضعت نفسها في هذا الموقف».. «هذا هو اختيارها».. أعرفهم وأعرف أن معظمهم ارتكبوا جرائم أبشع من تلك التي يدينون بها الآخرين..

وهم أقول ببساطة، أنا لا أقول إنها لم تخطئ.. لكني أريد العدل في الخطأ.. العدل في العقاب قبل الثواب.. العدل في الحكم على البشر.. ألا تعيش (ر) في مأساة وسجن من الخوف، ليعيش (ه) سعيدًا والكل يبرر له بأن هذه هي طبيعته وكل الرجال تفعل هذا..

أتدري لماذا يبررون لك يا عزيزي؟

لأنك -يا مسكين- ذو عضو ذكري لا تستطيع التحكم فيه..

ألقاكم في انتصار جديد..

#انتصار_جديد #دعونا_نتكلم

***

ضغطت زر نشر وأنا أتثاءب في صالة منزلي.. كتبت المنشور وقلت ما في داخلي.. ألقيت الهاتف جانبًا وقد بدأ يصدر أصوات الإشعارات المتتالية.. الجميع يريد أن يطلق أقذع السباب كما اعتادوا.. كي يرد عليهم مؤيديني.. ويُثار جدل بلا داعٍ.. على صفحة عمرها سنة واحدة.. اسمها «عزيزي» وتنتقم من الرجال..

نهضت وأنا أذهب لغرفتي الحبيبة بعد يوم مرهق.. انتزعت الفستان وأغمضت عيني وأنا أنتزع تلك الصديرية اللعينة وحديدتها الألعن.. لا يوجد أعظم من ذلك الإحساس في يومي كله.. لحظة تحرر النهد من سجنه الأبدي الذي خلق ليمنعه من الاهتزاز..

لا بد أن أبحث عن الهدف الرئيسي الذي جعل كل من يدَّعون الأخلاق يكرهون اهتزازنا في العموم..

يكرهون رقصنا.. اهتزاز مؤخراتنا.. اهتزاز ثديينا.. أي شيء يتعلق بالاهتزاز يثير حفيظتهم بشدة.. والأسوأ أنهم جعلونا نكره اهتزازنا شخصيًّا.. رغم أنها طبيعة أجسادنا.. لكنهم جعلونا نخجل منها ونتحفظ منها ونحاكم من تهتز..

وقفت أمام غرفة ابنتي ونظرت إلى جسدها النائم.. لم أستطع أن أمنع نفسي من الابتسام..

اقتربت منها ووقفت أتأملها.. ابنتي الملاك النائم في العاشرة من عمرها.. ابنتي التي ورثت ملامح طليقي أكثر مما ورثت ملامحي.. قال طليقي مرة إنه يعذبني حتى بعد رحيله.. وترك نسخة منه في بيتي وأمام عيني كل يوم.. تذكرني بكل ما فعله..

لكن ذلك الأبله لا يعرف أن ابنتي ورثت ملامحه عندما كان يحب.. ويحن.. ويعشق..

وأنا أحببت ملامحه في الماضي عندما كان بنفس ملائكية ابنتي.. لم تكن المشكلة في ملامحه أبدًا.. كانت في كل شيء آخر..

ملت على الفراش وقبلت رأسها.. دعوت الله ألا تستقيظ.. ذهبت لغرفتي وأنا أخلع كولوني الـ«فوال» الأسود وأتركه على الأرض.. وألقيت بجسدي على الفراش.

تذكرت ملامح (هشام) الخائفة، بكاء (رحاب) الفرح عندما شعرت بأن هناك جزءًا من الظلم الذي تعرضت له عاد لصاحبه، وأغمضت عيني في راحة، وغلبني الإرهاق.

ونمت..

مبتسمة في سلام حقيقي..

***

ليوقظني الهاتف بعدها بدقائق..

سمعت صوته في الصالة.. فنهضت في فزع وركضت له قبل
أن تستيقظ أمي.. التقطت الهاتف بسرعة وأنا ألمح الاسم والصورة
ورددت فقط كي أجعل الهاتف يصمت..

«انزلي»..

صوته الحزين جعل قلبي ينفطر.. لكن غباءه استفزني قليلًا، ألا
يدرك هذا الأحمق أنني في هذا العالم الشرقي الكارتوني «مطلقة»؟ أنا
المصاصة المكشوفة التي تركها طفل بعد أن فتح «غلافها»؟ طفل لم
تعلِّمه أمه الآداب العامة، فتركني للذباب والنمل الصراصير؟ رغم
ضيقي شرد عقلي في خاطرة مفاجئة كعادتي.. لماذا لا يتضايق الذكر
لأنه في كل الأمثلة يشبهونه بذباب ونمل وكل الكائنات المقززة
غير العاقلة؟ ولماذا أيضًا يشبهوننا بأننا «جماد يؤكل».. قطعة حلوى
وبطيخة وكل تلك التشبيهات العقيمة..

هل وصل جبروت التبرير لدرجة أن ألغى وجود «عقل» في كل
المعادلات؟

«(هيا)...»

19

لمت عقلي اللعين على الشرود والخواطر المفاجئة، قلت بنبرة لائمة:

- الساعة 12 بالليل يا (حسام).. من إمتى وأنت بتيجي تحت بيتي من غير إذن؟

قال بصوت عالٍ قليلًا سمعته من النافذة قبل أن يصل في السماعات:

- (هيا) أنا مش مستحمل.. انزلي ومش هعمل أي حاجة تضايقك..

نظرت لغرفة أمي، قبل أن أقول في استسلام:

- ماشي.. استنَّاني عند بنزينة موبيل.. هجيلك.

قال بنبرة تجعل الأم داخلي تريد أن تحتضنه:

- حاضر.. ما تتأخَّريش..

أغلقت المكالمة، نفخت في ضيق، اتجهت للباب ثم تذكرت أنني ما زلت عارية إلا من «الكيلوت» ذي الدببة الحمراء، فذهبت إلى غرفتي مسرعة..

***

نظرت لـ(حسام) الذي جلس أمامي ينظر لي بعين حزينة.. وتردد فيما يريد أن يقول..

هذه المرة لم أرتدِ أي شيء غير مريح، عقدت شعري في وضع «الكحكة»، أو ما نطلق عليه «الوضعية الجادة».. نعقد شعرنا بتلك الطريقة عندما لا نريد لخصلات شعرنا أن تتدخل بأي شكل من

الأشكال.. عندما نتشاجر أو نركز في بداية العمل، أو نغير حفاضات أطفالنا..

طوال عمري لا أجيد صداقة الفتيات، منذ كنت صغيرة وأنا أميل لصداقة الأولاد أكثر.. كنت الأخت الصغرى لأخ لا يعلم عن المزاح إلا أنه مباراة مصارعة حرة.. فكبرت على خشونة في ألفاظي وطريقة مزاح سافل مع صراحة قاتلة، جعلت رفقتي للفتيات مدَّعيات المثالية غير محببة لي ولهن...

ما زلت أتذكر عندما ركض أخي فجأة وأمسك رقبتي ليهبط بي أرضًا كما رأى الـ(undertaker) يفعل في التلفاز.. طقطق ظهري يومها وسقطت على مؤخرتي، لم أبارح السرير لمدة يومين.. لتبتسم أمي لي وأنا في الفراش وتقول بفخر:

- أخوكِ بيهزر معاكِ.. الولاد هزارهم عنيف كده عشان يعرفوا يدافعوا عننا لما يكبروا.

ومنذ ذلك اليوم تسلَّحتُ بقوة الدفاع عن النفس، شاهدت كل أفلام (جاكي شان) وتمرَّنتُ جيدًا، وكان (جاكي شان) سريع الحركة مرنًا وليس مثل أبطال المصارعات الحرة يفعلون كل حركة في دقيقة، وأتى اليوم المنشود.. شاهد (هاني) أخي مباراة المصارعة.. واقترب مني راكضًا لينفذ الحركة عليَّ كالمعتاد.. لأنحني فجأة وألكمه في معدته، ثم في حركة سريعة أركله بين قدميه كما شاهدت حبيبي (جاكي) يفعل.

لتنقلب الدنيا بحالها وماλها..

ازرقَّ وجهه وأصدر صوتًا كصرير باب لم يتم تزييته جيدًا،
وانحنى وهو لا يستطيع أن يأخذ نفسه.. أعتقد أني كنت في العاشرة
من العمر.. صوته جعل أمي تركض مسرعة وتقف لتنظر لنا في
ذهول، وسألتني:

– عملتي إيه؟

ضحكت ببراءة وبانتصار وأنا أشير لأخي الذي يتلوى على
الأرض:

– بهزَّر معاه..

وثنيتُ ذراعي لتظهر عضلة أصغر من لِوَزي، وأنا أقول بفخر:

– هاعرف أدافع عنكم..

لتصفعني أمي صفعة لم أنسها عمري كله مع كلمة لم أفهم سببها:
«أنت قليلة الأدب»..

ولأعرف لأول مرة أن هناك شيئًا ما مختلفًا، وغير عادل، في نوع
«الهزار» المتاح..

لماذا تذكرت كل هذا؟ هل لأن وجه (حسام) الآن يبدو كوجه
أخي عندما ضربته بين قدميه؟ لا أدري..

قلت بنفاد صبر وأنا أحاول ألا أجرح مشاعره:

– إحنا بقالنا ربع ساعة يا (حسام) وأنت ما قولتش حاجة.. لو
أمي صحيت وما لاقتنيش في البيت احتمال تولع في البنزينة..

قال بهدوء وابتسامة آملة:

– أنت نزلتي ليه لو مش مهتمة..

أمسكت الكيس الأبيض ورفعته مبتسمة بخجل، كنت أرغب في شراء سجائري الـ(هيبتس)، تنحنح لحظات في إحباط، وقال فجأة كأنما يريد أن يبصق الكلام قبل أن يتردد:

- إحنا كبار.. إحنا 33 سنة.. يعني المفروض نتعامل بطريقة ناضجة صح؟

ابتسمت ساخرة، وددت لو أخبرته أنني حتى الآن لا أدري ماذا أفعل في أي شيء في الحياة، لكنني لم أرد أن أقطع جرأته فتركته يكمل:

- أنا عاوز أعرف أنت مش راضية تديني فرصة ليه؟ عاوز أعرف هتلاقي حد يحبك قدي فين؟

كان (حسام) هو الصديق الذي أَحَبَّ...

الصديق الطيب، والرجل المتملِّك الجميل الذي لا يعرف بعد أنه يريد أن يتملَّك.. أعرفه من قبل طلاقي بسنوات.. كان زميلي في العمل وأصبحنا صديقين بسهولة.. ليأتي بعد الطلاق بثلاثة أشهر -لأنه أصيل- ويعترف لي بحبه..

لدينا حاسة سادسة بها رادار انتقائي لا يتخيله أي رجل.. منذ النظرة الأولى له نعرف أين سنضعه على الفور.. رادار انتقائي يضع كل رجل في خانته بمنتهى السرعة والإحكام: الأخ والصديق والزوج المحتمل بإمكانياته المادية والحبيب المحتمل وذلك الشقي الذي سيعذبنا..

وعادة ننجذب للشقي الذي سيعذبنا لنستفز الحبيب المحتمل بامتلاكنا، وعادة نخطئ التصويب فنستفز الأخ والصديق ليأتيا لينقذانا من الشقي.. ويذهب الحبيب الجاد ليخطب (إسراء) ابنة

خالته أو زميلته في المكتب، أو الأكثر انفتاحًا وجرأة.. المهم أن اسمها (إسراء) ولا بد أن تكون أفضل منا في تفصيلة ما.. فنكرهها.

قصة قصيرة حزينة..

تكلم (حسام) كثيرًا وأنا أنظر له، لا يدور في خاطري إلا شيء واحد.. كيف أقول «لا» دون أن أجرحه ودون أن يكرهني.. (حسام) لا يعرف شيئًا عن شخصيتي الأخرى.. لا يرى إلا تلك الفتاة التي تمزح بجرأة قليلًا وتمتلك من (الجدعنة) ما لا يمتلكه معظم أصدقائه.. يرى فيَّ تلك الضعيفة التي تبحث عن راعٍ وتداري ضعفها في قوة ظاهرية..

(حسام) هو الصديق الذي أحب رغم أنه لا يفهم أكثر من ربع شخصيتي..

كان يتكلم عن حبه لي، وعن أنه يعرف أن كل ما تركه طليقي داخلي من آلام يجعلني مترددة، كالمعتاد من الرجل.. «يخبرني بما أشعر به».. ولا يترك لي حرية أن أكتشفه بنفسي.. ولو ذهبت في رحلتي واكتشفت حقيقة ما أشعر به.. يبتسم كمن ينظر لطفلة ويخبرني أن كل ما اكتشفته خطأ.. وأنه هو الذي يعرف حقيقة ما بداخلي..

عندما يفعل أي رجل ذلك.. أشعر بنفس إحساسي وأخي يمسكني من عنقي ويلقيني أرضًا على مؤخرتي..

دوَّت في عقلي أغنية ماجدة الرومي «كن صديقي.. ليس في الأمر انتقاص للرجولة».. أمسكت يده أوقفه عن الكلام وابتسمت من قلبي له:

24

– (حسام).. إحنا عشرة عمر وصحاب.. وأنا مش قادرة
أحب وأتحب.. مش قادرة أدِّي أي حاجة لحد.. هتقدر تفهم
ده وترجع (حسُّومي) صاحبي وضهري وشقيقي.. ولا
تحب تاخد وقتك لحد ما تعرف تفهم اللي جواك وإنك مش
بتحبني؟

قال بانفعال وإصرار كأن إصراره سيجعلني أنهار باكية من
العاطفة:

– بس أنا بحبك بجد.. مش عاوزك حتى تحبيني.. عاوز تدِّيني
فرصة أعوضك عن كل اللي حصلِّك.. تسيبيني أحبك ومش
عاوز مقابل..

ابتسمت بحزن حقيقي، أكره عندما يجعل الحب قلوبنا تغلب
منطقية عقولنا.. لا يا عزيزي.. لا يوجد رجل لا يريد مقابلًا.. بل
والأسوأ أنه لا يوجد بشر سواء ذكر أو أنثى لا يريد مقابلًا.. رأيت
مشاهد سريعة للمستقبل الذي يطلبه.. شاهدته وهو يعطيني كل
شيء في البداية.. رأيت إحباط عينيه وهو لا يجد محبة ومقابلًا شعوريًّا
لما يفعله.. رأيت غضبه واكتئابه وصراخه في وجهي بأنني جماد لا
أشعر.. رأيته يأخذ حقيبته وهو ينصرف كارهًا اليوم الذي أحبني فيه..
رأيت كل ذلك في ثوانٍ، ومنعتُ دمعة عيني بصعوبة.. أحيانًا
عناد الرجال هو أكثر ما يقتلهم..

قال بانفعال لم أره فيه من قبل:

– وطول الفترة اللي فاتت كنتِ بتدِّيني إشارات كتير بتحسسني إنك بتحبيني... كل ده كنتِ بتضحكي عليا ومبسوطة بجدعنتي يعني؟

لا يا (حسام)، هذا ما أراد عقلك أن يراه، يفسر كل ضحكة ونظرة مني كما يشاء، حقيقة الأمر أني كنت أظنك شهمًا معي لأنك شهم، لا لأنك تريد مقابلًا ما من الشعور المتبادل..

وكالمعتاد.. كنت مخطئة في ظني أن هناك رجلًا يعطي شيئًا بلا مقابل..

ربتُّ على يديه في حزن أودِّع صديقًا سأفتقده.. وقلت بصوت مبحوح:

– يبقى خد وقتك يا حسام...

ونهضت دون استئذان.. أعلم أن نظراته الحزينة تتابعني.

أنا منتهية الصلاحية يا صديقي.

أنا تاريخ إنتاجي كان يوم ميلادي، ولم يخبرني أحد بأنني صالحة للاستخدام الآدمي لمدة ثلاثين عامًا فقط.. توقعت أن أظل صالحة أكثر من هذا.. لكني لم أقرأ التحذير..

«لا بد أن تُترك في مناخ طبيعي غير ضاغط ولا يقتل الروح.. وتُحفظ بعيدًا عن الرجال وأحكام مجتمع قاسٍ لا يرحم».

سرت لمنزلي وحيدة.. وقد فقدتُ صديقًا اختار قلبه أن ينقذني.. فقتلني بمرارة فقدان لم أكن أريد أن أشعر بها الآن..

2

هل تعلم يا عزيزي.. أن هناك أكثر من 150 مليون فتاة تتعرض للاغتصاب أو تتعرض للعنف الجنسي سنويًّا في العالم؟

وحسب تلك الإحصائية العالمية.. معظم مرتكبي تلك الجريمة البشعة من دوائر عائلاتهم القريبة أو البعيدة؟

أعلم أنه ليس ذنبك على الإطلاق.. ولا أحملك المسؤولية..

كل ما أطلبه منك أننا عندما نصرخ.. تخرس تمامًا وتنصت إلينا..

◎◎◎

قلَّبتُ كوب النسكافيه في تكاسل وأنا أنظر للساعة..

مر يومان من الاكتئاب الطبيعي الذي يصيبيني عندما أفقد عزيزًا..

لا أدري بالضبط ما الذي يتغير عندما يختفي من حياتي شخص ما كنت أعتمد على وجوده.. العقل والواقع يخبرانني بأن الحياة ستستمر.. لكن هناك فراغًا في الروح ورتابة في الوقت تظهر فجأة..

لكني بنيتُ لنفسي قاعدة أراحتني كثيرًا مع كل الراحلين.. وداع من اختاروا الرحيل كوداع من يموت.. ثلاثة أيام من العزاء ثم نترحم عليهم وتسير حياتنا.. لذلك عندما يتركني شخص أحزن عليه ثلاثة أيام كاملة.. وأنساه تمامًا بعدها..

حاولت الانشغال بحياتي الروتينية.. مدرسة (كاميليا) ابنتي وتدريب التنس الذي بدأت هي تتفوق فيه.. التركيز على صفحة «عزيزي» التي لا يعرف أحد على وجه الأرض أنني مالكتها.. الهروب من نظرات أمي المتشككة دائمًا.. أنا وأمي بيننا علاقة مريحة مطمئنة.. هي تلوم وأنا أُلام.. هي لا ترضى وأنا لا أهتم.. هي توجه وأنا لا أسمع.. في البداية كنت أقنع نفسي بأنها تحبني، ثم تيقنت أنها تنتقد لمحبة صافية في الانتقاد.. لا يفلت أي شيء يخصني من الانتقاد اللاذع والتوجيه.. اختياري لملابسي ولعملي ولعلاقاتي وحتى في تربية ابنتي.. كل شيء لا بد من تعليق سخيف يدل على عدم الرضا..

وطبعًا.. كلمتها الشهيرة في كل شجار كبير بيننا.. أنني السبب في طلاقي من (محمد).. لماذا؟ لأنني الأنثى.. لم أصبر.. ولا أرتدي ملابس تجعله يبقى عبدًا للفراش..

لا تغضبيه.. اسمعي كلامه.. البسي ملابس مفتوحة تجعله يرغب بك.. غيري من شكلك.. جددي من الأوضاع.. وإن لم يستطع أداء واجبه ولا يرغب بك؟ احتضنيه واسمعيه.. لا تشعريه بضعفه وأنانيته في الفراش.. احتويه لو عجز.. مثّلي أنك سعيدة.. لا تحدثيه عن مشاكله.. لا تتعبيه بطلبات كثيرة.. أي شيء يريده طاوعيه..

لماذا لم يدرك أحد حتى الآن أن كل الحلول للزوجة في الحفاظ على زوجها هي نفسها قوانين أي بيت دعارة يحترم نفسه؟

لماذا لا يرى هذا التشابه سواي؟

ارتشفت من النسكافيه ورائحته تخترق أنفي توقظ ما تبقى من خمول في عقلي.. اليوم ستذهب (كاميليا) لقضاء اليوم مع والدها،

وهذا هو أكثر يوم مناسب للراحة وللانتقام السري.. ذهبت لغرفة مكتبي في شقتي، وجلست إلى مكتبي الصغير الخشبي الذي كنت أذاكر عليه وقت الثانوية العامة والجامعة. وفتحت الـ(لاب توب) على صفحة «عزيزي».. الجهاز يستخدم (VPN) للدخول للإنترنت حتى لا يستطيع أحد تتبُّعي.. الجهاز لايوجد عليه أي شيء يخص معلوماتي السرية.. أحب ذلك الشعور بالسرية كأني جاسوسة متخفية..

وجدت إشعارات أكثر من المعتاد.. وكلها تخبرني بأن هناك تعليقًا تركته فتاة اسمها (صافي محمود) والاسم مكتوب بالإنجليزية.. ومن الواضح أنه أثار إعجابهم...

فتحت التعليق في فضول، ليظهر لي، ويجعلني أعتدل في فراشي في تركيز.. كان تعليقًا على منشور «(ه) و(ر)».

كتبت (صافي) : «عزيزتي.. لا يعد الانتصار انتصارًا إلا لو كان الطرف الآخر يعرف أنه يحارب.. أي انتصار دون علم الخصم يسمى «خدعة».. ولا يلجأ للخدعة إلا الجبان.. إذا أردت انتصارًا حقيقيًّا.. كوني بالشجاعة الكافية كي تخبري من تواجهينه بأن يستعد للحرب».

وحصلت تلك اللعينة على ألف إعجاب وقلبين وابتسامة وحضن!

استفزَّني التعليق وشعرت بحرارة في منبت رأسي، ودقات قلبي تتسارع في ضيق معلنة الحرب، تلقائيًّا ضغط إصبعي على ملفها الشخصي، ليفتح لي صورة لرجل ينظر لأسفل ويرتدي نظارة شمسية تخفي معظم وجهه، لأدرك أن (صافي) هذا ذكر.. لهذا حصل على

كل تلك الإعجابات.. كتب تعليقًا بالفصحى ليقلدني.. وقال حكمة خاطئة ليصفق له كل من يكرهون ما أفعل..

الحرب في الأساس خدعة يا (صافي)..

عدت لصفحتي ونظرت إلى التعليق.. نادرًا ما أرد على تعليقات الناس.. أحب أن أترك لهم حرية السباب كما يشاءون.. جاء في عقلي مئات الردود السخيفة على تعليقه، أولها سخرية من اسمه وأهله، وآخرها وضعه في مكانه الصحيح عندما أُظهر سطحية جملته..

ظهر إشعار برسالة على الصفحة، لأجد اسمه (صافي) جانبه معلومة أنه قد أرسل رسالة..

عقدت حاجباي، ضغطت على الرسالة، لأجده قد كتب:

- ازيك.. لو عايزة أي مساعدة قولي لي..

ابتسمت في ثقة..

إذا فأنت منهم يا عزيزي (صافي)، أحد الرجال الذين يتحدوني ليحصلوا على انتباهي، بالتالي -بمنطقهم- يحصلون عليَّ فيما بعد، الرجال الذين يظنون أنهم لم يخلق في الحياة من هم أعظم منهم، «الألفا» العنيد.. هدأت دقات قلبي وأنا أكتب بابتسامة ساخرة مستعيدة داخلي شخصية صاحبة صفحة عزيزي:

- أستاذ (صافي)؟ أنت مستنِّيني بقى.. أخبار الفراغ إيه؟

- فراغ؟ حد يعامل جمهوره كده؟ أنا عارف إن كلمة الحق بتزعل بس المفروض نسمع بالعقل مش بالإيجو...

عقدت حاجباي في تعجب.. عادة لا يعترف الرجل الألفا بأنه من «جمهور» شخص ما، بل إن الحركة المعتادة هي أن يقلل من شأن

الأنثى أمامه سواء في شكلها أو اسمها أو شخصيتها.. فتشعر الأنثى بأنها تريد أن تثبت له شيئًا ما.. ظهرت علامة أنه يكتب ما أثار تعجبي أكثر.. عادة يقولون كلمات مستفزة وينتظرون الرد.. وقرأت ما كتب:

- واسمي (صَفِيّ) مش (صافي)..

هممت بالرد لكن أوقفت أصابعي قبل أن تلمس لوحة المفاتيح، عادة يتحرك الألفا بحركات أصبحت بالنسبة لي محفوظة، لكن هذا الـ(صفي) يتحرك بحركات عشوائية.. لذلك سأبقيه منتظرًا.. سأفعل معه ما يفعله الألفا معنا.. يتركنا دائمًا في منتصف أي حوار ولا يرد على علامات الاستفهام ليثير مزيدًا من الفضول.. ظهرت علامة أنه يكتب فارتفع حاجباي في دهشة حقيقية.. وظهرت رسالته:

- أنا فعلًا بعرض مساعدتي.. أنت شايلة شيلة كبيرة وما اعرفش إذا كنت لوحدك ولا لأ.. بس أحب أساعد بلا مقابل.. أنا ملاحظ إن بوستاتك قلت شوية وبقيتي بتكتبيها من غير نفس.. لو عايزة دم جديد ودماغ جديدة أنا معاك..

إذن فأنت من النوع «المنقذ» يا (صفي).. الرجل المتأهب دائمًا للمساعدة.. الذي يظن أن أي أنثى تتحدث عن نفسها تخفي وراءها قصة ما.. ابتسمت في إحباط.. كنت قد تحمست لصيد ألفا جديد.. لكنه مجرد منقذ «يرى في داخل عيني حزن»..

قليل من الكتابة، ثم ظهرت رسالته التي جعلتني أعقد حاجباي:

- ولأ.. مش منقذ.. فعلًا عاوز أساعد..

شعرت بقلق لا أدري مصدره، أغلقت المحادثة والـ(FACEBOOK) كله، وظللت أحدق في حاسوبي دون أن

أدري ماذا ضايقني.. أكره من يعرف ما أفكر فيه.. نظرت لساعتي وزفرت في ملل.. ثم التفت للوحة كبيرة جانب المكتب..

لوحة فيها إنجازاتي كلها..

نظرت للرقم وابتسمت.. 25 فتاة تم أخذ حقهن من رجال ظلموهن.. بالقلم الأسود على اللوحة البيضاء رسمت خطًّا على كلمة «25- حق رحاب من هشام»... ونظرت للرقم الذي يليه..

26- «حق منى من محمد»..

تأخرت عن ميعاد الانتقام الجديد من ضحية جديدة..

***

في أقل من الساعة والنصف كنت قد انتهيت من التجهيزات.. وهو رقم قياسي جديد.. في المعتاد الاختيار المناسب للملابس المدروسة لإثارة إعجاب الضحية الجديدة يأخذ وقتًا ليس بالقليل..

ركبت عربتي وبدأت الطريق..

أتى إشعار من «الواتساب» لأجد اسم طليقي المصون، فتحت الرسالة التي بدأت منذ سبع سنوات بكلمات مشتعلة مثل «مش مصدق فرحتي» و«بحبك»، وتكفَّل الزمن بإطفاء شعلتها مرورًا بـ«هات عصير وأنت جي»... لـ«أنا مش قادرة أكمل»... وانتهت الآن بتلك الرسالة المقيتة..

«كاميليا مبسوطة مع دنيا أوي.. أستأذنك هرجَّعها متأخر شوية النهارده».

ابتلعت ريقي وشعرت بشيء يعتصر قلبي.. (دنيا) هي زوجته التي أتت لتصالحه على الدنيا بعد ارتباطه بشخصية مثلي.. تذكرت عندما أتى ليخبرني بأنه سيخطب فتاة يحبها، لأبتسم وأقول ساخرة: «من؟ (إسراء)؟».. لكنه لم يفهم الدعابة.. باركت له وقلت ألا ينسى ابنته التي تحبه.. ليخبرني بسماجته بأن أي ابنة تسعد بوجود أُمَّيْن بدلًا من أم واحدة.. أردتُ ضربه على رأسه لحظتها لأن الأم من الكلمات في اللغة التي لا تقبل أن تُثنَّى.. لا يوجد سوى أمٍّ واحدة.. لكني ابتلعت ريقي وكلامي وباركت له ثانية..

لم أرد.. كالعادة هو لا يستأذن.. هو يأمرني بصيغة مؤدبة ليس أكثر.. أوصلت هاتفي بـ(كاسيت) العربة.. وجعلته ينطلق بالأغنية الوحيدة التي أسمعها قبل أن أنفذ عمليات انتقامي.. أغنية sia... التي تقول فيها ببساطة: «ما زلت هنا».

I'm fighting a battle
I'm fighting my shadow
Heard fears like they're cattle
I'm fighting a battle, yeah

وشعرتُ بشخصيتي تتغير تدريجيًّا إلى (داما) صاحبة صفحة عزيزي.. وبدأت أغني وأنا أزيد من سرعة العربة.. وأصرخ مع sia بأكثر ما فيَّ من حماس:

Oh, the past, it haunted me
Oh, the past, it wanted me dead
Oh, the past, tormented me
But the battle was lost
Cause I'm still here

واندفعت بأقصى سرعة دون أن أبالي بكل الومضات التي تضرب في وجهي بسبب الرادرات الجديدة...

على الأقل سيرون في صورة المخالفة أنثى دامعة العين تغني صارخة في سعادة..

في حرية..

***

في كافيه يدل على ذوقه البخيل جلست مبتسمة... اختار لنا أن نلتقي في مقهى على هضبة المقطم العظيمة.. تلك الهضبة التي زرع في أرضها مليارات الأطفال الذين انتهى مستقبلهم قبل أن يبدأ، وشهدت كم انتهاكات أخلاقية كادت أن تكسر الرقم القياسي للجحيم ذاته.. منذ سنوات كثيرة سقطت صخرة كبيرة في المقطم، وأتذكر عندما سمعت الخبر أن أول ما جاء في ذهني هو: «من ذلك العنتيل الذي قسم الجبل من حرمانه؟!».. ابتسمت أنظر لشاربه المشذَّب بعناية امتثالًا بالفنان القدير (أحمد عبد العزيز) ليعبر بفخر عن موضة انتهت منذ الثمانينيات..

قال مبتسمًا في خبث:

- مبسوطة؟

لم يأخذ هذا الـ(محمد) أكثر من أسبوع واحد مثل ذلك الـ(هشام).. بعثت (منى) و(رحاب) الرسالتين على صفحة «عزيزي» في الوقت نفسه.. حكتا قصتهما كما أطلب منهن دائمًا.. أسمع القصة أولًا قبل أن أقرر إذا كانت الحالة تستحق كل مجهودي أم لا. أطلب منهن إثباتات

ودلائل واضحة لا تقبل الشك... والقصتان كانتا تستحقان.. لذا
قابلتهما في المكان نفسه ومعادين مختلفين حفاظًا على خصوصيتهما..
وبدأت تنفيذ خطتي على (هشام) و(محمد) في نفس الوقت.. تذكرت
ضحكتي الساخرة عندما أرسلا صورة ذلك الشيء الذي يفتخران
به.. ضحك عليهم كل من سبقنني فظنوا أنهما وحشين كاسرين.. لا
يعلمان أننا نراه ونشعر باشمئزاز ثم نضحك مستهزئات..

قلت وأنا أزيح خصلة أفلتت من مكانها لتقع على عيني:

– مبسوطة.. بس كان نفسي في مكان مش زحمة كده..

قال مداعبًا وهو يمد يده ليلمس ذقني، لأشعر بالغثيان من لمسته:

– فاهمك يا دي دي يا قمر.. بس مستنِّي ابني ينام.. عشان لما
نطلع على البيت ما يسمعناش..

أفلت قلبي دقة حماس خِفت من قوتها أن يهتز لها صدري.. أكمل
وهو يرفع حاجبيه في وضع الثمانية، كأي شخص متلاعب يريد أن
يثير استعطاف من أمامه:

– من ساعة ما أمه الـ******* هربت عشان تنط على رجالة
وسابتهولي.. وأنا مافيش حد بيرعاه غيري..

يحب الرجل الشرقي أن يتلفَّظ أمامنا لاختبار أخلاقنا.. وهو
اختبار ساذج تتعلمه كل فتاة مع درس الأحياء الشهير.. درس
«تظاهري بأنك لا تحبين الألفاظ ولا تعرفي معناها».. في العالم الشرقي
الكارتوني.. الفتاة التي تتلفَّظ –أو تعرف معاني الألفاظ– هي فتاة
خبرة وبلا أخلاق.. لذا نتظاهر بأننا لا نعرفها، لكننا نعرف الكثير
منها بكل معانيها.. وهذا لا يعني أننا بلا أخلاق.. هذا يعني أننا بشر

35

ولدينا من الفضول مثل الرجال بالضبط.. المعرفة دليل للثقافة، ليس للانحراف..

حركت يدي المكبلة بأثقال اشمئزازي وربتُّ على كتفه.. تجاهلت السُّبَّة التي قالها عن طليقته وقلت بنبرة حانية:

- أنت أب عظيم..

والدليل يا عزيزي أنك تجلس معي في منتصف الليل تاركًا ابنك وحده يحارب أشباح مخاوفه، وتنتظر أن ينام وحده حتى تعود بامرأة عرفتها منذ أسبوع لتنام معها..

أنت أب حقير يا عزيزي..

ابتسم (محمد) ووضع يده على ظهري.. سرت في جسدي قشعريرة رفض.. تلك القشعريرة التي تأتينا عندما نسلم بيدنا على شخص بداخله قذارة ما.. شعور بالنفورَ لا نعرف مصدره.. عدم راحة ممزوج بحالة دفاع ندخلها ولا نستطيع أن نخرج منها..

قال بعد أن نظر في الساعة في حماس مفاجئ:

- يلا بينا؟

انقبض قلبي رغم انتظاري لتلك الكلمة منذ فترة طويلة.. ابتلعت ريقي رغمًا عني.. نظر هو لعيني متشككًا وقال بابتسامة لزجة:

- أنتِ رجعتي في كلامك ولا إيه؟

أحيانًا تغلب مشاعري على ملامحي.. في المعتاد أستطيع أن أخفيها جيدًا.. لكن في بعض الأوقات تفضحني عيني.. ابتسمت وتظاهرت بالنظر لهاتفي المحمول، وأشرت لجهاز تسخين السجائر في يدي وقلت:

- أخلص السيجارة بس..

ابتسم مطمئنًا وقال وهو يغمز لي غمزة أربعينية العمر مثله:

- كويس.. لحد ما أحاسب وأخش الحمام..

لماذا ذكرت الحمام؟ أنا أتجاهل حقيقة أن شخص مثلك لا يغسل يديه بعد التبول منذ أن جلست معك.. تجاهلت أظافرك الطويلة قليلًا وتقبلت مصيري بصدر رحب..

كل هذا من أجلك يا (منى)..

ومن أجل ابنك المسكين..

فتحت رسالة (منى) على الواتساب وكتبت بسرعة:

- إحنا ماشيين.. هبعتلك لينك الـ live location هنا وفيسبوك.. ولو ما جيتيش بسرعة هابهدلك..

أرسلت لها موقعي على الواتساب، ظهر إشعار برسالة أخرى، ضغطت عليها بسرعة قبل أن أفكر، ربما كي أجعل عقلي ينشغل بشيء آخر وأهزم توتري.. لأجدني في الرسالة الخاصة بيني وبين (صفي) وهو يقول:

- ما رديتيش يعني؟

نظرت لـ(محمد) وهو يحاسب الرجل ويتحدث بعصبية قليلًا، أعتقد أنه يتشاجر مشاجرة الزجاجة المعدنية الآن وإذا كانت مفتوحة أم لا وأنه لا يريد أن يحاسب عليها..

كتبت بعصبية هذه المرة:

- أنا مش فاهماك.. أنت بتهزقني قدام الناس وجي تقول لي إنك عاوز تساعدني هنا؟

وهممت بأن أغلق المحادثة، لكني تذكرت شيئًا فكتبت:

- وكمان عاوز تساعد واحدة بتنتقم من الرجالة ليه؟ متخلفة أنا عشان أصدق؟

وجدت علامة أنه يكتب، نظرت بجانب عيني لأجد (محمد) دخل الحمام وهو يسب ويلعن أنه دفع المياه المعدنية، لا بد أنه سينتقم ولن يرفع «القاعدة» ويتعمد أن يترك أثرًا واضحًا عليها..

وصلت رسالة (صفي):

- أنت ليه بتحكمي على الناس بسرعة كده؟ مش يمكن أطلع شاذ يا ست الكل؟

ترك بعدها وجه أصفر يضحك.. ضحكت رغمًا عني.. لم أستطع أن أمنع نفسي وكتبت:

- يبقى أنت صافي فعلًا مش صفي..

أرسل وجوهًا تضحك كثيرة، اقترب (محمد) عائدا من الحمام فأغلقت الهاتف بسرعة، لأجده يمد يده وهو يقف جانبي قائلًا:

- يلا بينا؟

نظرت ليده باشمئزاز للحظات، قبل أن أتظاهر بالنهوض وأنا ألملم هاتفي ومفاتيحي في حقيبتي وأقول:

- يلا..

تركني وانصرف كأي رجل لا يحترم نفسه، تابعته بعيني وقلبي يدق في قلق.. فعلت وضع الصامت في هاتفي، وبسرعة أرسلت «link»موقعي لمنى ثانية علي الفيسبوك حتى لا أترك شعرة للظروف..

هذه المرة أنا أخاطر مخاطرة كبيرة... وقلبي يخفق متمنيًا أن تمضي بسلام..

***

مرت نصف ساعة حتى وصلنا للعنوان.. ظل طوال الوقت يتحدث عن انتصاراته ومغامراته دون توقف.. كان يمزح كثيرًا وتبدو عليه البراءة.. فهمت لماذا يسحر الناس.. دمه خفيف حقًّا وعندما يحدثك يعطيك اهتمامه كله.. لم أستطع أن أمسك هاتفي لأنه يجلس جانبي وهو يقود عربته.. تمنيت أن تكون (منى) قد تحركت.. لو تأخرت.. ستكون نهاية مأساوية لانتقام عادل..

وقف تحت بيته.. تأملت المنطقة المقفرة قليلًا.. صمت وظلام مريب.. لو أراد اغتصابي الآن سيفعل بقلب مستريح.. انقبض قلبي وأنا أتأمل الشارع الطويل المظلم..

ما الذي تفعلينه بنفسك يا (هيا)؟

ابتسم وهو يفتح باب عربته:

- أنا ساكن دور أرضي.. مش هتعبك في الأول..

وغمز غمزته الأربعينية مثله:

- بس هتعبك في الآخر..

قالها وضحك بصوت عالٍ، دائمًا من يقول تلك الدعابات لا يستمر أكثر من دقيقة واحدة.. وهي حقيقة مريعة أن بعض النساء يدفعن أموالهن بخطوبة وفرح وفستان للمناسبتين، ويعشن تعيسات مع رجل سيخون فيما بعد.. من أجل دقيقة..

دقيقة واحدة تجعلهن يحملن في طفل يعشقنه، لكنه مسؤولية تثقل كاهلهن لما تبقى لهن من أعمار، يذهبن من أجلها لطبيب نساء وتوليد ويعشن تسعة أشهر من التغيرات الهرمونية واكتئاب ما بعد الحمل..

من أجل دقيقة واحدة!

في الماضي حادثت صديقًا مخلصًا من الذين رحلوا مثل (حسام)، وقال لي إن العملية الفعلية لكل الرجال -علميًّا- من خمس لعشر دقائق.. الباقي يكون في التحضيرات التي تسبق العملية الفعلية.. تعجبت الرقم بشدة وظننت أنه قليل.. لأعرف فيما بعد أن طليقي لم يكمل الدقيقة.. والمضحك أنه قال لي -ظنًّا منه أنني لا أعرف- أن تلك الدقيقة لا يصل إليها إلا العظماء مثله..

لأدرك لحظتها لماذا يحب الرجل أن يأخذ أنثى بلا أدنى خبرة..

حتى يعرف كي يخدعها ببطولات مزيفة..

«يا دي دي..»

قالها بصوته الجهوري فانتفضت.. لا بد أن استشير طبيبًا نفسيًّا لشرودي وكثرة أفكاري في كل شيء.. ابتسمت وأنا أفتح الباب وأخرج من العربة. نظرت لآخر الطريق الطويل المظلم، عسى أن ألمح عربة (منى)، لكن لا حياة لمن تنادي..

لاحظ ترددي، فنظر لي متشككًا لحظات، ثم أمسك ذراعي وجعلني ألتفت له وقال في شك:

- هو في إيه مالك؟

ابتسمت أطمئنه وأنا أتظاهر بالبراءة:

- ما تزعلش مني.. بس المكان يخوِّف.. أنت ممكن تموتني هنا وماحدش يسمعني..

ضحك بشدة «من سذاجتي» فيما يبدو.. يعشقون سذاجتنا.. وقال وسط ضحكه:

- وليه أكلف نفسي إني أقتلك وأشيل جثتك وأنا هنام معاك ببلاش..

صفعتني كلمته ونظرت له غير مصدقة، ليكمل هو ضاحكًا وهو يرفع يديه معتذرًا:

- مش قصدي.. قصدي إني مبسوط معاك.. والرجالة غلابة يا بنتي ما تصدقيش حوارات الفيسبوك..

هل يظن هذا الجحش أنه يمكن أن يطمئن أي امرأة بهذا الخراء الذي قاله؟ أمسك ذراعي بحزم هذه المرة وقال وهو يدفعني لداخل المبنى:

- يلا عشان ما نتأخَّرش..

سمعت صوت صرير عربة مسرعة يأتي من بعيد، تنفست الصعداء وأنا أسحب ذراعي من يده وابتعدت وأنا أنظر له منتصرة، عقد حاجبيه في حيرة من تغيُّر أسلوبي، علا صوت العربة خلفي، فقلت بانتصار:

- ما ينفعش أخش لوحدي برضه.. لازم معايا أصحاب البيت.

اعتدل في وقفته واقترب مني في غضب وهو يقول:

- قصدك إيه؟

مرت العربة من جانبنا وأكملت سيرها، توقف قلبي والندم يأكل لساني، توقف المشهد كله وأنا لا أدري ماذا أفعل..

العربة لم تكن آتية لي..

كم أبدو غبية الآن وأنا من ثوانٍ كنت أصرخ منتصرة.. في عقلي كلمة واحدة تدوي وتتكرر بلا ملل..

لا تبيعي فراء الدب قبل صيده يا غبية..

تراجعت للوراء خطوتين وهو يقول بصوت عالٍ:

- أنتِ مين يا بت أنت؟

شعرت بالخوف يضرب أوصالي كلها.. تراجع خطوات للوراء.. توقفت العربة بعدنا بقليل بصوت فرملة عالٍ، نظرت للعربة بتوتر وهو يقترب مني ويمسك ذراعي ويجذبني نحوه فجأة.. لم أدر ماذا أفعل.. أقسمت منذ طفولتي ألا يمد رجل يده عليَّ ثانية... لكن تمر السنين ويأتي من يكسر هذا القسم مئات المرات.. حاولت أن أجذب نفسي منه لكن هذه المرة كانت يده تحيط ذراعي كالفولاذ..

لا تبكي يا (هيا).. ولا تنهاري..

لم يخلق بعد الرجل الذي يجعلك تبكين..

أعدت قدمي للوراء قليلًا، استعدادًا لأن أضربه بين قدميه في لحظة خاطفة، قلت بقوة:

- سيب دراعي يا (محمد)..

فتح باب العربة فجأة، ووجدت شابًا يركض بأقصى سرعته نحونا، يركض بقوة حتى أنني شعرت بأنه قطع المئة متر في ثانية

واحدة، وقبل أن يسأل أو يتكلم وبكل سرعته قفز على (محمد) وأوقعه أرضًا..

صرخ (محمد) من المفاجأة، لكن ذلك الشاب لم يرحمه ولكمه لكمتين ثم أنامه على بطنه ولوى ذراع (محمد) خلف ظهره، وجثا الشاب بثقل جسده كله على ظهر (محمد) الذي قال متألمًا وهو يمنع نفسه من البكاء:

- أبوس رجليكم أنا ابني جوه.. خدوا اللي إنتوا عاوزينه بس ما تئذوش ابني..

نظرت لـ(محمد) باحتقار، لم يظهر الأب الحقيقي إلا الآن إيها الحقير، نظر لي الشاب الذي لم أرَ ملامحه جيدًا في الظلام، وقال بحماس:

- وبعدين؟ هنعمل إيه بعد كده؟

نظرت له للحظات في عدم استيعاب لما قاله، ثم سألته بجدية:

- فين (منى)؟

هز كتفيه في حيرة وقال وهو ما زال يضغط بركبته على ظهر (محمد):

- ما اعرفش.. (منى) مين؟

لم أفهم ما قاله، فابتسم ومد يده اليسرى لي لأنه يقيد بيده اليمنى (محمد)، وقال بابتسامة غريبة على الموقف:

- أنت لحقتي تنسيني؟ أنا (صفي)..

لأنظر له مندهشة دهشة حقيقة..

3

هل تعلم يا عزيزي.. أن هناك 5 آلاف حالة قتل لأنثى سنويًّا.. تحت اسم «القتل بسبب الشرف»؟

ويقولون إن هذا العدد أقل من الحقيقة بكثير..

كل ما أريد معرفته.. لماذا لا يُقتل خمسة آلاف رجل لنفس السبب؟

◎ ◎ ◎

نظرت ليده الممدودة وابتسامته الودودة البلهاء، وتراجعت خطوتين للوراء في قلق..

كيف عرف مكاني؟ هل كان يتتبعني؟ هل اخترق صفحة عزيزي وجاء ليهددني؟ ولماذا لا تنتهي هذه الليلة أبدًا؟

هل انتهيت من خوفي من هذا الـ(محمد) ليأتيني هذا الـ(صفي) ويعيد كل المخاوف؟

قلت بحدة وأنا أراقب نظرته القلقة، التي تابعتني وأنا أتراجع للوراء:

- أنت جيت إزاي وعرفت مكاني منين؟

قال (محمد) بخوف وبصوت عالٍ قليلًا وهو ملقى أرضًا كعجل في أول يوم عيد:

- أنتم عاوزين مني إيه؟

ثم بدا أنه تذكر شيئًا فقال وهو يحرك جسده بعصبية محاولًا الإفلات من قبضة (صفي):

- و(منى) مين بنت الـ***** اللي جاية دي؟

سحب (صفي) يده الممدودة بالسلام وضرب بها ظهر (محمد) وقال بصرامة:

- مش شايفنا بنتكلم؟ إيه رأيك تخرس؟

قال (محمد) بعصبية:

- ما تتعرفوا بعيد عني.. لازم تشقطها وأنت نايم فوقي يعني؟

بدا الموقف عبثيًّا لأقصى درجة.. نظرت حولي في حيرة حقيقية.. في كل المرات السابقة كان كل شيء يسير بسلاسة حتى لحظة الانتقام التي تشبع روحي وعقلي.. لكن هذا اليوم لا يريد أن ينتهي نهاية سعيدة..

ظهر النور المميز لسارينة البوليس أخيرًا.. ها هي (منى) قد أتت متأخرة.. هدأت دقات قلبي وارتعاش جسدي الذي لم أكن أستطيع السيطرة عليه، تسرب جزء بسيط من البول من خوفي عندما أمسك (محمد) ذراعي، أحيانًا أحقد على الرجال لأن لديهم شيئًا يستطيعون التحكم في مسالكهم البولية به، أما نحن.. تركنا دون موانع حقيقية تمنع أي تسريبات طارئة..

أو ربما بسبب ما حدث لي من قبل..

رأيت عربة (منى) تسير خلف عربة الشرطة ويقتربون حتى وصلوا إلينا.. خرجت (منى) من العربة بسرعة وركضت نحوي واحتضنتني وهي تبكي:

– أنا عمري ما هنسالك اللي عملتيه..

رقَّ قلبي لحالها، لكني همست في أذنها وأنا أربت على ظهرها:

– قلت لك لو اتأخرتِ هفشخك.. وأنت اتأخَّرتي..

ضغطت في حضنها أكثر وهي تعتذر أكثر من مرة. فابتسمت في حنان وأنا أشعر ببداية انتصار جديدة..

خرج من العربة والدها تقريبًا ومعه الشرطيين واقتربوا منا..

نظرت (منى) لـ(محمد) قائلة وسط بكائها:

– قلتلك هاعرف أجيب ابني ولو رحت فين..

سب (محمد) سبة قذرة، فابتسم الشرطي وهو يشير لـ(صفي) بأن يبتعد، فابتعد (صفي) فورًا وهو يرفع ذراعه، انحنى الشرطي وجعل (محمد) يقف لكنه احتفظ بيده خلف ظهره، شردت في ملامح (محمد) وانهزامه وتغير غمزته الأربعينية مثله لنظرة قلقة متوترة.. اقتربت منه (منى) ووقفت أمامه.. مدت يدها له.. قوتها أمامه وارتفاع رأسها جعلاني أنسى كل ما حدث..

تلك اللحظة التي ينسكر فيها المتجبر الظالم ويرفع المظلوم رأسه في ثقة.. تنسيني عالمي كله..

أخرج (محمد) بيده الحرة مفتاح شقته دون كلمة، أخذت (منى) المفتاح وركضت للشقة خلفها والدها.. تبادلنا أنا و(صفي) النظرات، نظرته العابثة كمن يلعب لعبة مسلية، ونظرتي القلقة التي تحمل تساؤلات كثيرة.. خرجت (منى) معها ابنها الذي تبدو عليه الحيرة..

وتنفست بارتياح لأول مرة منذ بداية هذا اليوم.. ودون أن أدرك أمسكت هاتفي لأعلن انتصاري للجميع..

***

«بلغني أيها الكائن البشري ذو العضو الذكري..

أنك -يا عزيزي- ما زلت تقاوم الحقائق الواضحة أمامك..

اليوم حققت انتصارًا جديدًا.. تم أخذ حق «م.م» من «م.ج»..

معاناة سنين من الحرمان متوقفة على عنوان!

(م.ج) رجل ربَّته أمه وأخواته على أن كل رجل في الحياة خُلق ليجد أنثى تخدمه.. ما جعله يشب على عدم تحمل المسؤولية.. متوقعًا أن يخرب كما يشاء، وهناك أنثى ما ستصلح كل شيء وراءه..

تزوج (م.ج) من (م.م) زيجة تقليدية.. فتاة صغيرة في منتصف سنواتها الجامعية تركت جامعتها لتحقق الحلم الوهمي بالاكتمال برجل ما.. لتكتشف (م.م) أنها تزوجت من شخص سادي مريض نفسي.. يغار، يضرب، ويشك في أخلاقها.. يذلها بأنه يحب غيرها وأنهم أجبروه على الزواج منها.. حاولت أن تحافظ على بيتها هربًا من جحيم «المطلقات».. وأنجبت منه ولدًا جميلًا.. حاولت أن تعوِّض به ما سُرِق من أيامها الجامعية ومشاعر شابة تم دفنها قبل أن تولد.. السبب: أن «الست العاقلة تحافظ على بيتها».. والسبب الخفي القبيح الذي لا يقوله أحد رغم أنه الحقيقة البشعة.. «الست «العاقلة» ما ترجعش بيت أهلها بمصاريفها ومصاريف ولادها، وهم لما صدقوا يخلصوا من همها».. ولأن لا أحد يعترف بتلك الحقيقية.. أجبروا

الزوجة على تحمُّل الكثير بمفاهيم مجتمعية عن الزواج لا يقبلها مخلوق..

عندما تم الضرب المبرح الذي أدى لنقلها لمستشفى، لأنه يشك في خيانتها -لأنه يخون- قررت (م.م) الطلاق.. وعندما تم الاتفاق على الطلاق.. وبعد أن وعد (م.ج) أهل (م.م) بالالتزام بكل اتفاقيات الطلاق، طلب رؤية ابنه وحدهما قبل أن يطلق.. واختطفه.

واشترط أن يحتفظ بالابن مقابل أن تتنازل الأم أو تعود للذل والمهانة..

أخذ (م.ج) ابنها وغير عنوانه.. ليتخذ أهل (م.م) كل الإجراءات القانونية.. إجراءات حكومية برفع دعوى طلاق ونفقة.. ولاية للأطفال.. ولكن تبقَّى شيء واحد فقط..

العنوان..

وبعد مرور أعوام من البحث.. أعوام من ترك قلب أم يتألم.. وإجراءات شديدة التعقيد.. وبعد أن جعل (م.ج) ابنه يترك الدراسة.. واستغل مرض الابن ليحصل على أموال من معارفه.. جئت أنا وعرفت العنوان بطرقي الخاصة..

وعاد الابن الذي يكره أمه الآن.. عاد بعد أن تلاعب أبوه بعقله بأساطير عن شرفها وخيانتها.. عاد بعد أن فقد الابن سنوات دراسية في تكوينه وفي إدراكه..

كل هذا بسبب حقارة رجل.. وعدم الاستدلال على عنوان تذهب المحاضر إليه..

عزيزي الكائن البشري ذا العضو الذكري.. حقيقة الأمر أن منكم رجالًا بحق أحترمهم.. ومنكم متصابون أعلمهم الأدب.. لكن لا بد أن تتفق معي.. أن أقذر نوع منكم.. هو الجبان الذي يكذب ويختبئ ويعتمد على ضعف النساء أمام قوته..

#انتصار_جديد #دعونا_ننتقم #دعونا_نتكلم

❋❋❋❋

«ده بوست جديد؟»

قالها (صفي) بنبرة متسائلة، لم أرد عليه وأنا أقرأ المنشور مرة ثانية بعد أن نشرته، عادة أراجع كلامي وأقرؤه مرة ثانية لمراجعة الأخطاء، عادة تعلمتها منذ أن أخطأت مرة وكتبت «كل أنثى تعاني من كسر في حياتها».. ونسيت حرف الراء اللعين، وتحولت التعليقات كلها لسخرية متواصلة من خطأ في الكتابة..

تنحنح عندما لم أرد، كان يقود عربته وأنا أجلس بجانبه عاقدة الحاجبين وأهز قدمي في توتر، أتذكر تلك اللعينة (منى) التي فقدت الذاكرة عندما التقت بابنها، وركبت معه العربة هي ووالدها، في حين أخذ الشرطيين (محمد).. في المعتاد لم تكن الشرطة ستأتي فور ظهور العنوان، لكن بعلاقات والد (منى) البسيطة، أتت عربة شرطة معها واعتبروه بلاغًا عن تعدٍّ عليَّ أنا...

وقد كان..

لكن تلك الحمقاء تركتني وسط مشاعرها اللاهية، عندما ركضت ناحيتها وأخبرتها بأنها لا بد أن توصلني إلى سيارتي في

49

المقطم، التفتت لي باكية وقالت إنها لا بد أن تذهب للقسم لتثبت الحالة.. لأكتم كل مخاوفي وأخبرها بأن تذهب بالسلامة.. وراقبت سيارتها تنصرف ونظرت إلى الشارع المظلم.. وأمسك هاتفي عسى أن أجد (أوبر) يقلني من هذا المكان.. وأتلفت حولي بتوتر..

لأنظر ورائي وأجده يقف بجانب عربته ويبتسم لي.. فاتحًا الباب المجاور للسائق وينحني انحناءة بسيطة مشيرًا لي بأن أركب..

لأعقد حاجباي وأركب السيارة رغم كل ما بداخلي من اعتراض..

قلت بعد أن انتهيت من قراءة البوست ومراجعته، بنبرة جامدة باردة:

- أنت عرفت مكاني منين؟

أشار لقلبه وابتسم نصف ابتسامة وقال بسخرية:

- حسيت بيكِ..

اعتدلت في مقعدي وقبل أن أذكر أمه بصفات لن يحبها، أشار بيده وقال ضاحكًا:

- أنت اللي بعتيلي مكانك..

تجمَّد لساني في فمي لحظات في عدم إدراك.. أمسك هاتفه وفتح المحادثة بيني وبينه على صفحة عزيزي.. لأجدني أرسلت له بالفعل موقعي..

وأدركت لحظتها ما حدث..

وسط ارتباكي عندما أرسلت الموقع لـ(منى) على الـ(فيسبوك) ويدي داخل حقيبتي كي لا يلحظ (محمد)، لا بد أنني أرسلته

لـ(صفي) بالخطأ.. اتسعت ابتسامته لتلك الدهشة التي ارتسمت على وجهي وأنا أنظر للرسالة، لن أسمح له بإحراجي، ابتسمت ابتسامة أكثر سخرية منه:

- وأنت أي حد يبعتلك لايف لوكيشن تروح له؟

وسألت السؤال الذي أعلم أنه ضايقه قبلًا:

- أخبار الفراغ إيه؟

ضحك من قلبه كأنما قلت له دعابة، كان أسمر البشرة قليلًا، ذقنه مشذَّبة متدرِّجة كمعظم الرجال في هذه الأيام، عيناه عميقتان قليلًا، تلك العيون التي تشعر أن وراءها قصة ما لن تعرفها أبدًا.. ابتسامة جذلة كطفل يلهو بشيء يعلم أن أمه ستلومه عليه.. لم يكن وسيمًا.. لكن يمتلك تلك الملامح التي نطلق عليها «رجولية».. هو ليس وسيمًا.. لكن «رجل»..

قال يرد على سؤالي الساخر بابتسامة صادقة:

- ما أنا قولت لك إني من جمهورك يا ريس.. قلت أكيد بتعملي عملية من عملياتك واتلخبطتي وبعتيلي..

وأكمل وهو ينظر للطريق بتركيز كأنما يتذكر شيء ما:

- وقلت لنفسي أكيد بتبعتي مكانك لسبب من اتنين.. يا إما حد عارفاه بتطمِّنيه دايمًا.. يا إما حد هيجيلك وأنت مستنياه.. قلت لو نزلتلك هتفتكري إني بطاردك بقى وحقوق المرأة ومش محتاجة راجل.. حاولت أكبر دماغي بس فضل السبب التاني يزن عليا.. لو فعلًا مستنية حد يلحقك.. والمكان مبعوتلي أنا.. إيه اللي ممكن يحصل لك؟

وهز كتفه كأنما بالفعل لا يجد سببًا لما فعله:

- فلاقيتني باقول يلعن أبو الدنيا.. ونزلت عشان ألحقك..

رغم صدقه، لكنني قلت بحدة وأنا أنظر له:

- أنا مش محتاجة حد يلحقني..

نظر لي وهو يعقد حاجبيه لحظات كأنه يستنكر ما قلت، ثم قال ساخرًا:

- واضح فعلًا..

لا بد أنه سيبدأ النغمة الذكورية في إذلالي بأنه جاء وأنقذني، لماذا لا يصمت الرجال؟ لماذا هذا الإصرار على إثبات أن وجودهم فارق بشكل ما.. قلت وأنا أرفع إصبعي في وجهه:

- أنا كنت هضربه عادي.. ما تفتكرش إن طلّتك البهية هي اللي فرقت أوي كده..

ابتسم بهدوء وهو يومئ برأسه إيجابًا، كأنه كان يتوقع ردي، هدأت سرعة العربة فجأة، وتوقف جانب الطريق وهو يضغط زر الانتظار، كنا على الطريق الدائري عند المقابر.. نظرت له لحظات ثم ابتسمت مستهزئة:

- هتعمل نفسك بتاع وتقولي لو ماليش لازمة انزلي ومش هتوصلني صح؟

نظر لي بدهشة كأنما يشاهد فيلم كارتون، فتحت باب العربة وخرجت بنفسي، وأغلقت الباب بعنف..

وبدأت أسير في الظلام دون أن أبالي..

٭٭٭

سمعت صوت باب عربته يغلق خلفي، في حين كنت أسير أنا بخطوات سريعة غاضبة، سمعت خطواته تسير ورائي، وصوته يدوي بصدى بسيط:

- يا أستاذة..

لم يكن يعرف اسمي، لم أبالِ، أكملت سيري وغضبي يتصاعد، كلما أضغط على كبريائي وأفعل شيئًا ما لأحسن الظن برجل، أجد على الفور تلك النغمة المتعالية الواثقة بأنه صاحب فضل ما، لم أكن أرغب في أن أركب العربة معه حتى لا أسمع كلمات مستهزئة مثل «واضح» و«حقوق المرأة» التي يسخرون منها دائمًا..

صاح بصوت صارم تلك المرة:

- أنا مش هاجري وراك.. أنا محترمك لحد دلوقتي.. ما تخلينيش أزعَّلك..

شيء ما في نبرة صوته جعلني أريد أن أتوقف، لكن الجزء الثاني من جملته جعل عقلي يفور، التفتُّ له لأجده يسير باتجاهي وصحت بصوت عال:

- يعني إيه تزعلني؟ هتعمل إيه يعني؟

قال بصرامة وهو يقترب قائلًا:

- مش هعمل حاجة.. أنا كده كده محترم لنفسي مش ليكِ..

وابتسم وسط صرامته ابتسامة انتصار خفيفة:

– أنا كنت عارف إنك هاتقفي لما أقول كده مش أكتر..

شعرت بغيظ أكثر وأنا أحدق في عينه، كان أطول مني بكثير، رأسي عند صدره، ما جعل النظر لأعلى له يعطيه انتصار ما، في شريعة الغاب الأضخم والأطول له سيطرة على بقية القطيع، يعلم أي حيوان يحترم نفسه أنه لو نظر لأعلى في عين خصمه، فقد انتهى أمره قبل أن يبدأ..

لكن القاعدة الأخرى في شريعة الغاب أن الأشرس الذي لا يسمح للخوف بأن يدق قلبه.. ينتصر على أضخم الحيوانات..

العربات السريعة تمر بجانبنا، الساعة الواحدة صباحًا، ونحن بجانب المقابر، تأخرت على أمي وابنتي، قلت له بصوت عالٍ عسى أن يأتي أحد الأموات لحل المشكلة، بما أن الأحياء لا يتوقفون في دنيانا لفهم ما يحدث لامرأة تصرخ:

– آديني وقفت.. عاوز إيه مني؟

وخبطت على صدره بقوة وأنا أكمل:

– عاوزني أقول لك شكرًا يا سبع الرجال إنك لحقتني؟ أنا كنت هموت من غيرك؟ يا سيدي متشكرين.. عاوزني أشكرك على التوصيلة؟ يا سيدي كلك ذوق.. روح لأمك قولها قد إيه أنت راجل فشيخ ما اتخلقش منه اتنين.. وسيبني أمشي.. وقلت وأنا أعطيه ظهري ساخرة:

– ولما تحكي لأصحابك إنك لحقت البت اللي بتنتقم من الرجالة.. اضحك عليهم وقولهم إني عيطت من انبهاري بيك.. مش هاكدِّبك..

وبدأت في السير لأجده بخطوتين فقط أصبح أمامي. وربَّع يديه وينظر لعيني مباشرة نظرة صارمة غاضبة، وقال:

- أنا مش عاوز أثبت لك حاجة.. اهدي..

لا يدرك الرجال غباءهم عندما يخبروننا بأن نهدأ، تلك الكلمة المكونة من أربع حروف كفيلة بإشعال حرائق وانهيار عائلات، وقبل أن أصرخ وأقول له إنني «هادئة»، رفع هو يديه كلص يستسلم لهجوم الشرطة عليه، وقال:

- أنا آسف لو قلت حاجة زعلتك.. أنا مش جاي أحارب.. أنا مش فارق معايا أنت شايفاني إزاي.. أنا مش داخل خناقة راجل وست..

شعرت بحيرة قليلًا من حركته وكلامه، لا يعلن الرجل استسلامه بتلك السهولة، قلت بحدة:

- أمال عاوز إيه؟

شعرت بأن حدتي أخرجته عن شعوره، فصاح فجأة بغضب مكتوم كمن يشرح مسألة معقدة لطالب غبي:

- عاوز أتنيل أقولك إنك صح.. إنك بتعملي حاجة هاتفرق قدام.. يمكن ده غباء مني بس كل اللي عاوز أقوله...

وأشار لي مكملا بانفعال:

- إنك أجدع ست شفتها في حياتي..

ورفع يديه ليكمل صياحه، ثم أغمض عينيه كأنما يحتوي انفعاله، أخذ نفسًا عميقًا ومد يده وهو ينظر لعيني بصدق:

– ممكن تسيبيني أقولك شكرًا؟ من غير حوارات ومن غير القرف اللي إحنا فيه ده؟

نظرت ليده الممدودة، اختلج قلبي وشعرت بدمعة تغرق عيني دون أن أدري سببها، هل لأن كلماته المنفعلة هي ما أردت أن أسمعها من كل رجل كان له مكان ما في قلبي يومًا ما؟ لا أدري.. رفعت رأسي لأعلى كأني أدفع شعري للوراء، لكني في الحقيقة كنت أمسك دموعي.. حركة اعتدت عليها منذ طفولتي، عندما أشعر برغبة عارمة في البكاء، أدفع تركيزي على شعري حتى أفكر في أي شيء آخر..

نظرت ليده الممدودة، أخذت نفسًا عميقًا وابتسمت ساخرة وقلت بعد فترة صمت:

– أنا اللي هسوق..

نظر لي لحظات وابتسامته تعود، أخرج من جيبه مفتاح العربة ومده إليَّ.. منذ أن انفعل عرفتُ أني انتصرت.. خروج الرجل عن إطار شخصيته التي يحب أن يرسمها انتصار كبير، قال فجأة وهو يهز المفتاح:

– بس ده مش معناه إنك كسبتي.. دي مبادرة سلام مش أكتر..

شعرت بالعند يسيطر عليَّ لأنه يعرف كيف يقرأ ما أفكر فيه، لكني تجاهلت أفكاري، لا بد أن أعود لمنزلي بسرعة. نظرت ليده الممدودة، أخذت نفسًا عميقًا، ومددت يدي لآخذ مفتاح العربة.. وسلمت عليه..

4

هل تعلم يا عزيزي أننا لا نهتم بشكل عضلاتك.. ولا روعة ذقنك.. ولا ملابسك وحذائك..

كل ما سبق بالنسبة لنا «مقدمات» لطيفة.. إن امتلكتها فهذا شيء «لطيف».. بل أحيانًا نختلف فيها وهناك من تحبها ومن لا تحبها..

قد أحبطك قليلًا.. لكن حقيقة الأمر وببساطة أننا لا ننجذب إلا للأذكى.. والأكثر احتواء..

◎ ◎ ◎

استيقظت بصعوبة في الصباح الباكر.. جهزتُ (كاميليا) للمدرسة وحضرت لها الأكل، ذهبت وودعتها عند باب المدرسة.. وعدت إلى بيتي لأنام نومًا عميقًا.. قدتُ عربة (صفي) البارحة لأجده يمزح بأنه سيكون مسؤولًا عن الموسيقى.. وبدأت أغنية (راب) لمغنٍّ اسمه «يونيو».. شعرت بأن حالتها كئيبة قليلًا.. لكن كلمة واحدة جعلتني أطلب أن يعيدها..

«قالت مش عايزاك.. أنا مش هاستنى لغاية أما أنت تبقى في جنة وتبقى تفكر في اللي معاك».. ليبتسم هو ويعيد الأغنية.. ويشرد عقلي مع إيقاعها الرتيب.. وأجدني وصلت لعربتي.. وودعته وعدت لعربتي لأجدني في البيت الساعة الثالثة صباحًا.. ونمت من إرهاقي..

نهضت من فراشي ذاهبة كالزومبي إلى المطبخ لتجهيز كوب «النسكافيه».. لأجد أمي تجلس على مقعد في الصالة واضعة يدها على وجنتها كـ(عبلة كامل) في الصورة الشهيرة..

وقفت لحظة أتأملها.. أحفظ تلك النظرة جيدًا.. النظرة التي ستودي بنا إلى حوار طويل من اللوم والتدخل في كل ما يخص حياتي.. ينتهي عادة ببكائي أو بكائها أو بصراخنا في وجه بعضنا وانصرافي..

لا أذكر شجارًا واحدًا انتهى باحتضاني..

بجانبها جلس (هاني) أخي.. الأخ الأكبر الذي كان يهزمني بقوته وأنا صغيرة كي يحميني بقوته وأنا كبيرة!

الموضوع خطير إذن..

نظرا إليَّ، لم يكن هناك مرآة، لكني تخيلت أنني أقف أمامهما بعينين منتفختين، وشعر انفجر في عشوائية في كل مكان.. شعري ينتهي طوله قبل كتفي بقليل، وهو يليق بي وبملامحي الحادة قليلًا، لكن مأساته أنه في الصباح يبدو كصورة ثابتة لانفجار شديد العنف..

قال (هاني) بابتسامة متحفظة ودودة:

- اعملي لي نسكافيه معاك..

لوحت بيدي في لا مبالاة وأنا أقول بصوت متحشرج، لولا أنني أعرفني جيدًا لظننت أنه لرجل يمتهن البلطجة:

- قوم اعمل لنفسك..

كان المطبخ أمريكي مفتوح على الصالة ، أكملت سيري للمطبخ دون أن أنظر إليهما، لكنني كنت أشعر بنظراتهما تخترق ظهري، أكره صوتي عندما استيقظ، يقولون إن الصوت الغليظ للمرأة عند

الاستيقاظ من علامات انقطاع الطمث، وعندما عرفت المعلومة لعنت (محمد) طليقي في سري، كان دائمًا يقول كل المرادفات لنفس المعنى، إنني السبب في إخصائه، أو أنه فقد أحد بيضاته بسببي، ضحكت في سري وأنا أتخيلني أصرخ في وجهه كما كان يفعل وأقول «قطعت طمثي يا منيل»..

لا بد من اعتماد تلك الكلمة كسُبَّة رسمية لنا تقابل سبة الرجال المتعلقة بالبيض..

هل أهرب من مواجهتهما بتلك الأفكار؟ بالطبع.. لا أريد أن أنظر لهما وأنا أقلب في كوبي المفضل ببطء.. أؤجل ما سيحدث بأي شكل، لكن أمي كعادتها لن تصبر.. قالت بحدة:

ـ أنا تعبت من اللي بتعمليه يا (هيا)..

وأنا أيضا تعبت يا أمي، لكنك تقولين هذا ولا تعرفين المجهود الذي تفعله (داما) صاحبة «عزيزي»، إذن ما الذي أفعله وأتعبك يا أمي؟ لم أرد وأنا أقلب في كوب النسكافيه، سمعت (هاني) يقول بصوت عال:

ـ قلتلك سيبيني أنا أتكلم يا ماما..

ابتسمت بجانب فمي، إذن هناك خطة، الشرطي السيئ والشرطي الطيب، أحدهما يخيفني والآخر يوهمني بأنه في صفي، ما الهدف؟ بالتأكيد اعتراف ما لا أدري ما هو..

عدت إليهما حاملة كوبي المفضل، وجلست على مقعد في الصالة يواجههما، وضعت ساقًا على ساق وابتسمت ابتسامة باردة:

ـ خير يا حبايبي! مالكم؟!

اعتدل (هاني) في جلسته، ونظر لي مبتسمًا، يحاول أن يبدأ الكلام بود زائف، قال:

- أنا عارف يا حبيبتي إنك بتمري بحاجات كتير.. ممكن نسميها مرحلة انتقالية.. بس أنا مستغرب إزاي أنا وأنت اتربِّينا في نفس البيت وفي فرق في المبادئ بيني وبينك كده؟

ابتسمت ساخرة، لا يا أخي لم ننشأ في نفس البيت، ولا نفس القواعد، أنت واهم كعادتك.. أنت نشأت على إلقاء كل ملابسك وشراباتك وملابسك الداخلية على الأرض، وأنا نشأت على التنظيف مكاني، ومكانك... أنت نشأت على أن تخطئ كما تشاء وهناك من سيصلح وراءك، أنا نشأت على الخوف من أصغر الأخطاء وإلا فقد لوثت شرف عائلة بأكملها.. أنت أخطاؤك سببها الآخرين.. أنا أخطائي بسببي لأنني سمحت للآخرين.. نشأت في بيت الطبيعي فيه أن أخدم... وأنت نشأت في بيت طبيعي فيه أن تجد من يخدمونك..

أنت الوريث ابن الملك.. وأنا الأضحية المعلوفة حتى يوم الزواج ليتولاها شخص آخر..

فرق شاسع يا عزيزي لن تراه أبدًا على كرسيك العاجي..

أكمل (هاني) وهو يرى سخريتي ولا يبالي، وقال بنبرة حنون كمن يشفق على رعاياه:

- مامتك كبرت.. وأنت مش بتخدميها وسايباها بنتك.. وراجعة امبارح وش الفجر.. شايفة إن دي أخلاقنا وتربيتنا؟

يا للملل! ألا يملون من تلك الديباجات؟ التفتت أمي بحدة وقد لاحظت أن كلام (هاني) لا يهز شعرة داخلي:

- أنت متجوزة عرفي ومش قايلة لنا؟ ولا مش متجوزة ودايرة على حل شعرك؟!

لم تعد اتهاماتها تؤثر في، احتسيت رشفة من النسكافيه، التفت لها وابتسمت أشاركها في خواطري المعتادة قائلة:

- عارفة إن حل الشعر حاجة عادية جدًّا؟ حل شعري يعني بفك التوكة وبفرده عادي.. متخيلة إنهم خلوا من حاجة بسيطة زي دي مثل لقلة الأدب؟

نظرت لي غير فاهمة لحظات، أحب أن أربكها قليلًا، قال (هاني) مهدئًا الوضع، لكن بدأ صوته يتحول للنبرة الآمرة التي أكرهها:

- (هيا) مش وقت الهبل ده.. لازم تفهمي إن وضعك دلوقتي حساس.. أنت مطلقة وسمعتك من سمعة عيلتنا كلنا و...

قلت فجأة بابتسامة هادئة معلنة الحرب بأول قذيفة صامتة:

- ليه؟

التفت (هاني) لي لحظة غير فاهم، والتفت لأمه كعادته عندما لا يفهم، أخي الحبيب ابن أمه، قلت بهدوء:

- ليه وضعي حساس عشان مطلقة؟

اعتدلت أمي في مقعدها، نظر (هاني) لها وتنحنح، واجه دورك يا (هاني) كبديل لوالد هرب قبل أن يتحمل المسؤولية، نظر لي نظرة من يقول أمرًا بديهيًّا، وقال:

- عشان حساس.. الرجالة شايفينك مطمع ليهم وكلهم بيبصوا للمطلقة بصة وحشة...

معلومة قيمة لا بد أن يسجلها التاريخ.. الرجل بغريزته للتملك، هو أكثر من شوَّه صورة الرجال في الوعي الأنثوي..

الأب يقول لابنته إن الرجال أوغاد فلا يصح أن أقول كلمة «صديق» لأنهم شهوانيون.. الأخ يقول لأخته إن الرجال قذرون فلا يصح أن أرى رجلًا «أخي» لأنهم شهوانيون، الحبيب يأتي ويقول إنه الاستثناء، ويدافع عن الرجال حتى نقع في حبه، ليقول بعدها إن بقية الرجال أوغاد حتى أبي وأخي ويريدان أن يفرقا بيننا..

ثم يلومون الأنثى التي نشأت على الخوف من كائن الرجل أنها «معقدة».

أكمل (هاني) استرساله وهو يظن أنه يقنعني:

- كل الناس عارفة إن المطلقة ليها وضع خاص.. فعشان كده لازم تحاوطي على نفسك...

قررت طرق الحديد وهو ساخن، ابتسمت وأنا أنظر لعين أخي مباشرة، وقلت بابتسامة متحدية:

- وضع خاص عشان جربت؟ ولا عشان مفتوحة؟

انتفضت أمي واتسعت عينا أخي، صرخت فيَّ أمي:

- أنت قليلة الأدب.. إيه القرف اللي بتقوليه ده؟ أنت اتجننتي؟

وضربت على ركبتها بيدها وهي تكمل الأداء الراقي لأي أم:

- خسارة تربيتي فيك.. أنا بنتي تقول الكلام الزبالة ده؟ أنت ما بتتكسفيش؟

لماذا أخجل؟ أليست تلك هي الحقيقة المجردة؟ لماذا ينهار الجميع من الحقائق البسيطة؟ أنا تزوجت إذا فأنا لم أعد عذراء.. أنا تزوجت إذا فأنا مارست مع زوجي الجنس.. ما الذي يثير حفيظتهم لتلك الدرجة؟ لماذا دائمًا في مجتمعنا لا بد أن نقول الكلام تحت لحاف سميك وبطريقة مواربة؟ نظرت أمي لـ(هاني) كعادتها عندما لا ينجح أداؤها في جعلي أنهار باكية:

- أنا شيلت إيدي منها.. شوفلك صرفة وربي أختك..

أشار لها (هاني) أن تهدأ كأي «ابن أم» يفعل، (هاني) لا يعرف كيف يتصرف، بلغ الخامسة والثلاثين وما زال يحكي لأمي أسرار زوجته ويسمع نصيحتها حتى الآن.. لا يعرف حتى كيف يربي كتكوت.

نهضت وأنا أنظر لهما نظرة ساخرة، هززت كتفي وقلت حقيقة ما أشعر به للمرة الأولى:

- أنا مش فارق معايا شايفيني إزاي.. شايفيني متجوزة عرفي.. مصاحبة وبنام مع رجالة.. مش فارقة معايا.. هتحبسوني هاهرب.. هتضربوا هامشي.. أنا عارفة أنا بعمل إيه.. ومافيش حاجة هتعملوها هتفرق معايا.. صباح الفل..

وذهبت لغرفتي تاركة أمي تصرخ ببرطمة غير مفهومة وأنا أغلق الباب بصوت عالٍ..

جلست على طرف الفراش ويداي ترتجفان، طاقة غضب مكتومة داخلي يغلفها حزن غير محدود، لماذا الاتهام الدائم؟ لماذا يكرهون كل ما هو طبيعي وبشري داخلنا؟

لا بد أن (هاني) سيأتي بعد قليل، لا بد أن أستعيد قوتي قبل أن يدخل، أخذت نفسًا عميقًا، وسمعت رنة هاتفي برسالة، نظرت له لأتشتت قليلًا، لأجد اسم (صفي)، فتحت الرسالة..

«أنا مش بتطمن.. بس حبيت أقول لك إني انبسطت بأجواء جيمس بوند بتاعة إمبارح دي.. لو احتاجتيني في أي عملية جديدة.. أنا هنا».

قرأت الرسالة وابتسمت، ما زالت يدي ترتجف، كتبت دون أن أفكر:

- أنت فين؟

ظهر أنه قرأ الرسالة، ثوانٍ مضت كأنما يفكر في إجابة، ثم كتب بسرعة:

- أنا في البيت.. إشمعنى؟

كتبت بسرعة دون أن أتردد:

- ابعتلي لوكيشن.. أنا جاية لك..

ارتديت ملابسي على عجل. خرجت من غرفتي لأجد أمي ما زالت تبكي، (هاني) نظر لي وأنا أسير ناحية الباب، التقت عيني بعينه، لا يبدو غاضبًا قدر ما يبدو محتارًا، لم يعترض وأنا أفتح باب الشقة.

وخرجت من الشقة بأكملها قبل أن أخرج عن شعوري..

❋❋❋

بعد مرور ساعة، فتح باب شقته ونظر لي وهو يشير لي بأن أدخل..

في تلك اللحظة فقط، أدركت أنني أفعل شيئًا ما غريبًا حتى عليَّ أنا كـ(هيا).. وبدأ التردد يغزو أطرافي.. بدأ الغضب يعود لمكانه في قلبي وبدأ صوت عقلي يعلو..

ما الذي أفعله؟

يقطن في مجمع سكني في السادس من أكتوبر، لهذا قطعت الدائري كله حتى أصل إلى هنا، سرعة العربة مع الموسيقى أخرجت بعضًا من غضبي، لكن تبقى بداخلي الكثير..

وقف ينظر لي نظرة مدركة، ثم ابتسم وقال وهو يبتعد عن الباب:

- أنا هاسيبه مفتوح، لما تاخدي قرارك قوليلي..

ثم رفع إصبعين وقال مبتسمًا:

- بس في الحالتين.. لو مشيتي أو دخلتي.. اقفلي الباب وراك عشان مش بحب القطط تخش الشقة..

ولوَّح لي مودعًا، وترك الباب مفتوحًا ودخل هو..

لأقف مترددة لحظات..

لديه ميزة أنه يتصرف دائمًا كأنه يفهمني، ولا أدري هل هذا هو أسلوبه مع كل من يعرفهن، أم أنه مجرد رجل آخر يجيد أداء شخصية ما، مبادرته أراحتني، أخذت نفسًا عميقًا ودخلت الشقة..

أول مرة في حياتي أدخل شقة رجل غريب منذ أن حدث الطلاق منذ عام ونصف..

والتقطت عيني تفاصيل كثيرة وأنا أدخل الشقة بخطوات بطيئة.. أشعر بأن لدينا ماسحًا ضوئيًّا يمسح تفاصيل كل من أمامنا.. الشقة

فارغة قليلًا، لكن بها اتساع مريح نفسيًّا، أثاث حديث، بيت لا توجد به أي لمسات أنثوية، هذا رجل عازب كما قال الكتاب، لكن البيت نظيف على شقة عازب...

«عندي حد بيساعدني في التنضيف كل سبت وأربع».

قالها وهو ينظر لي مبتسمًا، كان يجلس على كرسي وثير من نوع «لازي بوي» وينظر لي، نظرت له بتحدٍّ قائلة:

- أنت هتفضل عامل نفسك فاهمني؟ بتجيب الحركة دي مع ستات كتير صح؟

هز كتفه ببساطة وقال مبتسمًا:

- لا خالص.. أنا كل اللي بيجولي بيسألوني السؤال ده فبقيت أرد عليه من قبل ما يتسئل..

هممت بالجلوس على كنبة أخرى بجواره،، لأجده يشير لي بإصبعه قائلًا بجدية:

- ما قفلتيش الباب..

هممت بالنهوض ثانية، لكنه نهض مسرعًا وهو يشير لي بأن أظل مكاني، وذهب هو ليغلق الباب، ثم عاد ثانية ووقف أمامي لحظات، نظرت له بعدم فهم، فابتسم وهو يقول:

- بالإيد ولا بتحضني؟

تعجبت من سؤاله ونظرت له، شيء في بساطته غريب عليَّ، قلت بحرص وأنا أمد يدي:

- بسلم بإيدي عادي..

ليمد يده ويسلم عليَّ ويقول بهدوء:

66

- ماشي..

وذهب ليجلس مكانه، أرحت ظهري على الكنبة قليلًا، ما زال بداخلي غضب لا أدري مصدره، شردت قليلًا، أريد أن أظل صامتة لا أفعل شيئًا.. سمعت صوت تلفازه فنظرت للتلفاز بتعجب لأجد أغنية ما على قناة اليوتيوب.. نظرت له لأجده يمسك هاتفه ويتصفحه.. التفت لي عندما نظرت له، ليبتسم قائلًا:

- أنت دخلتي براحتك.. أكيد هتتكلمي وقت ما تحبي..

أراحتني كلمته كمن وضع ماء باردًا على قلبي.. أرحت رأسي للوراء وأخذت نفسًا عميقًا وأنا أسمع الأغنية وأتركها تتخلل قلبي.. وصمت تمامًا..

ذكريات كثيرة هاجمت عقلي فجأة.. كل ما فعله أبي بي.. كل ما فعله أخي وطليقي.. كل ما فعله كل رجل عرفته في حياتي.. شعرت بكل تلك الذكريات تجثم على صدري.. لا أستطيع التحمل.. أريد الصراخ في كل شيء.. أريد أن أبكي وأن أكسر كل الموجودات حولي.. بدأ صدري يعلو ويهبط وأنا أقاوم أن أبكي..

أكره ذلك الضغط النفسي الذي نولد به فيصاحبنا طوال عمرنا.. ضغط أننا لا بد أن «ننفي» تهمة ما..

لماذا لا يفهم أحد؟

يراني الجميع عاهرة أو متهمة بأنني سأصبح عاهرة لمجرد أنني تزوجت.. وفهمت معنى المتعة الجسدية.. وذلك سيجعلني أخطئ..

كيف لأم أن تتهم ابنتها في شرفها بتلك السهولة؟ كيف لا تعرف أنني بالعناد الكافي أن أصور لها نفسي وأنا أقبّل رجلًا ما لمجرد أنها

67

تتهمني بشيء كهذا، لمجرد أن أخبرها بأنه شرف لي أن أكون عند حسن ظنها!

حلفت يوم إمضاء ورقة طلاقي أنني لن أرد على أي اتهام يوجه لي.. من يريد أن يراني عاهرة سأثبت له أنني كذلك.. من يريد أن يراني ملاكًا منزلًا من السماء.. سأثبت له أنني كذلك..

«أنت كويسة؟»

قالها (صفي) ففتحت عيني ونظرت له، شعرت بسخونة دمعتي على وجنتي، ذكرياتي تجثم على صدري وأريد أن أصرخ، ابتسمت وأنا أمسح دمعتي، ونظرت لعينيه البنيتين الصافيتين، وقلت بهدوء شديد:

– تنام معايا؟

اختلجت عيناه لحظات وهو ينظر لي.. وساد صمت كنت أعلم أنه سيسود..

***

مرت نصف دقيقة ونحن ننظر لبعضنا..

لا توجد أنثى تقول ما تشعر مثلي، لا توجد من تعبر عما تريده بهذا الصدق.. لا بد أنه ينظر لي ليتأكد من جدية العرض.. لذا ظللت أنظر له أؤكد له تلك الحقيقة الواضحة..

أنني أريد أن أنام معه..

عندما أشعر بضغط أفعل دائمًا أكثر القرارات العشوائية التي تجعلني أعود ثانية لتمردي..

تأكدت عيناه من صدقي، فابتسم نصف ابتسامة، من الواضح أن هذا جزء من شخصيته، لا شيء يفاجئه، يستقبل أي كلام غريب بنصف الابتسامة نفسها، هز كتفه ببساطة ونظر لعيني مباشرة لحظات، وقال بنبرة صوته العميقة آخر شيء أتوقعه:

- أنت Borderline.. صح؟

اخترقت كلمته قلبي، فتحت فمي في دهشة وأنا أعتدل في جلستي..

كيف عرف؟

قلت بصوت جاد وهناك خوف ما يتسلل لأطرافي:

- أنت عرفت إزاي؟

لاحظ خوفي، نظرة الشك التي تعلو وجهي، لم يكن هناك أحد في هذا العالم يعرف تلك المعلومة إلا أمي وطليقي وطبيبي النفسي السابق، قلت بآخر أمل لي في أن ينفي شكوكي:

- أنت دكتور نفسي؟

نظر للأرض لحظات، وقال بنبرة لم أفهمها:

- كنت...

هدأت دقات قلبي قليلًا، نظر لي ثانية وقال بابتسامة:

- كنت وبطلت خلاص.. بس مش بعرف أمنع نفسي أحلل الناس.

استعدت جزءًا من ثقتي، قلت بابتسامة:

- ما تعملش كده تاني.. ما بحبش حد يحلّلني.

تغيرت نظرته فجأة لنظرة مرحة وقال ساخرًا:

- لسة عاوزة تنامي معايا؟

هززت رأسي أن لا وأنا أضحك قائلة:

- أنت قفلت كل حاجة...

ضحك من قلبه ضحكة صافية، وأشار بإصبعه وهو يكمل
مزاحي:

- ده تخصصي... أكتر واحد بيقفل الستات منه.

ضحكت وقلت بفضول حقيقي:

- ليه؟!

لتهدأ ضحكته وينظر للأرض لحظات، ثم يعود لينظر إلى عيني
ويقول بابتسامة:

- عشان الست ما بتحبش اللي بيفهمها أوي كده.. بتحب بس
اللي بيفهم اللي هي سامحة إنه يفهمه.. اللي بيروح لأبعد من
كده بتخاف منه.

ورفع يده مشيرًا لنفسه مكملًا:

- وأنا أكتر واحد بيخوِّف في الحتة دي.

كلمته اخترقت قلبي بشكل غريب، لو قال هذا لأي أنثى أخرى
كانت ستقول له إنه مخطئ... ستخبره بأنه أحمق.. وأن النساء يعشقن
من يفهمهن دون أن ينطقن.. وهي معلومة خاطئة.. نفسية الأنثى
كجسدها.. لا تأخذ منه أكثر من ما تسمح به هي.

نظرته، بجملته، جعلاني أنهض من مقعدي.. نهض هو بدوره
وابتسم.. اقتربت منه دون أن أفكر.. تابعني بنظره وأنا أقترب دون

70

أن يتحرك.. شعرت بدقات قلبي تدوي في أذني.. شعرت بأنفاسي تتثاقل.. وتعلقت عيناي بشفتيه..

واقتربت ببطء..

توقف الزمن، شعرت بطاقة تجذبني إليه، حرارة أنفاسه تلمس وجنتاي، وضعت يدي على صدره، واقتربت منه كأني أهمس لشفتيه بشيء ما..

وقبّلته..

قبلة بدأت حانية.. اقشعرَّ لها جسدي كله.. عندما شعرت بشفتيه تحتضنان شفتاي.. برفق وهدوء في البداية.. كغريبين يتعارفان.. يلتقيان في عناق لذيذ ويبتعدان قليلًا، ثم يلتقيان ثانية في شوق، ثم يبتعدان لالتقاط الأنفاس.. أحاط وسطي بذراعيه القويتين وقرَّبني إليه أكثر.. حركة بسيطة جعلت روحي تنسحب من بطني وأشعر بنبض يغزوني.. لأذوب بين ذراعيه في قبلة... جعلت للمرة الأولى منذ سنوات.. عقلي يصمت تمامًا...

وجعلت كل الآلام تختفي..

انتهت القبلة وأبعدت نفسي عنه.. نظرت لعينيه الدافئتين واحمرار وجنتيه، وابتسمت وأنا أشعر بسخونة وجنتي اللتان لا بد أنهما أكثر احمرارًا من وجنتيه..

ودون كلمة.. أخذت حقيبتي وانصرفت.. متأكدة من أن عينيه تتابعانني..

5

هل تعلم يا عزيزي أن -عالميًّا- واحدة من كل أربع نساء تعرضن للعنف الجسدي أو الجنسي خلال الحمل؟

واستنتاجي الشخصي أن واحدة من كل أربعة نساء سامحن ذلك الوغد حتى تستمر حياتها؟

◎ ◎ ◎

«وهنسمع دلوقتي أغنية جميلة معلقة معايا بقالها أسبوع.. «بيننا معاد»، بس مش بتاعة عمرو دياب.. بتاعة رابر اسمه «يونيو».. ما تنسوش تبعتوا لنا sms على 990 وعلى صفحة برنامجكم «بالعافية» مع (هيا المهندس).. وجاوبوني على سؤال حلقتنا النهارده.. «الترند بيتعمل حوالينا ولا إحنا اللي بتعمل التريند؟ مستنياكم».

بدأت نغمات الأغنية، فزفرت زفرة طويلة... منذ أن استيقظت وأنا أشعر بشيء ما خاطئ، ذلك الإحساس المقبض الذي يأتينا ونتجاهله.. تلك الأيام التي تشعر خلالها بأن هناك كارثة ستحدث ولا تدري مصدرها.. أرخيت السماعة عن أذني، وتأملت بعض التعليقات على صفحة البرنامج..

أحيانًا أشعر بانفصام شخصيتي بين (هيا المهندس) مذيعة الراديو الشهيرة على قناة إذاعية معروفة، وبين (هيا) التي تنتقم من كل أذى سبَّبه رجل لامرأة يومًا ما.. أشعر بـ(هيا المنتقمة) داخلي تسخر كثيرًا

72

من ذلك الأداء الحنون المبهج والأسئلة السطحية للمذيعة، ووقت انتقامي أجد (هيا) المذيعة الخائفة داخلي ترتعد من ما تفعله (داما)..

وجدت أحد التعليقات أمامي لأحد معجبي البرنامج يسأل سؤالًا يكرره مرتين في الأسبوع في ميعاد برنامجي بالذات:

«ليه مافيش لايف فيديو للبرنامج بتاعك زي بقية البرامج؟»

مؤخرًا أصبحت كل الإذاعات تبث صورة مرئية على الإنترنت لبرامجها، ما يعطي شهرة لمقدميها كشكل وشخصية.. لكني طلبت طلبًا صريحًا ألا يطبقون ذلك معي.. بسبب نجاح برنامجي وأدائي كمذيعة، هناك قنوات تلفزيونية كثيرة طلبت برنامجًا مرئيًّا أكون مذيعته الرئيسة، لكني كنت أرفض رفضًا قاطعًا.

اكتفيت بتلك الصورة المثالية التي يعلنون عن برنامجي بها.. لـ(هيا) الضاحكة ذات الشعر الطويل والـ(ميكاب) المثالي وتقف مربعة اليدين.. وتكفَّل الـ(فوتوشوب) بجعل ملامحها مختلفة بما يكفي..

لا أريد أي نوع من الشهرة لملامحي الطبيعية الآن، وإلا ذهب كل مجهودي في صفحة عزيزي هباء...

كان قد مرت ثلاثة أيام منذ شجاري مع أمي وقبلتي مع (صفي).. عدت يومها في الطريق وقد انطفأ عقلي تمامًا بعد قبلتنا.. وجدت منه رسالة على صفحة عزيزي وأنا في الطريق بعدما تركته يومها.. قال فيها: «مش بحب أبقى بايخ بس بحب أعرف اسم الناس اللي بتبوسني»، وبعدها وجه يضحك، رأيت الرسالة وابتسمت ولم أرد.. لا أعرف بعد هل أخبره باسمي الحقيقي أم أقول له (داما) كما

اعتدت؟! عدت للبيت لأجد أمي تحاربني بالعقاب الصامت.. لم أبال واحتضنت ابنتي عندما عادت من مدرستها، وخرجنا أنا وهي لنمرح معًا كما اعتدنا.. شراء بعض الملابس من (كايرو فيستيفال) والأكل من أحد المطاعم، ومشاهدة فيلم في السينما..

نطلق عليه يوم الـ(fun).. يوم نترك العالم فيه ونخوض مغامرة جديدة في مكان جديد أو مطعم جديد لم نزره من قبل..

لكني شعرت بأن أمي تحضر لشيء ما كعادتها..

ولم يرسل (صفي) لمدة ثلاثة أيام بعدها.. أحترم من يترك لي مساحة لأن أستجيب وأفكر..

انتهت الأغنية معيدة عقلي الشارد للاستوديو.. وبدأت الفقرة الإعلانية، عدت بعدها للكلمة الختامية للبرنامج وودعت كل من اهتم وسمعني لمدة ساعة كاملة، وأخذت حقيبتي لأعود لحياتي، لا بد أن أعود للبيت حتى أستعد..

لديَّ ميعاد اليوم مع رقم 27.. تلك الفتاة التي أخبرتني قصتها على الصفحة وأصرت إصرارًا غريبًا على أن أقابلها..

لكن قلبي ما زال منقبضًا.. ولا أدري السبب..

***

لأعرف السبب فور وصولي للبيت..

وجدت عربته الفارهة مركونة تحت منزلنا، فانقبض قلبي وتركت عربتي دون أن أهتم بجودة «الركنة»، سرت بخطوات واثبة سريعة، صعدت لشقتي أتجاوز الدرجات غير الضرورية، أولجت

مفتاحي في الباب وفتحت الباب بعنف شرطي يقتحم أحد بيوت الدعارة، ليلتفت لي جميع من كانوا جالسين في الصالة..

أمي، و(هاني) أخي، والعروسة الباربي الجديدة ذات المؤخرة الأكبر من حياتي والـ(اكستنشن) الذي -من وجهة نظري- بالتأكيد يخفي صلعًا خفيًّا، (دينا) زوجة طليقي الحالية..

و(محمد خالد) طليقي..

انقبض قلبي وهو يفلت دقة، تخشَّب جسدي كله في اشمئزاز وأنا أرى نظرته الهادئة الواثقة التي يستطيع رسمها، نظرة لا يعلم الشيطان المختبئ خلفها سواي.. أغلقت باب الشقة في إحراج بسبب اندفاعي في الدخول، وهم ينظرون لي في دهشة.. رأيت (كاميليا) وسطهم ما جعلني أبتسم كي أطمئنها..

هذا ما نص عليه عقد الطلاق بيني وبينه.. الفتاة لا تشعر بشيء وإلا سيحدث ما لا يحمد عقباه..

لاحظت حقيبة السفر الموضوعة بجانب الباب، حقيبة ابنتي الحبيبة التي ابتعتها لها لأنها تعشق فيلم Frozen، وكانت تلك الحقيبة عليها (إلسا) تصرخ في سعادة.. انقبض قلبي أكثر حتى شعرت بأنه يضرب معدتي.. اقتربت منهم راسمة ابتسامة مرحبة ونظرة متسائلة. ما الذي يفعلونه؟

ومن الواضح أن تعبيرات وجهي المبتسمة مع نظرة عيني الغاضبة، أوصلت رسالة لهم جميعًا بأن يسرعوا بإجابة قبل أن أفترسهم.. قال (محمد) ببرود وابتسامة واثقة:

- مامتك كلمتني عشان آجي آخد (كاميليا) عندي شهر كده..

صدمني ما قاله، تأهَّب جسدي في وضع دفاعي كما كان يفعل في حضوره دائمًا في بيت زواجنا.. شعرت بأن المقعد أكبر مني وطنين غريب في أذني.. ابتلعت ريقي وأنا أنظر لـ(كاميليا) التي كانت تمسك هاتفها، لتخرج نفسها من واقعها المقيت، ثم نظرت لأمي وقلت وابتسامتي تتسع:

- واضح إن ماما اتلخبطت في رقمك ورقم الناني.. معلش بقى كبرت وخرفت..

لتنظر لي أمي بغضب وتقول متناسية أبسط قواعد حماية الابنة:

- بس يا قليلة الأدب.. أنا عارفة إزاي هاربيكِ..

أشار لها (هاني) بأن تصمت، هذه الخطة الكيدية صاحبتها أمي بالتأكيد.. (هاني) أضعف من هذا و(محمد) من الواضح أنه جاء بعد شكوى مطولة، قال (محمد) ناظرًا لي بعينيه الخضراوين اللتان أمقتهما:

- أنا مش حابب أعمل ده.. بس مامتك بتقول إنك بقالك فترة مش متزنة وبترجعي بالليل.. وشايفين إنك مش قدوة كويسة للبنت.. وهي في سن حرجة ومحتاجة اهتمام أكبر.

سخونة أذني ونظرتي الحادة التي تخترق عينيه، كيف تتحدث بتلك الثقة إيها الوغد وأنت الوحيد الذي يعلم ما حدث بيننا.. ذلك السر الذي أقسمت لك ألا أخبر به مخلوقًا حتى تطلقني وأبتعد عن وجهك القذر.. طوال العام والنصف أحمل داخلي ما لا أستطيع أن أخبر به طبيب نفسي.. حتى أحمي حياتك كلها مقابل السلام لي ولابنتي...

كان يقرأ نظرتي، يعرف كل ما يدور بخلدي كما يفعل أي نرجسي سادي مثله، لكنه تجاهل كل كلام عيني.. رفع يديه وهو يرسم البراءة على وجهه في قلة حيلة، وأشار لأمي التي عنَّفتني يوم طلاقي لأني تركت شخصًا مثاليًا مثله، وقال:

- أنا تحت أمر طنط وكلامها على راسي..

والتفت لأمي بابتسامة قائلًا:

- بس عشان خاطر (هيا) يا ماما إيه رأيك نخليهم أسبوعين بس.. لو (هيا) اتعدلت.. (كاميليا) ترجع.

نظرت لي أمي نظرة لائمة، لكنها قالت بلهجة لينة:

- عشان خاطرك يا (محمد) والله..

نيران الجحيم كلها تتصاعد داخلي وأنا أسمع هذا الكلام اللعين، كيف يجيد الجميع هذا الأداء التمثيلي للأخلاق والتهذيب، قالت (دينا) بابتسامة واسعة وهي تنظر لي بشفقة:

- لو مش حابَّة يا (هيا) فعلًا ممكن تقولي لنا إيه المشكلة ونحلها.. إحنا أهل.. وأنا مش هارضى حاجة تحصل غصب عنك..

أردت أن أصيح فيها: «مش سامعك من الفيلر»، لكن كلمتها الصادقة الحنون جعلتني أتراجع عن تنمُّري الدائم عليها، هي ذات مؤخرة أكبر من حياتي لكنها طيبة القلب، لاحظت نظرة (محمد) القاسية لها، ولاحظت انكماشها في مقعدها، رقَّ قلبي لها، كنت مكانك يا عزيزتي وكنت أخاف عندما أتحدث في وقت لا يتوقعه

(محمد)، قال (هاني) يجذب حبل جملتها وقد بدا أنه غير مرحب بما يحدث:

– (دينا) عندها حق.. اعتذري لمامتك يا (هيا)..

بدت تلك النظرة المتمنعة المنتصرة التي تجيدها الأم الشرقية جيدًا، نظرت لها وأنا أحتقر كل ما يحدث الآن داخلي.. كل خلية في كبريائي لن تتحمل أن أعتذر أمامهم، لكن مصير ابنتي تحت يد هذا الوحش المتجسد في هيئة طليقي لن أقبله لو مت مئة مرة..

يكفي امرأة واحدة أن ترى قذارته..

قلت من بين أسناني، وأنا أدوس على روحي ناظرة لابنتي:

– أنا آسفة يا ماما..

تنهد (هاني) في ارتياح وربت على كتف أمي، ليقول (محمد) بابتسامة ودية ونظرة عنيدة:

– إيه يا (هيا) ده.. أنت مسمية ده اعتذار؟

نهضت من مقعدي في رد فعل تلقائي كأني سأذهب للكمه، لكن مع نهوضي ارتفعت عين (كاميليا) لي، حمدت الله أنها تضع سماعات الأذن في أذنيها، قالت أمي مؤمنة على كلامه:

– صح يا (محمد) عندك حق..

والتفتت لـ(هاني) بنبرة لائمة:

– أنت مسمِّي ده اعتذار؟ دي مش متربية وأول ما هايمشوا هترجع تاني تعمل اللي في دماغها..

والتفتت إليَّ بنظرة معلمة تعطي تلميذها الفاشل درسًا في الأخلاق:

- مافيش نزول غير بإذني.. مافيش رجوع بعد الساعة عشرة بالليل.. اللوكيشن بتاعك هايبقى معايا أو مع أخوك (هاني) طول الوقت.. تحكيلي بتعملي إيه طول اليوم.. كل حاجة هترجع في البيت ده بالأصول.. مفهوم؟

شعرت بروحي تخنق مع كل أمر تأمر به.. شعرت بكل شيء حولي يضيق على صدري.. التفت حولي كأنني أبحث عن منفذ هواء.. أقسمت على نفسي منذ تحرري من (محمد) أنني لن أدع مخلوقًا يتحكم فيّ.. حتى لو مت قبل أن يحدث هذا..

لعنة الله على الأصول الوهمية والأخلاق الزائفة والمثالية الكاذبة.. التي جعلت من الجميع عبيدًا من المبرمَجين يقولون نفس الكلام ويتصرفون نفس التصرفات دون أدنى فهم للسبب الحقيقي وراء أي شيء في حياتهم البلهاء..

من أعطى أي شخص الحق في التحكم بتلك السلاسة؟ كأنه أمر طبيعي وكأن هذا شيء «صحيح».

لن أسمح لمخلوق -مهما كان- أن يقيِّد ذراعي ثانية..

نظرت لـ(هاني)، قلت بنبرة صعدت مني جافة، باردة:

- أسبوعين.. بنتي لو ما رجعتش هقتل أمك..

اتسعت عينا أمي في ذعر حقيقي من صدق وبرود كلامي، التفت لي (هاني) بحدة، التفتُّ لـ(دنيا) وقلت مشيرة لـ(محمد):

- الأسبوعين دول لو عمل أي حاجة وما كلمتنيش هاطلَّعه فيك أنت.. (كاميليا) أمانة عندك أنت.. مش عنده..

والتفت لـ(محمد) وقلت بصرامة كادت أن تقتله خوفًا:

– وقسمًا بالله.. لو بنتي شافت منك شعرة من الخرا اللي أنا
شوفته.. هفضحك في كل حتة ومش هاسمِّي على حد..

نهض من مقعده ونظر لي.. التفتُّ لهم جميعًا بنظرة محتقرة..
استقرت عيني على أمي التي بدا عليها خوف حقيقي..
وخرجت من الشقة صافعة الباب خلفي..

❊❊❊

قدت عربتي بسرعة جنونية..
لم أكف عن البكاء لحظة..
أرى (كاميليا) تنام في بيت جديد تبكي وتفتقدني فيتألم قلبي
وينهار أكثر..
لكني أفعل ما أفعله عادة، أو ما تعوَّدت على فعله عندما يضيق
صدري بكل ما يحدث من غباء الآخرين..
أهرب..
لعنة الله عليك يا (حسام).. كنت سأحدثك الآن أصرخ لك
بكل ما يحدث حولي.. أسمع نصيحتك الصادقة.. وأشعر باحتوائك
الذي يشعرني بأنني لست مخطئة في شيء..
لماذا أحببتني إيها الأحمق وجعلت كل شيء أصعب؟
أريد أن أعود وأعتذر وأقبل قدم أمي، لكن كل ما أفعله في
صفحة (عزيزي) سيذهب هباء..

أمسكت هاتفي، فتحت صفحة عزيزي، سجلت رسالة صوتية لـ(صفي)، حاولت ألا أجعل صوتي يظهر فيه البكاء، قلت:

- أنا مخنوقة شوية، عاوزة أعدي عليك..فاضي؟

ثم خرجت من رسالته وفتحت رسالة (علياء) التي قد تكون رقم 30 في لائحة الانتقام، لم أكن أستطيع أن أقابلها الآن.. هممت أن أترك لها رسالة اعتذار، لكن عيني لمحت الساعة لأدرك أنها بالتأكيد وصلت الآن للمطعم.. سببت حياتي كلها في سري، ثم فتحت الميكروفون وتركت رسالة سريعة:

- هتأخر نص ساعة.. معلش حصل ظروف..

وألقيت هاتفي وأنا أفتقد (كاميليا) أكثر.. وقدت عربتي بسرعة أكبر..

***

«أنا مش عارفة أشكرك إزاي إنك سمعتيني».

ابتسمت ابتسامة مجاملة، جاءت (علياء) مع صديقة لها، رغم إصراري دائما على أن اللقاء مع الضحايا لا بد أن يتم وحدنا، لكني كنت تأخرت عليها ولم أكن في مزاج رائق بسبب ما حدث.. فتركت صديقتها ذات النظرات المتشككة تجلس معنا.. كنت مطمئنة وأنا مرتدية قبعة رياضية وكمامة منطقية بسبب الأوبئة المنتشرة هذه الأيام من «كورونا» ووباء يتعلق بالقردة تقريبًا...

كنت أسمعها بنصف عقل.. أول مرة في حياتي أشعر بهذا الشرود في لقائي مع أي ضحية.. فيما مضى كنت أجلس منتبهة بورقة وقلم ولا أفوت تفصيلة واحدة..

حكت لي (علياء) عن أنها ضحية رجل دمر حياتها... قالت إنها كانت تعيش في سلام...متزوجة من رجل «عادي» وأنجبت منه ابنتين. حتى تعرفت على رجل سيطر على قلبها وعقلها.. قال لها إن زوجها لا يقدرها.. قال لها إن زوجها يمارس سلطة ما عليها نفسية.. وظل يضغط ويقترب منها حتى ضعفت واستسلمت له.. ليخبرها بعدها أنه يشعر بأنه ظالم ويتركها تمامًا..

تعجبت من قصتها البسيطة.. في الرسالة قالت إن هناك من دمر حياتها ويهددها، والآن تحكي قصة تحدث لمئات المتزوجات، ويعشن جحيم تأنيب الضمير وحدهن.. بالنسبة للرجل المتزوجة أسهل من العازبة... المتزوجة لديها ما تخاف عليه.. فلن تثير مشاكل فيما بعد.. تمر الزوجة -بعد أعوام من الزواج- بحالة من البرود الجنسي بينها وبين زوجها.. الزوج يعاملها كأمه، يتوقع الرعاية المتواصلة والمحبة بلا مقابل ويزهد في واجباته الجنسية، وعلى الفور يبدأ الزوج بالخيانة لأنه يريد أن يشعر بأنه مراهق جذاب من جديد..

ليتم ضرب كيانها في أعز ما تملك..

أنوثتها..

لن يصدق أحد كم الزوجات اللاتي ضعفن بسبب الإهمال والترك.. بنسبة قد أقسم عليها بحياتي، أن كل زوج خائن تتم خيانته من زوجته في وقت ما.. سواء بقلبها أو بجسدها.. ولن يصدق أحد

ما أقول لأن المرأة تصمت وتدفن السر داخلها كقبر.. وتتحمل الضغط النفسي وحدها..

ولماذا نذهب بعيدًا يا (علياء)؟

أنا واحدة من النساء اللواتي ضعفن..

مللت من كثرة المرات التي أقول فيها إننا لا نختلف عن الرجال في شيء.. نحن نزهد مثلهم ونشتهي الآخرين مثلهم.. ونعبر عن إحباطنا مثلهم.. نحن بشر.. كلمة «الرجال يختلفن عن النساء في الشهوات» كلمة ساذجة متخلفة عقليًّا، يرددها الرجال والنساء دون أدنى وعي أو إثبات..

أردت أن أنهي اللقاء بسرعة، لأعود مكتئبة وأحتضن وسادتي وأبكي.. اعتدلت ونظرت لـ(علياء) قائلة بابتسامة حازمة:

- أنا القواعد عندي واضحة.. أول قاعدة إن أي حاجة القانون بياخد حق الست بيها.. أنا مش بقرب منها... الاغتصاب والتحرش والسرقة كلها حاجات الست لو قررت تاخد حقها هاتبهدل اللي عمل فيها كده.. تاني قاعدة إني ماليش دعوة بالاختيارات الغلط.. جوزك بارد وبيخونك وأنت خونتيه.. مافيش حد في قصتك مظلوم.. يا تسيبوا بعض يا تكملوا وكل واحد فيكم عايش حياته.. مافيش صح وغلط.. واللي أنت خنتي معاه ما ظلمكيش.. أنت اللي ضحكتي على نفسك..

رأيت تغيرات ملامحها مع كلامي القاسي قليلًا، لا يستطيع الجميع تحمل الحقيقة الواضحة القاسية.. لا أحد يريد أن يرى تبعات اختياراته السيئة.. عرفت هذا من كم المقابلات مع الضحايا اللاتي رفضت الانتقام لهن.. كنت أتمنى أن تكون (علياء) رقم 27.. لكنها كانت رقم 237 في الحالات التي رفضت الانتقام لهن..

أنا لا أنتقم إلا من الذي يرتكب جرائم لا يحاسب عليها القانون.. الجرائم الرمادية التي تؤذي وتدمر نفسًا بشرية لكنها لا تقع تحت نطاق الجرائم القانونية..

قلت وأنا أخبط على المنضدة خبطة بسيطة وأبتسم في أسف:

- مش هاقدر أساعدك يا حبيبتي.. ربنا يعوضك وتلاقي نفسك وتختاري صح المرات الجاية..

جملة بلا معنى تواسيها، رأيت الحزن يرتسم على ملامحها فربت على كتفها.. سمعت رنة هاتفي تعلن وصول رسالة، لأجد رسالة من (صفي) يقول فيها:

- أنا فاضي.. عاوزة تعملي إيه؟

أخذت نفسًا بسيطًا، هناك من سأنفجر فيه قبل أن أعود للبيت، قالت صديقتها فجأة وهي تنظر لي نظرة متحدية:

- طيب واللي خلى واحدة تنتحر.. بس عمر ما حد قرب منه ولا عرفوا يثبتوا حاجة عليه..

التفت لها منعقدة الحاجبين، لم أتعامل من قبل مع شيء قاسٍ بهذا الشكل.. قلت بهدوء في محاولة لفهم ما تقول:

- قصدك إن واحدة حبيبها سابها فانتحرت؟

اعتدلت صديقتها وهزت رأسها نفيًا، وقالت وهي تنظر لي متحدية، كأنها في مسابقة لأن تقنعني بجودة قصتها عن قصة (علياء):

– لأ.. هو السبب في انتحارها..

أثارت اللعينة فضولي، تركت الهاتف على المنضدة، لتقول هي وعيناها تشتعلان بغضب مكتوم كاد أن يلتهم روحي:

– ومش صاحبتي بس اللي حصلها كده.. عرفوا إنه عمل كده مع أكتر من حد..

اعتدلت وأنا أنظر لها، لتقول هي بأمل بعد أن حازت على انتباهي:

– هو دكتور.. اسمه (صفي محمود).. سمعتي عنه؟

لينتفض جسدي كله وأشعر بروحي تنسحب من جسدي عندما سمعت اسمه..

سمعت عنه؟ أنا ذاهبة إليه بعد دقائق أيتها اللعينة..

تركت كل شيء، اختفت (علياء) من أمام بصري، ركزت اهتمامي على صديقتها... وظللت أسمعها لمدة نصف ساعة متواصلة.. نصف ساعة اختنق فيها قلبي مئات المرات على الأقل..

6

هل تعلم يا عزيزي.. أن مقولة «لا أحد يستطيع أن يفهم ما تريده الأنثى حتى الأنثى نفسها» مقولة ذكورية تمامًا؟!

نحن نفهم ما نريده.. لكننا لا نستطيع التعبير عنه أمام كائنات لا تفهم لغتنا..

◎◎◎

فيئسنا من محاولات الشرح لطفل أصول الحياة.. فتركناك تعوم في بحور جهلك عسى أن تنضج يومًا..

وتفهمنا..

«بلغني أيها الكائن البشري ذو العضو الذكري..

أنك -يا عزيزي- ما زلت تظن أننا خُلِقنا لإشباعك!

أحب بين كل حين وآخر أصدمك بحقيقة تتجاهلها..

في ثقافتنا الحديثة، لو لدينا نفس الصانع.. أيهما أكثر تطورًا.. الجهاز الأصلي أم الجهاز المطوَّر عنه؟

هل ابتسمت في استسخاف؟ سأحدثك بلغة بسيطة كي تفهم.. أيهم تفضل أن تلعب عليه ألعابك المفضلة.. الـ(Playstation 4) أم الـ(Playstation 5)؟ الأول بتصميماته الحادة وسعته البسيطة ووقته البطيء في التحميل؟ أم الثاني الأكثر انسيابية ودقة وأسرع وأكثر ذكاء؟

لا أحب الحديث في أي شيء يتعلق بالدين كما عودتكم في تلك الصفحة.. لكن ببحث بسيط للغاية ستعرف أن لا يوجد أي إثبات ديني أن حواء خلقت من ضلع آدم.. بل الأدق أننا خلقنا كلنا أزواجًا... لكني سأضعك أنت في اختيار يا عزيزي..

اختيار فيه شيء من الذكاء فحاول التركيز..

لو أننا خلقنا من ضلعك.. لو أنك كنت في الجنة تعيش كل ما يحلم به إنسان.. فشعرت بالوحدة وطلبت وجودي.. هذا يجعلك تعرف وتعترف أنك من دوننا لن تكفيك حتى الجنة..

ولو خلقنا أزواجًا.. فنحن سواسية.. الله خلق كل شيء أزواجًا.. الشمس والقمر والليل والنهار.. والرجل والأنثى.. ليضرب المثل بأن الكمال له وحده.. كل شيء على الأرض لا يستطيع أن يكتمل وحده.. لا بد من الضد.. لا بد من جزء آخر منه يكمله.. وهذا يجعلك تختار أي النظريتين تصدق..

هل خلقنا بعدك وهذا يعني أننا الأكثر تطورًا وذكاء، وأن الجنة دوننا بلا معنى... أم خلقنا معًا بصفات مختلفة.. بنفس الأهمية.. سواسية.. وصفاتنا تختلف كي نكمل كيانًا واحدًا؟

اختر يا عزيزي.. عسى أن تفكر بعقلك مرة واحدة.. وتزيح ذلك الغرور الذكوري من عقلك.. وتتفهم أننا مثلك تمامًا.. كائن عشوائي يبحث عن ذاته في دنيا لا ترحم..

#دعونا_نتكلم #آدم_وحواء

***

فتح (صفي) باب شقته ونظر لي مبتسمًا، لأبتسم وأنا أنظر له متأملة..

الصديق الجديد الذي قبلته لأعرف بعدها أنه قد يكون قاتلًا باردًا يقتل ضحاياه نفسيًّا..

ما زال بنفس الطول، نفس الملامح، نفس النصف ابتسامة، لكن بعد ما عرفت ما عرفته، أشعر بأن كل شيء قد اختلف فيه..

ما الذي يحدث لأعيننا عندما نعرف حقيقة بشعة عن شخص ما كان قريبًا، سواء كان حبيبًا أو صديقًا أو حتى من أهلنا؟

أزاح جسده بعيدًا كي يترك لي مساحة للدخول، فدخلت بثقة أكبر هذه المرة، وذهبت لنفس المكان لأجلس فيه..

قال وهو يجلس نفس مكانه على الكرسي الوثير مبتسمًا:

- واضح إنك لا بتسلِّمي ولا بتحضني..

ضحكت هذه المرة وأنا أنظر له، أدركت أنني لم أسلم عليه هذه المرة أيضًا، أنا ما زلت لا أعلم ما الذي أتى بي إلى هنا بعد كل ما سمعته عنه... هل لأنني لأول مرة منذ فترة طويلة أخطئ في تقييم رجل؟ منذ سنوات عدة درست رجالًا كثيرين بأنواعهم.. أصبحت أعرف الرجل من اللقاء الأول.. أعرف نيته وصفاته السامة وكل ما يتعلق بنفسيته الملتوية..

لكن (صفي) جعلني أخطئ..

كنت أظنه منقذ سام.. لأجده شيئاً آخر تمامًا.. ووجدتني أرغب في الذهاب لأحسم سؤالًا واحدًا فقط.. هل أخبره بأنني (هيا).. أم أخبره بأنني (داما) وأبدأ انتقامي منه ومن كل روح سلبها؟

قال هذه المرة بسعادة وترحاب:

- ما قولتليش تشربي إيه؟

ابتسمت له في ودّ وقلت:

- لا مش قادرة أشرب.. شاربة كتير قبل ما آجي.

ابتسم وهو يومئ برأسه متفهمًا، لن أشرب بالطبع يا (صفي)..
قد تضع لي مهدئًا في أي شيء أشربه.. أعرف أنك لست مغتصبًا..
لكنك تفعل ما هو أسوأ..

تقتل الحياة داخلنا..

ساد الصمت عندما نظرت أنا للأرض وشردت قليلًا، قلبي
تتصاعد دقاته من القلق، لكن عقلي لديه الفضول الكافي ليجلس،
يريد أن يعرف ويسمع، قال هو باهتمام:

- مش هتقولي لي كنت ليه مخنوقة أوي كده في الرسالة؟

نظرته الحنون واهتمامه الصادق، جعلاني أنظر في عينيه فترة
وأشرد.. كيف لتلك العينين الصافيتين أن ترتكب كل ما سمعته من
تلك اللعينة؟ قلت بنبرة هادئة:

- مش هتسيبيني أحكي براحتي زي المرة اللي فاتت؟

ابتسم بحنان وهو يشير بيده في اعتذار، وعاد بظهره للوراء ونظر
للتلفاز، لأفاجئه بسؤال أعرف أنه لم يتوقعه:

- هتقول لي بفكر في إيه دلوقتي؟

التفت لي مبتسمًا، وأطال النظر في عيني دارسًا إياهما، ما جعل
قلبي يفلت دقة خجل، لكني ثبتُّ عيني على عينيه، ليقول بهدوء وثقة
وهو يعيد عينيه للتلفاز:

- عاوزة تعرفي أكتر عني.. عندك أسئلة كتير...

هذا الكائن خطر بكل ما تحمله الكلمة من معنى.. صاح بها قلبي.. لقد قرأ كل شيء رغم أدائي الحزين.. اعتدلت في مقعدي، ثم قلت دون أن أحتاج هذه المرة للتظاهر بأنه على حق، لأنه بالفعل على حق:

- أنت قلت لي إنك كنت دكتور نفسي.. بس أنا كنت مخضوضة فما لحقتش أسأل.. ليه «كنت»؟

التفت لي لحظات، لحظات شرد عقلي في كل الإجابات حتى أحضر للانفعالات المناسبة لخداعه، هيا يا (صفي) اختر، هل ستكون صادقًا معي أم ستختار الكذب؟ هل بسبب انتحار أربعة إناث كنَّ في حياتك؟ بسبب هروب طليقتك منك بعد أن شكَّت فيك وخافت على حياتها؟ أم ستكذب وتقول لأنك وجدت أسبابًا أجمل للحياة، كما أخبرت آخر ضحاياك؟

توقعت كل شيء قالته لي تلك اللعينة، لكنه هز كتفيه وقال في بساطة:

- عشان بنتي الله يرحمها..

لم أتوقع تلك الإجابة، فنظرت له بتعجب، هل يكذب كذبة أخرى؟ لم أتحضَّر لانفعال يناسب هذا الذي قاله، رفعت حاجباي بحركة الثمانية في تعاطف، حركة تعلمتها من كل السامِّين إناثًا وذكورًا، وقلت بأسف:

- البقاء لله.. إيه اللي حصل؟

شرد لحظات وظهر الحزن واضحًا على قسماته أمام عيني التي تراقبه ككاميرا تتصفح وجهه في هاتف محمول، أشاح بيده في إيماءة يقصد بها ألا أهتم، وقال بنصف ابتسامة وهو يرفع إصبعين:

- كده سؤالين ورا بعض.. المفروض دوري.

يريد أن يغير الموضوع، قررت أن أسايره حتى لا يشك في شيء، وقلت:

- ما كنتش أعرف إننا بنلعب أصلًا..

قال بهدوء وهو يمسح شعره الناعم بيديه:

- إحنا دايمًا بنلعب..

يا له من رد عميق دون داعٍ! لا بد أن سؤالي بالفعل ضايقه وإلا ما رد ذلك الرد الفلسفي، نهض فجأة ومد يده إليَّ قائلًا بابتسامة:

- إيه رأيك أخدك جولة في الشقة أفرجك عليها؟

نظرت له ولم أمنع نفسي من الابتسامة الجذلة وأنا أقول:

- هتورِّيني أوضة النوم بقى وشغل المراهقين ده؟

ضحك بشدة، قال وهو يومئ برأسه:

- ما تقلقيش..

«ما تقلقيش».. كلمة تم بعدها كل أنواع الجرائم بداية من التحرش والاغتصاب حتى القتل والذبح وتقطيع الأجساد..

يا لها من كلمة بسيطة من قاتل يا عزيزي (صفي)! نهضت وأنا أمسك يديه، وقف جانبي ووضع يده على ظهري وبدأنا السير معًا.. ليسألني وهو يسير بخطوات بسيطة متجهًا لمكان ما في الداخل:

- دوري.. ما قولتيليش ليه مخنوقة النهارده..

تسارعت دقات قلبي، وأنا أدرك أنني أكثر جنونًا من ما كنت أتخيل، ابتلعت ريقي.. وكي أشتت عقلي عن كل توتري.. بدأت أحكي..

✲✲✲

أحببت ملمس ذراعه على منتصف ظهري، حركته عفوية كأنما يفعل هذا مع الجميع، قارنت بين لمسته العفوية التي تطمئنني قليلًا، بلمسة ذلك الـ(محمد) في المقطم، شتان بين الاشمئزاز وقتها، والراحة الآن...

وجدتني أحكي له ما حدث في يومي في ثلاث جمل..

«طليقي نرجسي.. أمي أنرجس منه.. بيعاقبوني عشان مطلقة وخدوا بنتي أسبوعين».

لا أحد يشعر بأي شيء عند الحكي.. الحكي يقتنص كل بؤس القصة.. يجعلها مسطحة غير محسوسة.. مهما حاولت شرح مشاعري أفشل تمامًا..

كان ذوق بيته بسيطًا، أدخلني أربع غرف، السفرة والمعيشة والنوم وغرفة يطلق عليها غرفة القراءة، أكثر ما أثار انتباهي هي غرفة القراءة، مقعد وثير آخر و«أباجورة» كبيرة تضيء المكان بضوء خافت محبب، تأملت المكتبة التي يوجد بها مئات الكتب.. أعرف شخصية من أمامي بمحتوى ما يقرأ.. مزحنا قليلًا عن أنه بالتأكيد لم يقرأ كل تلك الكتب..

أمسكت رواية ضخمة لكاتب اسمه غريب.. قال وهو يقترب مني بهدوء:

- بحبه قوي.. الكاتب خُلل شوية بس حلو..

ابتسمت ونظرت له، «خُلل» كلمة لم تستخدم حرفيًّا في مصر منذ عشرين عامًا على الأقل، أشار (صفي) للرواية وقال بابتسامة مرحة:

- في لعبة بيلعبوها، لو فتحت أي صفحة دلوقتي وقريتي منها أي سطر.. هتعبر عنك..

نظرت له بابتسامة، فأشار بيده أن أجرب، قلبت صفحات الكتاب في فضول، حتى وقفت عند صفحة عشوائية وقرأت أول كلمة وقعت عليها عيني بصوت عال:

- آلاء شمال!

ضحك بشدة وضحكت معه مستهزئة، التفت له قائلة بسخرية:

- إيه القرف ده؟

قال بهدوء:

- جربي تاني..

هززت رأسي نافية، لا أحب الغش في تلك اللعب القدرية، التقط الرواية مني وتأملت بقية المكتبة.. التفت له أسألة عن شيء ما، لأجده قد قرر أن يجرب اللعبة معي ويقرأ جملة عشوائية، جلس على المقعد وفر الورق أكثر من مرة وهو ينظر لي مبتسمًا بحماس لم أفهمه، توقف ونظر للصفحة وللجملة، ثم تبدَّلت ملامحه لتأثُّر لم أفهمه، نظر لي ثم للجملة كأنما تردد، ثم ابتسم وقال:

- «أنا خلقت كي أظل وحيدًا.. لأن كل من يقترب مني.. يحترق..»

صوته وهو يقرأها أسر قلبي.. شيء ما عذب.. لو أن للروح المختنقة صوت لتمثل في صوته وهو يقرأ الكلمة، شردت في صوته ثم فكرت في الجملة نفسها ليدرك عقلي شيئًا..

هو يشعر بالذنب بسبب شيء ما...

احتار قلبي بين تصديقه وتكذيبه، لكن صوته ونظرته الحزينة وهو يضع الرواية جانبًا في هدوء ويحاول الابتسام ثانية، ولكنها صعدت حزينة صادقة، كل هذا جعلني لا أبالي، لم أشعر بنفسي وأنا أنطلق ناحيته في خطوات متواثبة وأحتضنه.

لأجده يلف ذراعيه حولي بقوة، حتى شعرت بأن ضلوعي قد تنكسر..

كان يحتاج لهذا العناق أكثر من أي شيء..

لماذا تحيِّرني داخلك يا (صفي)؟ لماذا دخلت حياتي من الأساس؟ مسحت على شعره وقبلت رأسه... كان صامتًا تمامًا.. توقعت أن يبكي لكنه لم يفعل.. فقط سمعت أنفاسه وشعرت بها...

ليرفع رأسه ببطء.. ودون كلمة واحدة.. أشعر بشفتيه تقترب.. لتلمس رقبتي في قبلة ناعمة.. رقيقة..

ضربت تلك القبلة جسدي كله.. لم أكن أتوقعها وكانت من أكثر نقاط ضعفي.. أردت بكل ذرة في كياني أن أخبره بأن يتوقف.. لكنه مع أنفاسه واقترابه ثانية ببطء، جعلت لساني يتوقف في حلقي وجسدي كله يشعر بأنه يريد القبلة الثانية..

ليلمس رقبتي ثانية بشفتين مفتوحتين، ويضمهما في بطء..

مر أكثر من العام والنصف منذ أن لمسني رجل تلك اللمسات الحانية، حاولت أن أفكر في أي شيء يجعلني أعترض، لكن دقات قلبي خانتني، ووجدت قبلته الثالثة مابين رقبتي وكتفي تحسم الجدل داخلي..

رفعت رأسه، وذبت معه في قبلة طويلة جعلت عقلي يخرس تمامًا.. قبلة بدأت رقصة ناعمة استمرت لمدة ساعة كاملة بعدها..

رقصة خاصة لا يفهم إيقاعها غير العشاق.. رقصة محمومة لا تنتهي إلا بانتهاء كل المشاعر السلبية داخلنا.. بين شغف وجنون وهدوء يتبعه شغف وجنون وهدوء متشبع بالحنين.. في إيقاع مجنون ثابت في عبقريته ويختلف في ثباته... رقصة نتبادل فيها القيادة دون خجل.. رقصة تجعل منا كيانًا واحدًا... فنشعر وقت الذروة بالكمال..

شعرت معه بأنني عذراء لم يمسسني رجل من قبل.. وعذراء لم تفهم في الحياة معنى للأنوثة والمتعة إلا معه فقط..

ليستيقظ عقلي بعد ساعة.. يراني عارية تمامًا وأستلقي منهكة على جسده.. وهو يحتضنني بقوة.. تتناغم أصوات صدورنا التي تعلو وتهبط بقوة تطلب الهواء كأننا ركضنا مسافات بعيدة.. نائمين على أرض غرفة القراءة أمام كل الكتاب الذين لم يخلِّد فيهم أحد لحظة كتلك بالعبقرية التي شعرت بها الآن أبدًا..

استيقظ عقلي ورأى كل ما حدث، فلم يقل سوى كلمة واحدة فقط..

ا❋ا..

7

هل تعلم يا عزيزي أننا بالفعل ناقصات عقل ودين ولنا الفخر؟

كان الله يعلم أنك ستسفك الدماء وتعيث فسادًا في الأرض.. فأنعم علينا بعاطفة تلين قلبك.. ومشاعر تغذي قلبك القاسي..

وميَّزنا بالحب.

حب بالقوة الكافية كي يعمي عقولنا ويجعلنا نختارك ونتحملك.. رغم كل قاذوراتك العقلية والنفسية والجنسية..

◎◎◎

لم ينهض..

هناك شعور خفي تعرفه كل أنثى، عندما ينتهي الرجل من شهوته، ينهض على الفور سواء للاغتسال أو لفعل أي شيء آخر.. لا يعلم أننا لا نستمتع إلا بتلك اللحظات البسيطة من السكون بعد الانتهاء.. عندما تستقر روحانا وتهدأ أنفاسنا معًا.. ذلك العناق الذي يشعرنا بأمان خفي.. يخبرنا بأن قدسية تلك اللحظة مصان.. وليست مجرد متعة مؤقتة تركض بعد انتهائها...

وهو لم ينهض..

استكان إلى جانبي على السجادة الوثيرة على الأرض.. يحيط بذراعه جسدي الذي لم أستطع السيطرة على ارتعاشته التي استمرت

لفترة حتى بعد انتهائنا.. وضعت رأسي على صدره العاري وذراعي يحيط به.. أغمضت عيني في استكانة وأنا أنتفض بين ضلوعه.. أسمع دقات قلبه التي تهدأ مع هدوء جسدي..

لتأتي موجة تأنيب الضمير وتضرب كياني كله دون رحمة..

قرون من الإرهاب الفكري لكل من يرتكب ما ارتكبته الآن لأنه فاسق رخيص لا يعرف معنى الاحترام..

كل قصص الصديقات، كل قصص الضحايا اللاتي أنتقم لهن، أن الأنثى ما إن استسلمت لشهوتها أصبحت عاهرة، حقيرة، غير محترمة، تستحق كل ما يحدث لها من عقاب..

شعرت بأنني خذلت كل فتاة وكل مطلقة تحارب كي تثبت أنها لا تفعل ما أفعله الآن..

كيف يحمِّلون نفسًا بشرية كل هذا العبء ولا يتوقعون أن تنهار مع كل تلك الأثقال النفسية؟

ولماذا لا يحمل الرجل نفس العبء مثلنا؟

ما هذا الظلم البين؟

بدأت دموعي في السقوط، كنت أحارب كل من تحدثنني عن ذلك الإحساس، أننا عندما نستسلم لرجل سيفقد كل اهتمامه بنا وينصرف، ليتحول الأمر إلى حرب شرسة.. ألا نترك رجلًا يتشبَّع حتى يظل «مهتمًّا»... كنت أحاربهن وأقول لهن إنهن أكثر بكثير من مجرد جسد.. لكنهن يبتسمن بسخرية ويقلن إن الرجال الذين مارسوا الجنس معهن يرونهن رخيصات، كنت أصرخ فيهن بأنه لا بد أن يدرك أنه ارتكب نفس الفعل.. لكني الآن أدرك ما يقلنه.. أرى

كل من أعرفهم.. أمي وأخي وحتى أبي الغائب، ينظرون لي باحتقار لأنني «شعرت بشيء ما»..

«مالك؟»

قالها بحنان، لا بد أنه شعر بدموعي تهبط على صدره، ضم يديه عليَّ ليضمني إليه أكثر.. شعرت بأنه يعتصرني فسقطت دموعي أكثر.. كيف تحولت إلى تلك الطفلة التي تبكي وتشعر بندم هائل وتريد من يطمئنها؟

قال ثانية بقلق:

- مالك؟

لعنة الله عليكِ يا أمي.. لأنك جعلتِ من نومي مع قاتل متسلسل شيئًا أفضل من الرجوع والجلوس في البيت معك دون ابنتي..

مسحت دموعي بسرعة، ونهضت كأنما أنتزع نفسي من صدره انتزاعًا.. نهضت أرتدي ملابسي بسرعة.. كنت أشعر بخجل غير طبيعي وأنا أبحث عن ملابسي التي تم إلقاؤها في مكان ما.. لكني كنت أتحرك بسرعة، وجدتها فارتديتها على عجل... اعتدل في نومته عل الأرض وهو يتابعني بنظره،، قال بهدوئه:

- ممكن تهدي وتقولي لي في إيه؟

ابتسمت في سخرية وأنا أرتدي بنطالي، قلت بصوت عملي:

- مافيش حاجة.. خلاص اللي أنت عاوزه حصل.. مش لازم نقعد نمثل على بعض..

ابتسم نصف ابتسامته وراقبني وأنا أرتدي قميصي الذي بدا أن
كلبًا تسلى بمضغه منذ قليل، قال وهو يضع ذراعه على صدره العاري
بسخرية:

– أنت خدتي مني اللي أنت عاوزاه وهتمشي؟

نظرت له بإرهاق، قررت أن أواجهه بسؤال مباشر يخرس عقلي
قليلًا:

– أنت عاوز مني إيه يا (صفي)؟

نظر إليَّ وصمت، لأقترب منه وأقول بصراحتي المعهودة:

– أنت اللي قربت.. عاوز تقنعني إنك جيت عشان مقتنع باللي
باعمله؟ صدقتك أول مرة.. قلت يمكن فعلًا مبسوط إني
باخد حق الستات.. وسيبتك توصَّلني.. بس بعدها فضلت
تتكلم ليه؟ عشان عاوز تشكرني تاني.. ولا عشان جسمي
عجبك؟ ولا عشان شخصيتي استفزتك إنك تكسرها؟

أسئلة صريحة لا تجرؤ معظم النساء على سؤالها.. أسئلة واضحة
لا تترك له مجالًا للإجابات المائعة التي يجيدها كل الـ(bad boys)..
تعلمت أن الرجال يستغلون خجلنا من تلك الأسئلة المباشرة،
يدورون حول الإجابة ويتصرفون تصرفات متناقضة دون إجابة
حاسمة.. ما يجعلنا نتعلق بهم..

أدركت شيئًا غاب عني طوال الفترة الماضية، اتَّسعت عيناي
وقلت وأنا أشير لأعلى:

– ولا تكون بتصوَّرني عشان تفضح الست اللي بتنتقم من
الرجالة؟

حقيقة بسيطة أدركتها، هو الوحيد في هذا العالم الذي يعرف من أنا.. لم يكن يعرف اسمي، لكنه يعرف أنني صاحبة الصفحة.. بدأ عقلي يضرب أنوارًا حمراء معلنًا حالة الطوارئ القصوى.. هل سقطت ضحية مرة أخرى؟

ظل ينظر في عيني مباشرة، عيناه تقولان الكثير لكن لا تنطق به شفتاه، انتهيت من ارتداء ملابسي لأجده ارتدى بنطاله المنزلي وجلس ينظر لي.. قال بهدوء:

- كل أسئلتك فيها اتهام.. تفتكري أي إجابة هقولها أنت هتصدقيها أصلًا؟ مافيش إجابة هتطمنك..

ضحكت في استهزاء، قلت مشيرة لنا:

- أتطمن؟ مين قال إني قلقانة.. راجل.. ست..

وأشرت للفراغ حولنا مكملة بسخرية:

- وشيطان مزاجه رايق شوية.. وحصل اللي حصل.. مش أنا اللي أقلق عشان تطمنِّي..

أومأ برأسه إيجابًا، كان على حق، كل إجاباته لن أصدقها على أي حال، لكن هناك حقيقة واحدة أعرفها عن ظهر قلب... لو ابتزك شخص بأي شيء تظاهر بأنك لا تبالي... قلت مبتسمة متظاهرة بأن حقيقة تصويره لي لا ترعبني:

- ولو فعلًا صورتني ياريت وأنت بتنشر الفيديو تتأكد إن إمكانياتي حلوة فيه.. ما تبقاش مصوَّرة وحش زي بقية الأفلام اللي الراجل بيسرق فيها جسم الست ويوريها للناس كلها...

بدأ الغضب يغزو عينيه، كلامي يضايقه ويخرجه من منطقة أمانه، مددت يدي له قائلة بابتسامة وقورة:

- زي ما قولت لك.. مش لازم نمثل الإتيكيت وأطوِّل في الموقف أكتر من كده..

حرك كتفيه مستسلمًا، نهض من مقعده، مد يده وأمسك يدي، نظرت لأعلى لألتقي بعينيه الصادقتين، قال بهدوء:

- أنا عارف إنك بتطلَّعي خنقتك وإحساسك بالذنب عليا.. بس عشان دماغك ما تسوَّحكيش لما تروحي.. مافيش كاميرات ولا تصوير ولا الهبل ده..

واقترب أكثر وهو يقول بصوت صارم هادئ:

- أنا مش من حقي أصلًا أحكم عليك.. ومش من حقي أشوفك رخيصة ولا غالية.. أنت بتتصرفي باللي جواك وأنا بتصرف باللي جوايا.. ماحدش فينا أحسن من حد..

واحتضنني في حركة لم أتوقعها، ظلت يدي جانبي وجسدي كله متخشب، قال بهدوء بصوت خفيض:

- شكرًا إنك حسيتي بيا.. شكرًا إنك مش بتخافي.. أنت من أقوى الناس اللي عرفتها..

وابتعد عني وأمسك كتفي ونظر في عيني كأنما يريدني أن أصدقه، لم أنطق وابتلعت ريقي، اتجهت لباب الشقة بخطوات مسرعة، لأسمع صوت جرس الباب، فأتوقف لحظة في عدم استيعاب، نظرت إليه لأجده يتجه للباب في هدوء ثم يعود لغرفة القراءة وفي ثانيتين خرج مرتديًا (تيشيرت)، ركض ناحية الباب الذي دق جرسه

101

أكثر من مرة وفتحه وهو يشير لي بأن أهدأ، انقبض قلبي في خوف لا أدري مصدره، عندما رأيت وجهه يبدو عليه الدهشة، مع صوت من خارج الشقة لم أرَ صاحبته:

- مفاجأة مش كده؟

عدت إلى الخلف خطوتين لا أدري ماذا أفعل، لم أهتم إن كانت من خلف الباب هي إحدى عشيقاته أو أمه أو أخته، كل ما أردته هو أن اختفي حالًا، تعلق نظري به وتلك الفتاة تحتضنه وهو يحتضنها ويضحك..

تخشبت في مكاني عندما دخلت الفتاة وهي تضحك، ويقع نظرها عليَّ فتوقفت هي وارتبكت قليلًا ونظرت لـ(صفي) في استفهام، كانت فتاة صغيرة في السابعة عشر تقريبًا، أسرع (صفي) بتقديمنا وهو يقول:

- (رحمة) بنتي..

ابنته؟

ابتسمت بسخرية وداخلي إعصار، هل أتت من العالم الآخر إيها الوغد؟ ألم يتوفَّها الله منذ ساعتين فقط عندما أخبرتني؟ يا لكذب الرجال الذي لا ينتهي! مدَّ (صفي) يده مشيرًا الي أمام نظرة ابنته التي تنتظر أن يعرِّفها بي، بدا عليه الحيرة، ما زال لم يعرف اسمي بعد، ابتسمت وأنا أقول في قرار حاسم حان وقته الآن:

- (داما)..

ضيَّق (صفي) عينيه كأنها لا يصدق الاسم، بالتأكيد بذكائه عرف أنه اسم مزيف، قال مكملًا تعريفي لها:

– (داما) اللي كنت بحكي لك عنها..

اتسعت عينا الفتاة في فرحة حقيقية، واقتربت واحتضنتني في طيبة، شعرت بأنني دخلت خلاطًا من المشاعر المتناقضة في يوم واحد.. احتضنتها في ارتباك، لتقول لي وهي تذهب لوالدها وتربت على كتفه:

– بيحكي لي عنك كتير أوي.. بس أنت أحلى كتير من ما هو بيوصف..

نظرت لعيني (صفي) الذي بدا فيهما ندم ما، ضحكت ضحكة (داما) البريئة وأنا أقول لـ(رحمة):

– ولسه هيحكي لك عني كتير.. بس أنا لازم أمشي..

وقبل أن يعترض أحد.. ذهبت ناحية الباب وأنا أشير لهما مودعة.. وأخرج من الشقة كمن اكتشفت وجود فئران في بيتها.. أشعر باشمئزاز من نفسي ومن (صفي) ومن العالم أجمع..

8

هل تعلم يا عزيزي.. أن عدد الفتيات «المفقودات» يتراوح بين 80 مليون و100 مليون فتاة، مسجلات كمفقودات في التعداد البشري العالمي؟ كلهن ضحايا لوأد الإناث وجرائم القتل وسوء التغذية والإهمال المبني على التمييز «النوعي» فقط؟

أتريد شرحًا أكثر؟ كلهن تم فعل ذلك فيهن فقط بسبب نوعهن.. لأنهن إناث.. لم يرتكبن أي شيء آخر سوى أنهن إناث..

هل وأنت تعيش حياتك قلقتَ ولو للحظة على حياتك فقط لأنك «خُلقتَ» رجلًا؟

◎ ◎ ◎

استيقظت في اليوم التالي لأعرف سبب كل ما حدث في الأيام السابقة..

ذلك الألم الضاغط كصخرة على جدران رحمي، ألم أسفل ظهري ورغبة في القيء.. حلمت بأن طليقي يربط ساقي في حبل طويل ويسحلني على الأسفلت، لأستيقظ وأجد ألم ساقي كأن هناك من يريد أن يبترها.. ولأعرف أن صديقتي الشهرية قد أتت لتزورني كضيف ثقيل في أسوأ زيارة ممكنة..

نهضت من الفراش كصرصور تم ضرب نصف جسده بخفٍّ مراهقة خائفة، ضربة قاسية لكنها غير مميتة جعلته يتمنى الموت ألف مرة.. ذهبت وأنا أسير بنصف انحناءة للحمام لأجهز قربتي الساخنة وأغتسل..

عرفت لماذا أذابتني لمسة (صفي) البارحة وجعلتني أستسلم.. في المعتاد لا أنهار من قبلة على الرقبة.. لكن البارحة شعرت بأنه ضغط على زر في عقلي يفتح ساقيَّ تلقائيًّا.. تذكرت ما حدث البارحة وشغفي في كل لحظة مرت بيني وبينه، وأدرك الآن سبب تلك المنحلة التي ظهرت بداخلي البارحة.. تذكرت وأنا أنظر لنفسي في المرآة، لماذا قلت «هاقتل أمك» لـ(هاني) أخي، كانت تستحق أن أقولها لكني في المعتاد لا أواجهها بهذا.. فسرت كثيرًا من أحداث الأسبوع الماضي..

امتلأت القربة واغتسلت وارتديت ملابس جديدة، خرجت من الحمام ونظرت للمطبخ خارجًا، شعرت بأنه أبعد من حياتي ولن أستطيع الوصول إليه، جررت قدميّ وكدت أذهب إلى هناك زاحفة، الألم لا يطاق، كنت قد ارتحت من آلام دورتي الشهرية في فترة الزواج، فيما مضى كنت أسوأ صديقاتي في أعراض تلك الفترة، معظمهن يأتيهن ألم في الظهر والبطن، ألم في الركبة، واللعينات اللاتي تأتيهن دون أي آلام على الإطلاق.. عندما تزوجت خفَّت أعراضها لكن بعد مرور عام ونصف من الطلاق، بدأت تؤلم كما كانت تؤلمني في مراهقتي..

انتهى الـ(بويلر) من غلي الماء، كما انتهت دورتي من تحطيم جسدي، انتهيت من النسكافيه وهممت بالتوجه لغرفتي، لكني توقفت للحظة، ثم عدت لأفتح باب الـ(ثلاجة)، تحتفظ أمي دائمًا

بالكثير من الشيكولاتة من مختلف الأنواع لاستقبال الضيوف المفاجئين، نظرت لمختلف الأنواع ولم أقاوم، أخذت الأنواع كلها بين ذراعي كأنني أحتضنها.. وعدت لفراشي الوثير في مدة بدت أنها لا تقل عن ساعة ونصف من بطء سيري..

أسندت ظهري إلى القربة وظهر الفراش، أمسكت هاتفي المحمول وفتحت تطبيق (flo)، يخبرني بأنها تأخرت ثلاثة أيام، سجلت أنها أتت اليوم فاطمئن وأرسل لي نصيحة جميلة لا تسمن ولا تغني من جوع..

ضممت ركبتيّ على صدري، فتحت أول شيكولاتة وأخذت قضمة كبيرة، شعرت بأن هناك من يربت على روحي في حنان وأنا أمتص سكرها الممتع وأشعر بذوبانها في فمي.. ابتسمت في راحة واستمتاع.. نظرت إلى جانبي في شرود لأحدث طليقي الذي اعتدت أن أحدثه عن متعة تلك اللحظة بالنسبة لي...

نظرت لأجد الفراش خاليًا.. تأملت المكان الخالي قليلًا، شعرت بوحدة مفاجئة.. رثيت حالي لأنني بلا أحد أحدثه الآن.. لأبكي فجأة بكاء حارًّا دون سبب منطقي.. كل ما حدث في حياتي يمر أمام عيني.. شعرت بأنني طفلة تائهة تريد أن تنادي أمها، لكن أمها اختارت أن تكون من الوحوش التي تهرب منها تلك الطفلة.. عقلي يعرف أن كل هذا يحدث بسبب صديقتي الشهرية.. لكنه أضعف من أن يقاوم كل تلك المشاعر الفياضة التي تنصبُّ داخلي.. لذا جلست أبكي وآلامي تزيد... وعندما أدركت أنني نسيت أن أتناول المسكن ازداد بكائي لأنني لن أستطيع أن أنهض الآن ثانية..

فتحت أمي الباب فجأة كما اعتادت أن تفعل منذ طلاقي، لا تستأذن، تدخل فجأة، تأملتني ونظرت للقربة والشيكولاتة والمناديل المتناثرة على الفراش، لتدرك ما بي في ثوانٍ، ظلت صامتة تتأملني ثم قالت بصوت بارد:

- أعمل لك قرفة؟

صرخت فيها:

- اطلعي بره وماتخشيش تاني..

ابتسمت هي في استهانة، وأغلقت الباب لأجدني -دون أي مبرر منطقي- أمسك منديلي وأقذفه على الباب كأنه سيسبب أي ضرر على الإطلاق..

كنت أقسمت على نفسي أنني لن آخذ أي قرارات في الأيام التي تسبق دورتي، لكن كل تلك الأحداث جعلتني أنسى أيامي كلها.. وسط شرودي ناديت بتلقائية بصوت عالٍ كما اعتدت عندما أشعر بكل هذا الاكتئاب:

- كاميليا..

تذكرت أنها ليست هنا فبكيت أكثر بصوت أزعجني شخصيًّا، بالتأكيد هناك فأر في مكان ما سيظن أن هذا نداء التزاوج من أنثاه، لم أنتظر وبحثت عن اسمها في هاتفي، الساعة الحادية عشر صباحًا، لأسمع صوتها يرد في حنان:

- إزيك يا ماما..

حاولت التماسك، لكن ما إن فتحت فمي حتى بكيت وأنا أقول لها:

- أنت وحشتيني قوي..

صمتت هي عندما وجدت صوتي الباكي، ثم قالت بجنان:

- يا حبيبتي هم أسبوعين.. إحنا في الساحل وأنا عمالة أبعت لك صور كتير على الواتساب صح؟

اومأت برأسي إيجابًا كأنها تراني، سمعت نهنهتي في الهاتف فقالت ضاحكة:

- امبارح لعبنا إحنا التلاتة لعبة الشايب وكنا بنحكم على بعض.. فأنا حكمت على (دينا) أنها تشك البوبو بالدبوس.. بس هي خافت تفرقع..

ولأول مرة منذ بداية اليوم ضحكت فجأة، فضحكت (كاميليا) معي في خبث.. ابنة أمها حقًّا.. واقع حياتنا أن كل الأطفال نضجوا مبكرًا.. أتت (كاميليا) دورتها منذ شهور قليلة.. في أواخر عامها العاشر.. لكن ذلك الجيل الذي نضج على (اليوتيوب) والـ(تيكتوك) أفكاره أكبر بكثير من سنه.. قلت لها بعد ضحكنا:

- في أي حد بيضايقك؟

أخذت (كاميليا) نفسًا عميقًا، (كاميليا) رغم نعومة طلاقي من (محمد) أمامها، لكنها تأثرت كثيرًا، زاد صمتها وأصبحت تراعيني كأنها هي التي أنجبتني وليس العكس، قالت بهدوء وثقة:

- محدش يقدر يضايقني وأنا بنت (هيا).. ولا إيه؟

ابتسمت في حنان، تحدثنا قليلًا ثم أنهينا المكالمة لأنها ستذهب معهم للبحر.. وما إن أنهت المكالمة.. نظرت للهاتف لحظات ثم شعرت بأنني أفتقدها حقًّا.. فبكيت..

وطوال اليوم، رقدت على فراشي أبكي وآكل الشيكولاتة...

لعنة الله على البويضات والرجال والأصدقاء وآلام العالم أجمع..

***

وأتت رسالة (صفي) في اليوم التالي..

كنت قررت الراحة اليوم التالي أيضًا، رغم أنه عادة ما يصاحبه نشاط بعد تفريغ شحنة الإرهاق في أول يوم، أتيت بسماعتي الـ(JBL) وجعلت تطبيق الأغاني ينسق الأغاني بطريقة عشوائية، حتى أفاجئ نفسي بالذكريات السوداء المصاحِبة لكل أغنية..

لتأتي رسالة (صفي) وأنا أقرأ رسائل صفحة (عزيزي)، كتب:

- ممكن الواحد يخلِّف بنتين صح؟ هاستناك تكلميني عشان تفهمي..

نظرت للسطر دون أن أشعر بشيء، بالتأكيد جاء ذلك التفسير في عقلي، قد تكون (رحمة) ابنته الثانية.. لكن ما صعوبة أن يقول «بنت من بناتي ماتت؟».. هل كانت ستتشنج عضلات لسانه الذي أعلم جيدًا كم يجيد استخدامه؟ هناك شيء ما غير مريح في القصة...

لم أفتح الرسالة لتركيزي الشديد في قصة تلك الفتاة، التي كانت مرشحة وبقوة لتكون الضحية رقم 30...

كانت تحكي لي كيف تزوجت طبيبًا محترمًا.. لتطلق منه بعد سبع سنوات وهي ما زالت عذراء، بكر، رشيد..

شردت في الرسالة تمامًا، بتفاصيلها المذهلة التي كانت تحكيها، عندما بدأت فجأة تلك الأغنية، التي جمدت إصبعي على الشاشة، وجعلت جسدي كله يتشنج..

I wanna take you somewhere so you know I care
But it's so cold and I don't know where
I brought you daffodils on a pretty string
But they won't flower like they did last spring

أردت أن أغيرها لكن تخشُّب جسدي منعني، أغمضت عيني والذكريات الكريهة تأتيني دون رحمة، بسرعة لا يستطيع عقلي حتى أن يمنع تسللها لقلبي..

***

نظرة أبي الغاضبة، قدمي المربوطة بحبل طويل، المربوط آخره في ساق الفراش، المربوط خشبه بمسامير تمنعه من السقوط، كسلسلة لا تنتهي من القيود لمجموعة من الجمادات، تشابه ذنبهم في شيء واحد فقط..

أنهم من استخدام البشر!

عندما بدأ يربط قدمي ضحكت في براءة ظنًا مني أنه يعاملني كما يعامل الخروف الذي رأيته في العيد السابق، ضحكت في البداية حتى رأيت عينيه الباردتين، ماتت ضحكتي وأنا أتذكر ذبحه لنفس الخروف بعد أيام معدودة، وظن عقلي ذا السبعة أعوام أنني أغضبته لتلك الدرجة..

لكنه لم يضربني..

ظل يحدق بي بتلك النظرة الجامدة، واقفًا بثبات كصنم، دب الخوف في أوصالي وشعرت أنني أريد الذهاب للحمام بشدة، قلت برجاء وصوتي الباكي يتمنى أن يصل لقلبه:

– بابا أنا ما عملتش حاجة، والله..

لتقاطعني صفعته على وجهي.. لأشعر بسخونة بين ساقي وأدرك أن رغبتي في الذهاب للحمام تخلَّت عني تمامًا، تلك الصفعة التي بدأت معي مسيرة 33 عامًا من عدم التحكم في مثانتي.. قال بصوت قاتل في قسوته، وهو ينظر لي باشمئزاز:

– البهايم بس اللي بتعمل على نفسها..

شعرت بشيء ينكسر في قلبي لم تصلحه الحياة حتى الآن، قال مكملًا أمام خجلي الرهيب من ما فعلت:

– كل مرة بربطك يوم.. المرة دي يومين.. عشان ماينفعش تقولي كده على عمك تاني..

On another love, another love
All my tears have been used up

نظرت له نظرة قهر، وانسحبت ذاكرتي مع الطفلة ذات السبع أعوام لنفس الذكرى..

***

عمي الذي قال لي قبلها بيومين فقط وهو يبتسم ابتسامة مرحة، ويجذبني بيده الأخرى من كتفي:

«ما تخافيش يا حبيبتي.. ده زي المصاصة بالضبط»!

***

لأرى اليوم التالي عمي يخرج من شقتنا مهرولًا، كنت عائدة من المدرسة، شببت حتى أرن جرس الباب، لكني وجدته يفتح باب الشقة ويخرج منها مهرولًا، حتى أنه لم يرني، كنت في هذا الوقت أحتاج أن أصعد دراجتين من السلم حتى أستطيع رن الجرس، ترك الباب مفتوحًا وأنا أتابعه بعيني في خوف.. دخلت الشقة وأغلقت الباب وأنا أشعر بشيء ما خاطئ، خرجت لي أمي بروب الاستحمام وتوقفت كأنها كانت تتوقع أن ترى شخصًا آخر.. ابتسمت واحتضنتني لأشمَّ رائحته الكريهة التي شممتها البارحة.. بكيت فجأة لتجزع أمي..

فحكيت لها ما فعله عمي البارحة..

I wanna sing a song, that'd be just ours
But I sang 'em all to another heart
And I wanna cry, I wanna fall in love
But all my tears have been used up

«إياكِ تقولي لباباك أو أخوكِ»..

مع تغير ملامح أمي وأنا أحكي، شعرت بأنها فهمت ما أشعر به، شعرت بالراحة لمدة ثوانٍ وهدأ بكائي، لأجدها تقول لي تلك الجملة القذرة، تتبعها بما قتل ما تبقى من براءة عقلي:

– عمك بيحب يهزر بس.. بس ده أخو باباكِ.. وأنت عارفة باباكِ صعب يشتغل فعمك بياخد باله علينا.. لو قولتي له ممكن العيلة كلها تتضايق ويبقى أنت السبب.. يرضيك؟

هززت رأسي أن لا في براءة، ليفتح أبي باب الشقة وينظر لنا، نفس البرود والخمول في عينيه، رآنا ورأى آثار البكاء واضحة على ملامحي، قال بتساؤل:

– في إيه؟

لأشعر بفطرتي بأن هناك شيئًا ما خاطئًا، لأشعر لأول مرة أنني أريد أن أركض في صدر أبي ليحميني.. صرخت فجأة:

– مش عاوزة عمو (فتحي) ييجي تاني.. بيعمل حاجات وحشة معايا..

لينظر لي أبي لحظات وأنا أنظر له بفخر وقوة، شعرت بأنني فعلت الشيء الصحيح كما كان (بطوط) يفعل دائما في مجلة ميكي، حتى لو جاءت الدنيا عليه، يظل في النهاية يفعل الشيء الصحيح وينتصر الحق، انقلبت ملامح أبي، ذهب بقوته ناحيتي، ليحملني فيما ظننته عناق يحميني، لأجد حبلًا يربط ساقي..

On another love, another love
All my tears have been used up, up

***

انتهت الأغنية على دمعة ساخنة هبطت على وجنتاي.. انتزعت نفسي من تلك الذكرى التي قتلت داخلي ما لن يعرفه أحد.. حمدت الله أن تلك الذكرى هي ما سرت داخل عقلي.. وليست الذكريات الأخرى المصاحبة لتلك الأغنية بالذات..

أخذت نفسًا عميقًا.. تركت دموعي تهبط في هدوء..

أحيانًا أجد تلك الطفلة تظهر داخلي، لكن (داما) تحتضنها طويلًا حتى تسقط في نوم عميق، ثم تسيطر (داما) على بقية الحياة.. كما حدث الآن بالظبط..

دخلت صفحة عزيزي.. ذهبت لمنشور بعينه وأنا أبتسم ابتسامة ميتة.. ذهبت لتعليق ضايقني قبلًا، نسخته، فتحت رسالة (صفي) وأرسلته اليه:

«عزيزتي.. لا يعد الانتصار انتصارًا إلا لو كان الطرف الآخر يعرف أنه يحارب.. أي انتصار دون علم الخصم يسمى «خدعة».. ولا يلجأ للخدعة إلا الجبان.. إذا أردت انتصارًا حقيقيًّا.. كوني بالشجاعة الكافية لأن تخبري من تواجهينه بأن يستعد للحرب..».

انتظرت قليلًا، لأجد علامة أنه قرأ الرسالة، وكتبت بعدها:

- أنا أصيلة.. وإحنا بينا عيش وسكس..

ضحكت بعد أن أرسلتها في جذل، تركت (داما) تتملكني تمامًا، وكتبت:

- فآديني باقولك.. عشان تجهز للحرب..

وكتبت بهدوء:

- أنت ضحيتي الجاية يا (صفي)..

9

هل تعلم يا عزيزي أن ثمانية وثلاثين في المئة من جرائم قتل الإناث.. تتم بفعل شريكها الذكر سواء كان حبيبًا أو زوجًا؟

تذكَّر تلك المعلومة في المرة القادمة وأنت تنظر في عيني حبيبتك وتخبرها بأنك مختلف.. وأن تثق بك.. لأنك تدَّعي أنك ملاك لم يخلق الله من في أخلاقه..

◎◎◎

«بلغني أيها الكائن البشري ذو العضو الذكري..

أنك -يا عزيزي- ما زلت تظن أننا نختلف عنك في المشاعر الجنسية..

هل تعلم أننا أيضًا نُثار جنسيًّا مثلك؟

هي حقيقة بسيطة.. واضحة.. «يراها أي كفيف» كما قال (هنيدي) يومًا.. لكن نشأتنا في ثقافة معينة جعلت الاعتراف بذلك شيئًا مهينًا.. شيئًا ينبغي أن نخجل منه.. ومن تجرؤ أن تعترف به تصبح في نظر الجميع عاهرة.. لذا نشأنا جميعًا على أن نحتوي كل مشاعرنا ونحتفظ بها في صندوق بارد، محكم، ونوصده بقفل من التحذيرات والترهيب.. وهذا يصيبنا بكل أعراض الاكتئاب ونوبات القلق والخوف الدائم من اتهامنا في أخلاقنا..

هل تعلم أيضًا يا عزيزي أن شهوتنا في الأصل أضعاف شهوتك؟ وأن كل الدراسات العلمية أثبتت أننا نمتلك شهوة جنسية أكثر من الرجال؟ هل تكذب معلوماتي وتظنني بلهاء؟ ابحث ورائي وستجد كل المعلومات التي أقولها لك حقيقية.. هل تأكدت؟ فكر معي في سؤالي القادم..

لماذا لا تجد نساء يغتصبن الأطفال؟ لماذا لا تجد نساء يتحرشن بالرجال في الطرقات؟ لماذا لا تجد نساء يحلن حياة عائلاتهن جحيمًا لمجرد نزوات حقيرة؟..

وإن وُجد.. هل تريد أن نقارن النسب ونرى الفارق المهول بيننا وبينكم؟

في عقلك تجيب بسهولة «لأن هذا هو الطبيعي».. واجب على المرأة أن تتحكم في نفسها.. يجب عليها ألا تفصح.. لكنك كرجل لا تسيطر على شهواتك وعلى هذا العضو الذي لو أخبرك أحد أنه صغير قد تنتحر.. هذا هو ما نشأت عليه فأصبح طبيعيًّا.. لا تتخيل للحظة أنه اختيار وقوة وجلد من جانبنا لا يحتمله مخلوق بشري تربى في مجتمعات أخرى..

عزيزي.. أريد أن أخبرك بالحقيقة التي لن يخبرك بها أحد...

لقد خلقنا جميعًا كي نُثار فنتكاثر دون أي مؤثرات.. نستيقظ مثارين ونسير في ساعات يومنا ونثار بلا سبب.. هكذا خلقت أجسامنا.. فلا تلقي بقاذوراتك علينا بأننا السبب في ضعفك..

شعرنا لا يثيرك.. ملابسنا لا تثيرك.. رائحة عطورنا لا تثيرك.. أجسادنا لا تثيرك.. إنما هو اختيارك وإرادتك الكاملة مع سبق

الإصرار والترصد.. ألا تتحكم في نفسك.. وتستسلم لكل تلك المشاعر.

أرى ابتسامتك الساخرة تعلو وجهك وتقول إنني لا أفهم شيئًا.. وأنا لست أمك لأربت على كتفك.. لكني تلك المرأة التي ستخبرك بالحقيقة كما هي.. وتخبرك في كل مرة نصيحة واحدة:

كل ما يحدث ليس له أي علاقة بالجنس أو الشهوة أو الكبت.. كل ما يحدث سببه أنك تريدنا أن نخاف دائمًا.. تريد أن تفرض سيطرتك بادعاء كاذب لشهوة لا وجود لها.. اسأل كل المتزوجات حديثًا عن آخر مرة عاشرها زوجها، وستعرف أن شهوتك هي أسطورة الحمقى فقط أن يصدقوها..

أنت من ادعيت وجود وحش داخلك حتى تستطيع أن تخرس ألسنتنا وتجعلنا نخشاك فتسيطر أنت أكثر.. لا تتعلم أن تكون رجلًا.. تعلم أن تصبح إنسانًا يحترم حدوده ولا يضر أحدًا بضعف إرادته..

#دعونا_نتكلم

***

يقولون إن الأنثى رد فعل.. وهناك شيء من الصحة في هذا.. لكن ما لا تعلمه يا عزيزي أننا دائمًا وأبدًا رد فعل لرد فعلك!

أنت دائمًا في اختبار.. منذ أن تقع أعيننا عليك ونبتسم، نحن بانتظار رد فعلك.. هل ستقترب أم لا؟ كيف ستقترب؟ هل ستهاجم ولعابك يسيل ونشم رائحة شهوتك.. أم ستقترب برقي وتحضر؟

هل ستجعلني أفكر في جملة لطيفة تثير فضولي أم ستقول دعابة قمة في السماجة والصراحة تجعلني أكره اليوم الذي ابتسمت لك فيه؟

وعلى هذا الأساس تبدأ سلسلة من الاختبارات غير المقصودة من ناحيتنا.. نفعل ما نفعل وننتظر ردة فعلك.. حتى بعد الزواج تظل الأنثى تنتظر ردة فعل حنونة من زوج كف عن الاهتمام.. هل هذا شيء سام؟ ربما.. لكنها طبيعة فينا منذ الأزل..

أخبرتك من قبل يا عزيزي أن حواء لم تجعل آدم يفعل شيئًا.. لكن لو أن حواء هي السبب بالفعل في نزولنا الأرض.. فأعتقد أنها كانت تختبر حب آدم بجعله يقطف تلك التفاحة من أجلها..

ونجح آدم في الاختبار ولعننا جميعًا..

لهذا عندما أرسلت لـ(صفي) «أنت ضحيتي القادمة».. ظللت أنظر للمحادثة وقدمي تهتز بقوة.. أتخيل كل ردود الأفعال الممكنة.. وعندما رأت عيني تلك العلامات الثلاث التي تدل على أنه يكتب.. شعرت بقشعريرة تسري في آخر ظهري حتى رقبتي..

كل شيء حدث بيننا يا صفي يتعلق برد فعلك الآن..

ليأتي رد بائس مثله لكن -كعادته- أثار فضولي:

- مافيش مشكلة.. هتبقى تجربة حلوة.. بس لازم نتقابل عشان نحط شروط اللعبة سوا..

أثار استفزازي اعتباره لكلامي «لعبة»، هممت بالرد لكنه كتب بسرعة:

- وحتى لو أنت ما بتلعبيش.. أنا عندي فلسفة إن كل الحروب لعبة طويلة.. اعتبريها طريقة حربي..

118

كنت أضع إبهامي في فمي، عادة لم أستطع أن أكف عنها لطمأنة النفس بعد أن خذلني كل من كان دوره طمأنتي، كتبت بسرعة:

- مش هينفع آجي بيتك تاني..

ليكتب بسرعة:

- عارف إن مقاومتي حاجة صعبة جدًّا.. هبعتلك مكان حلو..

ولم تمر دقائق حتى أرسل موقعًا لمكان ما. لأنهض وأرتدي ملابسي في سرعة..

✾✾✾

كان كافيه غير معروف في الدور الـ44 في فندق ما. دخلته مبهورة بالمنظر، لأجده ينتظرني مستندًا إلى سور يطل على كل شيء من أعلى.. اقتربت منه وأنا أتأمله، لأجده شاردًا تمامًا..

كانت تدوي أغنية هادئة تجعلك تشرد قليلًا، (everybody loves a loser). جعلت المناخ مناسبًا تمامًا لحالة ما لا أدريها.. نظرت له وكلمات الأغنية تتخلل داخلي تزيد (داما) في تحديها..

This time... you have to face your future..
although... it's just a dusty road...
its clear... that backing down don't suit you
I hate to break your sacred code!

ذلك اللعين يبدو ساحرًا وهو شارد أيضًا..

ابتسمت وقلت وأنا أقف جانبه:

– بسم الله ما شاء الله.. بتسهِّل عليا الموضوع أوي.. زقة بسيطة
ويبقى خلصت انتقامي في ثواني..

ابتسم نصف ابتسامته اللعينة، قال وهو ينظر لكل شيء واللاشيء:
– ميزة المكان ده إنك لو مبسوط هتلاقي فيو جميل.. مخنوق
وجايب آخرك هتنط وتخلص..

لويت شفتاي وقلت وأنا أستند إلى السور مثله:
– الإفيه بتاعي أحلى..

ليرد بسرعة:
– عارف..

صمتنا.. نظرت لكل شيء من أعلى.. العربات الصغيرة والبشر
الأصغر حجمًا.. راودني سؤال واحد.. كم رجل مؤذٍ يسير الآن تحتنا،
وكم امرأة تبكي في بيتها خائفة منه في هذه اللحظة؟

كم تبدو الحياة جميلة من أعلى، وحقيرة وغير عادلة كلما اقتربت
من سطح أرضها..

قطع (صفي) الصمت وقال دون أن ينظر لي:
– ليه اخترتِ إني أبقى ضحيتك الجاية؟

يسأل في هدوء وبرود، رغم أنه يتابع الصفحة ويعلم قسوة عقابي
على كل من تجاوز.. هززت كتفي ونظرت له بابتسامة:
– دكتور (صفي محمود).. دكتور نفسي.. عنده 4 ضحايا من
النساء.. (نادين) و(إسراء) و(مريم) و(هديل).. كلهم
انتحروا بعد شهرين من جلساتهم معاه.. كلهم انتحروا

120

بنفس الطريقة.. سابوا نفس الكلام في الرسايل أو البوستات قبل انتحارهم..

أكملت وقد بدأ قلبي في الدق بسرعة مخيفة، كأنما أدرك خطورة كلامي الآن فقط:

– وسبحان الله.. الموجة دي بدأت بعد انتحار بنته بأربع شهور...

راقبت ملامحه عن قرب، نفس النصف ابتسامة الحزينة، اختلجت عيناه عندما ذكرت ابنته فقط، لكنه ظل جامدًا ينظر للاشيء، أكملت بهدوء وبرود:

– وأنت عارف أنا بعمل إيه في صفحتي.. باخد حق كل بنت القانون ما عرفش يجيب لها حقها.. أو حد أذاها بجرايم مش في القانون أصلًا..

أومأ برأسه إيجابًا، طاقته حزينة لدرجة جعلتني أريد أن أربت على كتفه مهونة، ثم أحتضنه وأخبره بأن كل شيء سيكون على ما يرام، لكني تركت (داما) تسيطر تمامًا على قلبي، فمنعت نفسي وانتظرت رده..

اعتدل من استناده إلى السور والتفت إليَّ بابتسامة مرحة عابثة:

– ماشي.. وأنا موافق.. اللي أعرفه إنك مش بتعملي حاجة غير لما تتأكدي مية في المية.. وكلامك كله مافيش دليل واحد عليه صح؟

عقدت حاجباي في عدم فهم، هل هذا اعتراف منه؟ أومأت برأسي إيجابًا، كل ما لدي عن تلك القصة هو حكاية الفتاة، وبحث

مضنٍ على جوجل حتى عرفت أسماء الضحايا، وتأكدت تمامًا أن كل
ما قالته صحيح.. لكن لا يوجد دليل واحد أنه هو السبب سوى
نظريات عشوائية تبناها أهل الضحايا ومحاميهم ضده.. وحتى الآن
القضية سائرة..

قال هو بثقة شديدة:

- يبقى هنلعب لعبة.. بنتك قدامها قد إيه على ما ترجع البيت؟

قلت بحرص وتخوف لا أدري مصدره:

- أسبوعين..

هذا لو عادت من الأساس، قرصتني الخاطرة في قلبي فتجاهلتها
بسرعة، قال هو وهو يبتسم:

- يبقى الأسبوعين دول هنقضيهم مع بعض.. هساعدك
في انتقامك من الرجالة.. في المقابل هاحكيلك كل حاجة
بالدليل.. لو وصلنا لآخر الأسبوعين دول وإنت لسه شايفة
إني السبب.. هاروح أسلم نفسي.. أو هدِّيكي اللي تفضحيني
بيه.. أي حاجة تختاريها...

قلت بحرص وأنا أشعر بأنني في لعبة عابثة، لكن تروقني:

- ولو طلعت إنك ما عملتش حاجة؟

ابتسم ابتسامة عابثة، وقال بنظرة تخترقني:

- مش إحنا اتفقنا إنك في حرب؟ تستحملي اتهامك الظالم ليا
بالمثل... اللي اتهمتيني بيه هتعمليه..

لم أفهم، فابتسم هو قائلًا بهدوء قاتل:

- تنتحري..

لأصمت تمامًا وأنا أحدق في عينيه الصريحتين الصادقتين..

***

كيف يسحب البساط من تحت قدمي بتلك السهولة؟

تلجلج عقلي لحظات من كلمته، عقدت ذراعي أمامي في حالة دفاعية واضحة، قلت رافعة حاجباي في ثقة:

- أنت بالكلمة دي أصلًا أثبت كل التهم اللي عليك..

ضحك ضحكة قصيرة. نظر للا شيء ثانية، قال بهدوء:

- ممكن.. بس مش فارق معايا.. مش أنت لو كسبتِ وانتقمتِ أنا هاروح أتسجن؟ حياتي هتضيع؟ يبقى ليه لو أنا اتظلمت أنت كمان حياتك ما تضيعش؟

وغمز بعينيه وهو يميل عليَّ قليلًا مبتسمًا بسخرية:

- ولا هو سهل نفشخ حياة الناس ولما تيجي على حياتنا إحنا بنفكر مرتين؟

هل يختبر منطقي؟

فلسفته البسيطة تقتل عقلي الذي اعتاد من البشر الخداع في كل منطق..

هو يقول ببساطة، كما أعطيت نفسي الحق في أن أصدق أنه قاتل يدفع الآخرين للانتحار. بل وأعطيت نفسي الحق في أن أنتقم منه الفترة القادمة، لو كان بريئًا -في حالة العدل المطلق- فلن يصح أن أعتذر أو أصالح.. لا بد أن يأخذ هو حقه من جنس العمل..

بانتحاري..

تأملت شروده قليلًا، قالت (داما) داخلي فجأة دون أن تستأذنني:

- ولو ما طلعتش أنت السبب في انتحارهم.. بس ليك دور بسيط.. بلاش.. لو طلعت عملت أي حاجة مؤذية لأي ست.. ساعتها هبقى ظلمتك ولا حقي أنتقم؟

قال بشروده وطاقته الحزينة:

- ساعتها يبقى حقك تنتقمي.. ومش هبقى مظلوم..

ابتسمت بخبث وثقة، لا يوجد رجل إلا ولديه شيء ما قذر يخفيه دائمًا، هناك أنثى آذاها بشكل ما دون حتى أن يدرك، ظن أن (ست) تعني «فتاة ممن انتحرن»، لكن وقت النهاية سأخبره بأنني أقصد «أي أنثى في العموم».. أوقعه شروده في فخي البسيط غير الملحوظ، مددت يدي بالسلام وأنا أبتسم ابتسامة كبيرة واثقة:

- وأنا موافقة..

أفاق من شروده كأنما لم يتوقع موافقتي، عقد حاجبيه وهو يتأملني وينظر ليدي الممدودة.. اتسعت ابتسامتي الشامتة.. فشل درسه التعليمي لي بأن أدرك خطورة الانتقام، وأدخله في سجن التزامه بوعد لا يعرف أهميته إلا المجانين أمثالنا.. مد يده ببطء وسلم علي وهو يتأملني بحرص، حيرته جعلتني أدرك أنه لم يتوقع موافقتي على الإطلاق، سحبت البساط من تحت قدمه، وعاد لمكانه الطبيعي كأي رجل سبقه..

تحت رحمة (داما) التي لا ترحم..

10

هل تعلم يا عزيزي أن 30٪ من الإناث عالميًا، تكون أول تجربة جنسية لهن بالقوة رغمًا عنهن؟

هل تدرك كم الأمراض النفسية المتعلقة بنوعكم التي تترسب داخلنا على مدار الزمن؟

◎◎◎

شيء ما في فكرة أن هناك رفيقًا لي في الجريمة راق لي..

منذ عام كامل، أفعل كل شيء وحدي.. أقابل الضحايا وأدرس قضاياهم وأخطط للانتقام.. كل هذا وأنا أحاول أن أبقى أمًّا جيدة ومذيعة ناجحة.. وطليقة تحارب طليقها.. وابنة لأم تقتل الحياة في النفوس...

ولم يكن طريقًا سهلًا أبدًا..

لذا عندما جلست في الكافيه المخصص للِّقاء بالضحايا، أرتدي الكاب الكبير ونظارة الشمس الأكبر، بجانبي (صفي) -الذي جاء دون أن يداري أي شيء من ملامحه- شعرت بقليل من الاطمئنان..

وشعور خفي بأن (بات مان) أخيرًا وجد (روبن) الذي سيساعده في قتل المجرمين..

كان (صفي) يبدو سعيدًا للمرة الأولى منذ قابلته..

يتأمل المكان ببلاهة حقيقية، كسائح جاء في زيارة سريعة، فينبهر بكل الصغائر كي يقنع نفسه بأن ثمن التذكرة يستحق.. نظر لي ووجدني أتأمله بابتسامتي الساخرة، فضحك في براءة وقال:

– حاسس إني في فيلم أكشن..

استند إلى المنضدة فاهتزت المشاريب كلها كأي طاولة في مصر غير متساوية الأقدام أو مالت الأرض تحتها، اعتذر بيده وقال بتركيز:

– أنت ليه ما بتصوريش مغامراتك دي للذكرى؟

تعجبت من الفكرة لأنها لم تخطر لي من قبل، لكني تظاهرت بالحكمة وقلت مستهزئة:

– ولو حصل أي حاجة، يبقى عندي الدليل في موبايلي؟

وأشرت له بإصبعي في حكمة:

– أكتر ناس بستغباها في حياتي المتجوزين وبيصوروا نفسهم.. حتى لو هم أنضف ناس في الدنيا ومش هيفضحوا بعض.. أي كلب ممكن يمسك عليهم ذلة.. عشان كده مش بصور حاجة..

أومأ برأسه في تفهُّم، ونظر لي مبتسمًا، فتأملته ثانية..

من يرانا من بعيد لن يتخيل في أبعد خيالاته، أننا اثنان اتحدت قوانا على تحدٍّ، إذا فزت سأفضحه وأنهي حياته، وإذا فاز هو سأنهي حياتي..

كل شيء يبدو دعابة غير منطقية، لا يعلم جديتها إلا أنا وهو.. فهمت الآن حقيقة سرعة علاقتي بـ(صفي).. أنا و(صفي) من نوع البشر نفسه.. فاقدي المنطق والعقلانية..

آذانا كل ما هو طبيعي ومريح، ليحتوينا جنون مطلق بلا قواعد.. هو يعلم أنني فعلًا سأنهي حياتي، وأنا أعلم أنه بالفعل سيستسلم لي..

لأن المجانين أمثالنا، تمتلئ أوجاعهم بوعود كاذبة، لذا عندما يلتزمون بشيء ما -مهما كان غير منطقي- سينفذون حتى لو ماتوا في سبيل ذلك..

سمعت صوت نحنحة خلفي، فالتفتنا أنا و(صفي)، لنجد (غادة)، سيدة رقيقة الملامح تقف جانبنا، ما إن رأيت عينيها الدامعتين أدركت على الفور أنها ستكون من ضمن القصص التي سأوافق على الانتقام لها..

✶✶✶

«بكره؟»

قلتها بصوت عالٍ رغمًا عني، التفتت (غادة) حولها في توتر من علو صوتي، فاعتذرت وأنا أعيد السؤال باستنكار هامس:

- هيتجوز بكره؟

أومأت (غادة) برأسها تؤكد المعلومة بعين دامعة، نظرت لـ(صفي) نظرة متوترة لأجده يبادلني نظرة مفكرة، قصة (غادة) تستحق الانتقام بأقسى أسلوب ممكن، وقدمت كل ما يثبت صدق قصتها من رسائل وتحاليل طبية، لكن زواج طليقها غدًا يهدم كل شيء.

قالت (غادة) بنبرة ترتجف، في محاولة بائسة منها للسيطرة على مشاعرها التي دفنتها طويلًا:

- أنا مش فارق معايا يتجوز ولا يتنيل، أنا اللي فارق معايا البنت الصغيرة اللي هو هيورِّيها اللي عمله فيا..

ثم أكملت بتوتر:

- بس صحابي مانعيني أقول حاجة، بيقولوا لي إني كده قليلة الأصل، ولو اتكلمت هابقى كأني مش عارفة أنساه..

يا للمنطق الملتوي غير المنطقي..

يخشى الرجال تحذير النساء لبعضهن، فيمنعونه بشتى الطرق، سالت دمعتها على وجنتيها، كم تبدو صادقة رقيقة الملامح، تحرك (صفي) فجأة وربت على كتفها وهو ينظر لها نظرة متعاطفة، فرمقته بصرامة وقلت:

- هي لسة مش عاوزة تنتحر.. هدي نفسك..

نظرت لي (غادة) غير فاهمة، في حين رمقني (صفي) نظرة لائمة للتعليق السخيف، وقال بهدوء وهو ينظر لها:

- اللي أنت فيه ده طبيعي.. أنت شايفة عروسته الجديدة هتتعذب زيك.. وأنت مش عاوزة حد تاني يشوف اللي شوفتيه..

نظرت (غادة) له في امتنان لأنه تفهم، شعرت بصدري يضيق من هذا الحنان المبالغ فيه في تعامله معها، قلت بسرعة وبتركيز:

- طيب لازم نتحرك بسرعة..

نظرا لي في تساؤل، فقلت بابتسامة جذلة وأنا أنظر لهما:

- إحنا هنبوظ عليهم الفرح بكره.. أنا عندي فكرة..

نظرا لي بانتباه، فحكيت لهم كل ما يدور بعقلي، لأجد عيني (غادة) تنظران لي في انبهار، وعيني (صفي) تنظران لي في قلق..

وعندما أجد ذلك الاعتراض البسيط في عين أي رجل أعرفه، أتأكد أن (داما) على الطريق الصحيح..

ما يثير تحفُّظ الرجل من ما تفعله أي أنثى، أعرف على الفور أنه الشيء المناسب لها..

***

في العربة جلسنا أنا و(صفي) الذي صمت تمامًا بعد أن سردت خطتي.. لم أعلق ولم أبالِ.. هو من أراد أن يحضر معي انتقامي ويساعدني فيه.. ليس له حق الاعتراض أو الرفض..

لكن فضولي الأنثوي لم يمنعني من سؤاله في لا مبالاة، وأنا أضع حقيبتي النسائية تحت قدميه في العربة، بعد أن ظللت عشر دقائق أبحث عن المفاتيح في تلك الحقيبة الكبيرة:

- شكلك مبوِّز ليه؟

هز كتفه بلا مبالاة، وهو ينظر أمامه، قال بهدوء:

- طريقة شغلك مختلفة عن طريقة شغلي مش أكتر.. إحنا لما بيجيلنا حد مش بنحل له الموضوع.. بنساعده يلاقي الحل بنفسه.. وده بيفيده أكتر..

ابتسمت بسخرية وأنا أضع مفتاح العربة في مكانه وأشعل محركها ليهدر بصوت عال، مطلقًا صفيرًا عاليًا، جعله يعقد حاجبيه ويقول:

- العربية دي محتاجة سيور ضروري..

تلك العربة تحتاج عربة أخرى يا (صفي)، تجاهلت تعليقه وأنا
أتحرك بالعربة، ورددت على جملته الأولى:

– كلامك جميل ومحترم فشخ... هي تروح تتعالج من اللي
حصلها، من العقد اللي جوزها سابها لها، وتحاول تكمل
حياتها.. وندعي ربنا إنها ما تروحش لحد زيك يخليها تنتحر
لا سمح الله..

ضيَّق عينيه، بدأت أثير عصبيته وهذا يروقني، لم يعلق كعادته،
فالتفت له مكملة:

– بس أذى الراجل ده مين يمنعه؟ في واحدة تانية بكره حياتها
هتخش في أذى ابن وسخة... لازم نمنع ده..

نظرت له للحظات، ثم قال بنبرة خافتة:

– وإيه اللي يضمن لك إنها مش مزيِّفة كل حاجة.. وجاية لك
قبل فرحه بيوم عشان تزنقك؟ وكل الموضوع يطلع انتقامها
وكيد في الآخر..

ضحكت مستهزئة، قلت بنبرة واثقة وأنا أنظر له نظرة حاسمة:

– ميزة اللي بعمله يا (صفي) إن مافيهوش غلط.. حتى لو هي
كدابة.. هو أكيد أذى واحدة تانية وتالتة ورابعة.. في الأول
كنت بخاف زيك كده..

ونظرت للطريق مكملة بلا مبالاة:

– بس أحلى حاجة في الرجالة إنهم خلوا الموضوع سهل أوي..
مافيش حد إلا وغدر وخان.. فالانتقام كده كده عادل..

130

تأمَّلني كأنما يدرسني، لم أعد أبالي بنظرته لي، خلعنا أنا وهو الأقنعة تمامًا، اتفاقنا جعل الأمور أسهل كثيرًا، ضرب جرس هاتفي بصوت مكالمة الفيديو، نظرت لأجد (محمد خالد) طليقي العزيز يحدثني مكالمة (فيس تايم). ركنت عربتي وأشرت لـ(صفي) بأن يصمت تمامًا. رددت وأنا أضع الكاميرا في زاوية تجعل (صفي) لا يظهر بجانبي، وجدت (كاميليا) تضحك على شاشة الهاتف، فدمعت عيناي في حنين وارتسمت ابتسامة اشتياق على وجهي، قالت (كاميليا) وهي تضحك:

- وحشتيييييينيييييي!

نسيت كل ما حولي، رددت عليها:

- أنت أكتر يا حبيبتي.. وحشتيني أوي..

قالت (كاميليا) بحماس شديد:

- بابا قالي إننا هنمد أسبوع كمان، إيه رأيك تيجي؟

انعقد حاجباي ووضعت يدي على سلسلتي في تلقائية، قلت بنبرة متسائلة:

- يعني إيه هتمدي أسبوع كمان؟

وجدت يد طليقي اللعين المشعرة تمتد لتأخذ الهاتف منها، ويطل بوجهه السمج في الشاشة، أمسك هاتفه من أسفل بتلك الطريقة الحمقاء التي تجعله ينظر لي لأسفل، فأجد أمامي «لغد» إنسان ثم بقية وجهه. قال بنبرته المرحبة السمجة:

- أيوة يا (هيا)..

بدا واضحًا على الشاشة أنه يسير مبتعدًا عن كاميليا، سمعت دقات قلبي تغزو أذني، لم أرد عليه حتى جلس على أريكة بيضاء كانت أريكتنا يومًا ما، لكنه استبدل مؤخرتي بمؤخرة أكثر امتلاء بالـ(بوتوكس)، فتركت آثارًا واضحة بجانبه، قلت بعصبية متجاهلة أفكاري:

– يعني إيه هتمد أسبوع.. مش كان بينا اتفاق؟

تأتأ بفمه في بطء بطريقته الباردة المستفزة، قال بابتسامة:

– إحنا قلنا لو سمعتي الكلام هترجع بعد أسبوعين.. مامتك لسة قافلة معايا بتقولي مافيش حاجة اتغيرت، عشان كده هنمد أسبوع.. لحد ما تتعدلي..

فتحت فمي لأسبه بأقذع الشتائم فقال هو بسرعة قبل أن يتفوه فمي بشيء:

– ده كلام أمك مش كلامي.. فلمِّي نفسك..

نظرت له بغضب، تلفت هو حوله وقال بصوت خفيض:

– أنا لو عليا عاوز أديهالك النهارده.. أنت عارفة إن البنت وجودها في البيت مش مخليني براحتي مع (دينا).. بس أعمل إيه بقى؟ أنت بتعندي وراكبة دماغك..

صمت تمامًا، نظرت له نظرة غاضبة، ثم أغلقت المكالمة في وجهه..

أخذت نفسًا عميقًا، ثم وجدت تلك الموجة من الغضب تجتاح كل ذرة في جسدي..

دوَّت الأغنية اللعينة في عقلي دون سيطرة، تثير داخلي كل الذكريات التي أركض منها طوال الوقت..

I wanna cry and I wanna love.. but
all my tears have been used up

ودون أدنى سيطرة على مشاعري، فتحت فمي لأتكلم فصعدت صرخة غاضبة طويلة، مددت يدي لأمسك المقود، فوجدت يدي تضرب المقود بعنف أكثر من مرة من عصبيتي..

مللت تلك الحرب الباردة التي لن تؤثر نفسيًّا إلا عليَّ وعلى (كاميليا)، مع كل ضربة أضربها للمقود كنت ألكم وجه أحدهم في مخيلتي، أبي القذر وأمي الأكثر قذارة، أخي السلبي وطليقي النرجسي..

لأجد موجة الغضب تزيد مع كل ضربة، يداي تؤلمانني ولا يهمني، أمسكت المقود كأني أريد أن أخلعه..

فجأة ودون مقدمات، امتدت يد (صفي) بقوة رهيبة، نزع يدي من على المقود وأدارها اتجاهه، فدار نصفي جسدي الأعلى كله معه، نظرت له في غضب شديد، لأجده ينظر لعيني مباشرة، بصرامة شديدة ونبرة آمرة:

– اضربيني أنا..

وكأن تلك الكلمة الغريبة كانت المفتاح لجعلي أعود لعقلي، نظرت له غير فاهمة، عندما كانت تصيبني تلك الحالة من العصبية، دائمًا ما كانوا يصفعون وجهي بقوة لأعود لرشدي.. سواء أمي أو (هاني) أو

طليقي.. دائمًا ما كانوا يدَّعون أن هذا هو الأسلوب الصحيح.. وأنهم يهتمون بمصلحتي، ولهذا يضربونني أنا..

في حياتي كلها طوال الثلاثة وثلاثين عامًا، لم يقل أحد كلمة «اضربيني أنا»..

شعرت فجأة بآلام يدي، وجدتني أبكي بقوة، وأنا أنظر لعيني (صفي) الصارمتين، ما إن وجدني أبكي حتى هدأت عينيه، وترك يدي برفق..

ليسود صمت لا يتخلله إلا صوت نهنهتي الحاد.. تنحنح (صفي) وقد ظل صامتًا تمامًا وأنا في تلك الحالة، مد يده ليربت على كتفي فابتعدت في اشمئزاز لا أدري مصدره، وقلت بنبرة حادة:

- ما بحبش حد يطبطب عليا.. أنا كويسة لوحدي..

سحب يده واعتذر، قال بهدوء بعد فترة صمت وهو ينظر لي بابتسامته الجانبية:

- (هيا) أحلى كتير من (داما) على فكرة..

اللعنة.. لقد تفوَّه (محمد) الأحمق باسمي أمامه، لو كان يقصد تشتيتي فقد نجح تمامًا، قلت وأنا ألتفت له بنظرة غاضبة في محاولة للهروب من خوفي:

- ده وقته؟

اتسعت ابتسامته وقال بجذل جعلني أدرك أنه يتعمد بالفعل تشتيتي:

- الغلط إني ما اقولش وقت ما أحس إني عايز أقول.. أنا قعدت سنين عمر بعالج ناس ما قالوش الحاجة في ساعتها..

نظرت لعينيه الصادقتين، بدأت أدرك خطورة مصاحبته لي في مهام الانتقام، سيعرف عني أكثر من ما أعرف عنه أنا.. أدرت العربة وانطلقت بها مسرعة.. وعقلي به آلاف الأفكار التي تنتهي كلها بقتلي لأمي على فراشها...

11

هل تعلم يا عزيزي أن عالميًّا، حوالي 135 أنثى يقتلهن شركاء حياتهن.. يوميًّا؟

أقولها وأعيدها..

◎◎◎

يوميًّا؟

«بلغني أيها الكائن البشري ذو العضو الذكري..

أنك -يا عزيزي- ما زلت تدَّعي أننا لا نقول كل شيء بصدق..

لماذا لا نتحدث بصراحة مطلقة؟

كل تعليقاتكم الدفاعية تدور في إطار واحد.. «هناك نساء تخطئ أيضًا.. وأننا لسنا ملائكة».. ورغم ضيقي من تلك المقارنة في الأساس، التي تدل على خروج أصحابها من مرحلة الحضانة منذ سويعات قليلة: «لقد ضربتها لأنها ضربتني».. لكني سأجاوب مرة أخيرة...

أنا لا أقول على الإطلاق إن هناك ملائكة وشياطين..

كلنا حقراء على هذه الأرض يا عزيزي وأنا أولكم..

من منا لا يقتل ولا يزني ولا يكذب وينم ويسرق ويغتاب ويؤذي؟ أيًّا كان نوعه سواء ذكر أو أنثى؟

هل ارتاحت عضلات مؤخرتك عندما قرأت كلامي؟ هل انتهت كل العصبية التي ترد فيها بالتعليقات لإثبات نقاء جنسكم الذكوري؟ دعني أفاجئك..

ألا ترى معي كم النساء في الصفحة اللاتي يهاجمنني؟ هؤلاء اللاتي تستأسد بهن في مهاجمتي وسبِّي..

يدَّعون أني شاذة عنهن ولا أنتمي إليهن ولا أعبر عنهن؟ وأن الأنثى ليس لها إلا بيتها وشرفها، وأنني ظالمة للرجال؟

هؤلاء النساء مثلك يا عزيزي عشن حيواتهن تحت مظلة زرعت جذروهن في طينة من القواعد التي تقتلهن قبل أن يقتلن بها غيرهن.. فأنبتن نساء يحكمن ويقسين ويقتلن أحلام الحرية بادعاء الفضيلة المستمر وإرضاء آخرين بمظهر خارجي كاذب.. يرهقهنّ قبل أن يرهقنا.. نحن اللاتي نحاول أن نقول أن «لنا حق»... يثير هذا حفيظتهن..

فيهاجمن فينا ما قتلنه في أنفسهن منذ طفولتهن..

هل تعرف تلك التي أرادت أن تخلع حجابها، فضربها أهلها أو أجبروها عبر حرب نفسية على ألا تفعل ما تريد، فتصبح هي فيما بعد أشرس من يهاجم من خلعن الحجاب؟

هي لا تهاجمهن.. هي تتحدث بلسان كل القيود التي أقنعت بها نفسها حتى تستوي نفسياً..

وبالطبع أنا لا أعبر عنهن، أنا النصف الآخر من العملة يا عزيزي..

أنا أعبر عن كل من قتلوهن بأحكامهن ونميمتهن والتشهير بهن والاستمتاع بفضحيتهن ونصيحتهن نصائح بلا طعم.. ألا تصدقني؟

إحساسك المستميت بأنك تريد أن تدافع عن جنسك للنوعين.. في علم النفس هو إحساس بالذنب متخفٍّ في شكل دفاعي..

لذا أرجوك.. تلك الطاقة الحارقة داخلك التي تجعلك تصر وتثبت أنكم جنس أرقى، هي في الأساس رغبتك في أن تقول إنك «لست هذا النوع من الرجال».. لذا من أجلك.. حاول أن تبحث في حياتك عن ما يجعلك تشعر بالذنب لهذه الدرجة.. أو تكتم شبقك الذي جعلك تأتي إلى هنا للبحث عن فتاة ساذجة «تصدق» أنك مختلف.. وارحم عقليتي المتعبة من إجاباتك السطحية التي تهدد بالمجتمع وبالدين دائمًا عندما يتم إحراجها بالمنطق..

اليوم سأحكي لكم عن آخر انتصاراتي على جنسكم العظيم. فانتظروني..

#دعونا_نتكلم

***

اليوم التالي بدأت تنفيذ أكثر الخطط ارتجالًا في الحياة..

ارتديت فستان سهرة رائع، وضعت كل أنواع مساحيق التجميل بطريقة تجعل عيناي أضيق وشفتاي ممتلئتان قليلًا، إظهار حدود للوجه وهمية، تصغير للأنف..

أول مرة في حياتي أنفذ انتقامًا في قاعة أفراح على مرأى ومسمع كثير من البشر الذين جاءوا فقط للمباركة والتهنئة..

لذا كان تغيير ملامحي قدر المستطاع هدفًا أساسيًّا..

نظرت للمرآة مرة أخيرة وأنا أزفر في توتر، فستان أنيق يظهر ما تبقى من مفاتن لوثها الذكور سواء بالعين أو اللمس، بإذن وبدون إذن، لكنها ظلت بارزة، فاتنة، رغم كل ما حدث لها..

خرجت من غرفتي لأجد أمي تنظر لي في آخر الرواق، عاقدة الذراعين وعينيها تقول إن هناك شجارًا قاسيًا على وشك الحدوث..

لكني للأسف يا أمي لا أملك الوقت لأجعلك تمارسي متعة التحكم الآن..

رمقتها بنظرة نارية وأنا أسير ببطء تجاهها، كانت تسد الطريق لباب الشقة بوقفتها الصارمة تلك، اقتربت منها وعيني لا تفارق عينيها حتى اقتربت منها دون أن أنطق بكلمة، ووقفت أمامها..

وصمت تمامًا..

وكما توقعت، لم تحتمل هي الصمت مع نظرتي الغاضبة، فقالت بابتسامة كيدية تتقنها كل أنثى لا تعرف للبراءة طريق:

- مافيش نزول.. الساعة 8.. لو نزلتي دلوقتي هترجعيلي الفجر إن شاء الله؟

ضاقت عيناي، منذ فترة طويلة لم تأخذ أمي موقفًا وتواجه بنفسها، كانت دائما ما تتظاهر بالضعف وقلة الحيلة وتستعين بأبي، وبعد هروب أبي كانت تستعين بـ(هاني) ثم (محمد).. في عقلها الصغير لا تدرك أنني فهمت كل ما كانت تفعله مع عمي.. صبَّرت

ضميرها الميت بأنني كنت طفلة فلم أفهم شيئًا.. لا تعرف حتى الآن أنني لم أصدقها لحظة منذ ذلك اليوم..

وقتها تبنَّت فلسفة الإنكار كما فعل أبي.. وكلما ذكرت ما فعله عمي بي في أي شجار وانفعال.. يتهمونني بالجنون والخيال الطفولي الذي يتخيل أشياء لم تحدث..

لهذا يسخر عقلي من كل ما تدعيه أمي الآن من أخلاق حميدة. وأصول علموهم أن يتظاهروا بها، لا أن يمارسوها..

عندما طال صمتي وأنا أنظر لها، ابتسمت في حنان تمثيلي، وقالت بعطف مزيف:

– يا بنتي أنا في آخر أيامي.. اقعدي معايا شوية نونِّس بعض..

لمحت تلك الابتسامة الخفية المنتصرة بين شفتيها، بذلت كل ما داخلي من طاقة لأصمت، تحركت اتجاه الباب وأزحتها جانبًا بذراعي، خافت هي من ثباتي وقوتي في دفعتي البسيطة فتحرك جسدها جانبًا، سرت بثقة وفتحت الباب، لتخرج أخيرًا عن شعورها ويعلو صوتها وهي تقول بغضب:

– أنا زهقت.. وأنت مش قد قلبتي يا (هيا)..

نظرت لها مستهزئة، وبقسوة وهدوء قلت ببرود:

– ما بقيتش أخاف يا ماما.. اللي بيخاف ده يا إما بيحترم اللي قدامه يا بيحبه فبيخاف على زعله.. وأنا لا بحبك..

وقلت بصوت يقتلها قبل أن يقتلني:

– ولا بحترمك..

وأمام عينيها المتسعتين في ذهول، وقبل أن تنطق بكلمة، أغلقت الباب خلفي في عنف..

***

بخطوات بطيئة بسبب الكعب اللعين الذي يجعل عضلات مؤخرتي تنقبض، سرت في الممر المؤدي إلى قاعة الأفراح وأنا أسير كنجمة سينمائية في مهرجان الجونة..

كنت (داما) في أبهى صورها الأنثوية القوية.. سرت حتى وقعت عيناي على (صفي) الذي ارتدى بذلة سوداء مظبوطة على جسده، فتعلقت عيناي بعينيه اللتين اتسعتا في إعجاب لم يستطع أن يداريه وهو يتأملني من منبت شعر رأسي حتى أخمص قدمي مع نصف ابتسامته الساحر الآن مع ذقنه النابتة وشعره الناعم..

ابتسمت نصف ابتسامة أنا الأخرى، اقتربت منه حتى وقفت أمامه لنتبادل نظرة صامتة، اخترقت قلبي قبل أن تخترق جسدي كله بقشعريرة محببة..

مددت يدي وقلت بابتسامة:

- سنِّدني عشان الكعب مطلع ميتين أهلي..

ضحك ضحكة بريئة، وقال ساخرًا وهو يمد ذراعه لأتكئ عليه:

- من بعيد وإنت جيالي سكارليت جوهانسون.. أول ما بتفتحي بقك.. عيل سرسجي بيطلع فجأة..

ضحكت بقوة ونحن ندخل القاعة، قلت بقلق وقد وترني العدد المهول للمدعوين:

- إحنا اتأخرنا؟

قال بصوت عال:

- لسه كتب الكتاب ما بدأش.. المأذون اتأخر فهيعملوه بعد البوفيه..

لآخر لحظة يحاول القدر إنقاذ الفتاة المسكينة.. كانت قاعة أفراح عادية يجلس كبارها على الموائد ويرقص صغارها على حلبة الرقص في المنتصف، تأملت الراقصين حول العريس والعروس، وقررت ألا أؤجل أي شيء أكثر من هذا، أمسكت يد (صفي) وقلت بصرامة:

- تعالَ..

جذبت يده وسحبته خلفي فجأة، كانت أغنية قديمة لـ(lady gaga) جعلها تطبيق التيكتوك شهيرة بسبب مسلسل (Wednes-day)، عندما رقصت بطلتها رقصة مخيفة، فأصبح الجميع يقلدها ووضع أحد الموسيقيين نسخة مسرَّعة من الأغنية فتطابق مع مشهد رقص البطلة.. وكان اسمها مناسبًا لي جدًّا.. (bloody mary)..

وقفت معه في منتصف حلبة الرقص، وبدأت بالرقص..

«I will dance dance dance.. with
my hands hands hands»..

نظر لي (صفي) معجبًا بحركتي الدقيقة، التي يفعلها جميع من حولي الآن، كان حفظي لتلك الرقصة من مميزات وجود ابنة صغيرة لي تجعلني أرقص معها في كل الفيديوهات..

حاول (صفي) أن يواكبنا لكن الرقصة كانت تعتمد على أن تتظاهر بأنك جسد ميت يرقص، استسلم وهو يراقبني أؤدي حركاتها، وأنا

أقترب بنعومة من العروسة العشرينية التي تتقن الرقصة مثلي، بعيدًا عن العريس الثلاثيني الذي ظل ينظر هو وأصدقاؤه لنا في بلاهة حقيقية حتى انتهت الأغنية وعانقت العروس عناقًا حقيقيًا، نصفه مواساة ونصفه الآخر فرحة لأنها سيتم إنقاذها من مصير أسود..

لاحظت أن العريس ينظر لنا بقلق، فنظرت لـ(صفي) نظرة فهمها، تحرك بسرعة وهجم عليه بالقبلات والأحضان، وأمسك يديه ليرقص معه أمام العريس الذي لا يفهم شيئًا..

تركت العروس التي حاوطتها صديقاتها، واقتربت من (صفي) والعريس في خطوات راقصة، على صوت الأستاذ (رضا البحراوي) وهو يغني أغنية أعشقها..

«صاحبك ده من بختك.. في المصلحة ياخدك.. وإن جت عليك دنيتك.. تلقاه واقف جمبك»..

ليراني (صفي) فيمسك يدي ويدخلني -ممسكا بيد العريس- بينهما، لأبدأ الرقص بين ذراعيهما التي تحطيني، معطية ظهري لـ(صفي) بثقة لا أعطيها لأي رجل على وجه الأرض، ولا أعرف كيف اكتسبها بتلك السرعة، ناظرة بثبات وابتسامة مخيفة للعريس، الذي ظل يتواثب كالأحمق وهو ينظر لي نظرة قلقة..

«ده محترم ده.. من بيت كرم ده..»

أشار الراقصون للعريس في مجاملة جماعية محفوظة، لا أجيد الرقص الشرقي، بل أرقص كالرجال، أحرك جسدي كله ويدي أكثر، لكن أمام عيني العريس القلقة، وجدتني بدأت في التمايل

قليلًا وهز وسطي مع ابتسامة مغرية، بطريقة كيدية لم أكن أعرف أنها داخلي..

كأن في رقصي طقس فرعوني للأضحية الجديدة قبل ذبحها..

لأكتشف أن (داما) تستمتع بكل لحظة تستعيد ضحية فيها حقها... ولأكتشف أن في الرقص الأنثوي قوة غير طبيعية لنا.. وليس لإمتاع الرجل كما ظننت..

تعرقت جبهة العريس، لأقترب من أذنه وأصرخ حتى أتغلب على صوت الأغنية العالي:

- عاوزاك في موضوع مهم.. من طرف (غادة) طليقتك...

توقف عن الرقص تمامًا، تخشب جسده ونظر لي بغضب، ليشدد (صفي) من قبضته على ذراعي العريس ليمنعه من الحركة، وأنا أكمل:

- تعالَ معايا من سكات.. عشان مصلحتك وعشان ما تتفضحش..

صمت لحظات ونظر حوله مرتبكًا، ثم أومأ برأسه إيجابًا...

جذبه (صفي) جذبة بسيطة، فيها من القوة ما يجعله يتحرك معنا، وخفية لدرجة أنها غير ملحوظة..

سرنا حتى خرجنا من القاعة... دخلنا حمام الرجال معًا.. نظر لي (صفي) قائلًا بابتسامته الجذلة ونحن ندخل:

- عادي كده؟

لأقول وعيني مثبَّتة على ظهر العريس الذي يتبعنا باستسلام أقلقني قليلًا:

144

– ما تخافش.. مافيش مبولة هتجرح شعوري.. الرجالة عملت
حاجات أسوأ بكتير منها..

ابتسم وهو يغلق الباب خلفنا بالمزلاج، لأقف أمام عيني العريس
الغاضبتين المتسائلتين.. وآخذ نفسًا عميقًا..

***

بعد ربع ساعة حدث ما توقعت..

جلس العريس بسترته الفخمة على المرحاض متجهم الوجه،
يمسك الأوراق الطبية في يده غير مصدق.. ينظر لي في كبر وغضب،
لكن رعشة يديه تدل على حيرته..

كانت ساقاي ترتعشان، أشعر بأني أكرهني لدرجة غير منطقية..
كم هذا الألم الذي سيقع على رأس عائلة كاملة في أسعد يوم في
حياتهم.. شعرت بأنني أريد أن أهرب من الموقف كله..

لكني كنت أحميها -وأحميهم- من عذاب لن يطول ألم أحدٍ
سواهم فيما بعد..

نظر لي بصرامة، على وجهه علامات غضب مكتوم، ثم قال بنبرة
آمرة:

– اللي أنت طالباه ده هيبهدلني عمري كله... أنت فاهمة ده؟

ابتسمت لأخفي ضيقي، في كل الحالات السابقة، كنت أمنع
بضربة استباقية للرجل، أعطيه تحذيرًا أو تهديدًا.. كنت أشعر بأن
دوري في القصة مستمر حتى يرتكب هو جريمة أخرى، هذه المرة

145

أجعله يفعل شيئًا ما قاتلًا له ولسيرته وسمعته، أعاقبه دون أن أهدده، لكني كنت أواسي نفسي بأنه هو السبب في كل ما نحن فيه الآن..

قلت بهدوء وقوة لم أكن أتوقع أن تصدر من داخلي:

- أنا مش هاسيبك تخرب حياة واحدة تانية...

وأكملت ناظرة له بقسوة:

- ماحدش قال لك تعند بغباوة أوي كده..

أمسك تحاليله الطبية في يده، المسجلة باسمه، معها ملف القضية التي تم الحكم فيها لطليقته بسبب ذلك الكشف الطبي، كل شيء سيفضحه لو تسرب لأهل عروسته..

قلت لاعبة دور الخير والشر في آنٍ واحد:

- لو حابب دلوقتي حالًا تطلع تفهم عروستك وأهلها كل حاجة.. وتبقى صريح معاهم... ما عنديش أي مشكلة.. على الأقل يبقى اختاروا على بينة..

اهتزت قدمه في عنف وبدا أنه يوشك على البكاء، أكملت ببرود:

- بس لو رجولتك ناقحة عليك.. ومصمم تخبي على كل الناس.. يبقى تمشي حالًا وتسيب الفرح ده...

مسح على وجهه في توتر وحيرة، قال فجأة بهدوء:

- حاضر.. هاسيب الفرح.. اتفضلوا أنتم وأنا هاطلع أجيب شنطي وأمشي..

نظرت لـ(صفي) الذي ابتسم لي، فهمنا تلك المحاولة الطفولية للنجاة، قلت وأنا أومئ برأسي في قسوة كرهتها (هيا) داخلي:

- أنت هتمشي معانا.. وإلا هاطلع أقول كل حاجة ليهم..

انتفض فجأة وانقض عليَّ، انتفض جسدي من حركته المفاجئة وهو يمسك ذراعي ويصرخ:

– بتعملي كده ليه يا بنت الكلب؟!

ها هو الوجه الحقيقي الذي عانت منه (غادة)، ثبت مكاني ونظرت له نظرة قاسية، أراقب يده التي ارتفعت لتصفعني، ثم توقفت في الهواء عندما أمسكها (صفي) ودفعه للخلف، ليسقط العريس على المرحاض ثانية، ونظر لنا بضعف حقيقي..

نظرت لـ(صفي) بلوم قائلة:

– ليه بتدخَّل من غير ما أقول لك؟

نظر لي بحيرة لحظة، ثم قال بهدوئه:

– حاضر.. هاسيبه يضربك المرة الجاية..

هززت كتفي قائلة ببرود وأنا أنظر للعريس المتهاوي:

– كان هيخاف يضرب.. آخره كان هيزعق وهيرفع إيده عشان يهدد.. آخرهم دايمًا كده.. ما بيقدروش على الست الأقوى منهم... بيقدروا بس على اللي بيِّنوا ضعفهم قدامه..

ونظرت لـ(صفي) قائلة بقوة:

– ما تنساش إني قبلك عملت كتير.. وعدِّت زي الفل من غيرك..

أومأ برأسه إيجابًا، لكني لاحظت الضيق في عينيه يحاول كتمانه، يا (صفي) لقد مر بي ما يجعلني أعرف أنواع الرجال، بدءًا من أبي وأخي، مرورًا بكل من غدر وخان...

147

قلت للعريس في هدوء بلهجة آمرة:

– يلا يا عريس.. أظن ده أحسن واجب اتعمل معاك في ليلة دخلتك.. ما تخلينيش أقول لـ(صفي) يعمل واجب بجد.. نظر لنا العريس نظرته المقهورة، ونهض معنا مستسلمًا...

12

هل تعلم يا عزيزي أن ليست كل الجرائم البشعة جنسية؟

الجرائم النفسية أبشع وأكثر قسوة من كل ما قد تتخيله؟

◎◎◎

«بلغني أيها الكائن البشري ذو العضو الذكري..

أنك -يا عزيزي- ما زلتَ تخاف على مظهرك الخارجي بدلًا من أن تقلق على صحتك النفسية..

اليوم تم أخذ حق (غ) من (ع)..

(ع) طبيب شهير، تزوج (غ) زواجًا تقليديًّا تمامًا، لتأتي الليلة المنتظرة، ويكتشف (ع) أن هناك شيئًا ما خاطئًا..

كما قال الفيلم الشهير (الإنترلوب) لا يعمل.. حالة طبية اسمها «تسرُّب وريدي».. له أنواعه وهناك طرق علاجية، لكن بعض الحالات مستحيلة..

ولكي لا أعطي الفيسبوك والإنستجرام سببًا لمنعي وتصديق بلاغاتكم المستمرة على صفحتي (عزيزي) المسكينة.. لن أشرح أكثر من ذلك.. ابحث أنت إن أردت..

المشكلة ليست هنا يا عزيزي.. المشكلة أنه لحظتها قال لـ(غ) إن هناك مشكلة جسيمة بها.. وإنه لا يستطيع أن يتم واجباته بسبب شيء ما عضوي لديها هي...

ومن منا لا يثق في طبيب، أصبح زوجًا يحبنا ويخاف علينا؟

عاشت (غ) سنوات من تأنيب الضمير، رفض (ع) تمامًا أن يجري أي تحليل عضوي، بالغرور الذكوري المريض.. في حين ذهبت (غ) لأطباء -أصدقاء ذكور لزوجها- ليخبروها جميعًا بأمانة طبية بأنه لا يوجد بها شيء في التحاليل.. لكنها -بقذارة ذكورية- قد تكون «حالة نفسية».

لتصدقهم (غ)... كانت فتاة تجهل كل شيء عن الثقافة الجنسية كعادة مجتمع جميل لا يرحم، قررت أن تعيش (غ) لتحاول إسعاد زوجها بشتى الطرق، تتحمل عصبيته وضربه المهين لها، حكت لي عن محاولات فضِّه لها بعصا مقشة، متهمًا إياها بأنها مريضة نفسيًّا، وأنها السبب في تعاسته وحرمانه من الأطفال.. وأنه -لأنه أصيل- لن يتزوج عليها، لكنه سيعذبها حتى تعالج نفسيًّا..

وبعد سبع سنوات، وهي ما زالت عذراء بكر رشيد.. ذهبت لطبيبة دون علم زوجها.. لتتعجب الطبيبة وتجري اختبارات شاملة.. ثم تخبرها بأنها تريد أن ترى زوجها، لأن (غ) سليمة تمامًا، سواء على الصعيد الجسدي أوالنفسي.. ليرفض الزوج تمامًا.. تبدأ الشكوك تساور (غ) والطبيبة.. تبرعت الطبيبة بشرح كل شيء جنسي للزوجة التي ظلت سبعة أعوام تُشبع زوجها وهي ما زالت عذراء..

لتفهم (غ) كل شيء.. ولأول مرة تخبر أهلها بكل شيء.. لتثور الثائرة.. يصمم (ع) على عدم الطلاق.. يجري التحاليل بعنجهية.. لتأتي التحاليل واضحة صريحة.. تسرب وريدي من النوع المستحيل علاجه..

هل انتهت القصة هنا؟ بالطبع لا يا عزيزي.. الكائن الذكوري لا يخرج مهزومًا أبدًا.. هدد (غ) وأهلها بأنه سيطلق بشرط أن يتكتموا الأمر.. وبعد الطلاق ذهب لكل من يعرفونها وأخبرهم بأنها باردة، مختونة، وأنها خانته..

النهاية؟ انتظر يا عزيزي.. لماذا سرعة الأداء التي تميز بني جنسكم؟ قرر (ع) الزواج مرة أخرى من فتاة عشرينية.. بعد أن أخذ من عمر (غ) ثماني سنوات.. وقرر -باختياره- تعذيب فتاة أخرى.. لكني لم أسمح له..

وليعرف (ع) أنني منذ تلك اللحظة.. أترصَّد له ولكل تحركاته.. لا توجد لديَّ أي مشكلة في مرضه.. هو حر يتزوج كما يشاء.. لكن دون أن يخدع أحدًا.. ما لا يعرفه (ع) أننا لدينا من الحب ما يكفي أن نحتمل حالته إذا كان حنونًا طيب المعشر، يراعي رغباتنا ويحترمنا..

#انتصار_جديد

❋❋❋

«كانت معاكم (هيا المهندس).. وهستناكم الأربع الجي زي ما اتعودنا»..

قلتها بملل قليلًا وأنا أحرك بعض المفاتيح في (الميكسر) لتبدأ أغنية نهاية البرنامج، أخذت نفسًا عميقًا وأنا أشعر بعضلات ساقي تؤلمني، منذ ذلك الفرح، منذ خمسة أيام كاملة..

فتحت الهاتف أخيرًا، لتصدر أصوات إشعارات كثيرة، سواء تعليقات على صفحة (عزيزي)، منذ يوم الفرح والشتائم تنهال على رأسي أكثر من المعتاد.. الموضوع أثار حفيظة رجال كثيرة لأنه يمس وترًا حساسًا داخل نفوسهم جميعًا..

حدث ما توقعت، بعد هجر العريس للعروس في يوم زفافها، انتشر الخبر وتصدر كل شيء في مصر، عن الطبيب الذي هجر خطيبته يوم فرحها واختفى قبل كتب الكتاب بدقائق، دون أن يعطي سببًا على الإطلاق حتى لأهله... أغلق هاتفه واختفى تمامًا..

كان أقسى انتقام لي من رجل حتى الآن.. لكنه لم يترك لي حلًّا آخر...

أتاني إشعار برسالة من (صفي) على الصفحة، حتى الآن لم أعطه رقم هاتفي ولم يفعل هو، ولم نسأل.. اتفاق ضمني مريح بأننا رغم اقترابنا لن نتخطى مساحة معينة..

كتب: «على معادنا النهارده؟»

كان قد حضر معي عملية الانتقام، في المقابل سيحكي لي عن حادثة انتحار واحدة من الفتيات بأدلته.. وسيترك الحكم لي للتصديق أم لا..

ابتسمت وأنا أكتب له:

- على معادنا.. لو اتأخرت أو ما جيتش هاعتبره اعتراف، واللي داير بينا ده هيخلص..

ولم تمر ثوان لأجد رده:

- حد يهرب من إنك تنتقمي منه؟ ده حلم كل استشهادي..

ضحكت رغمًا عني، يعرف كيف يضحكني وهذا خطر، لكن لم تدم ضحكتي طويلًا، وجدت طرقًا على باب الاستوديو، فرفعت عيني متعجبة، ما زال هناك قرابة النصف ساعة على البرنامج الآخر..

فتح (أيمن) الساعي في القناة الإذاعية الباب، يبدو عليه علامات القلق، فسألته:

- إيه يا (أيمن) خير؟

تلجلج في الكلام قليلًا، لأجد خلفه رجلًا حفظ شكل المُحضر في كتاب التاريخ فقرر أن يرتديه كاملًا، اقتحم الغرفة وهو يتصبَّب عرقًا، ناولني مظروفًا كبيرًا وهو يقول بابتسامة في غير مكانها دراميًّا:

- أستاذة (هيا) ده بلاغ تم تسليمه بالإيد.. بقضية مرفوعة من طليقك (محمد خالد) بحضانة بنتك..

شعرت بالأرض تهتز تحت قدمي وبأن هناك من ضرب معدتي بمطرقة من حديد، صحت بصوت صعد أعلى من ما ينبغي:

- نعم؟

انتفض (أيمن) ونظر حوله في ارتباك، في حين لم تهتز شعرة في المحضر كأنما كان يتوقع رد الفعل، قال بسرعة:

- ما تضيَّعيش وقت.. طليقك شراني وكان عاوز يدفع عشان ما اسلِّمكيش البلاغ.. حركة محامين معروفة.. بس أنا عندي ولايا وعارف إن الضنا غالي..

هل ما يقوله الآن قانوني؟ هل لقَّنه (محمد) أن يقول تلك الكلمات لترهيبي؟ لا أفهم شيئًا، ناولني ورقة لأوقع على استلام المحضر، فتحت المظروف بسرعة وقرأت المحتوى ودقات قلبي تغلب ارتعاش يدي في سرعتها..

ودون كلمة نهضت من مقعدي راكضة خارج المبنى كله..

***

عندما اقتحمت باب الشقة، وجدت أمي تجلس، إلى جانبها (هاني) الذي يبدو غاضبًا وكان يخبرها بشيء ما، انتفضا لدخولي العاصف وصوت الباب العالي الذي ارتطم بالحائط بعنف شديد من قوة دفعتي..

اقتربت منهم، لا أعرف كيف كانت ملامحي، لا أعرف كيف كنت أنظر لتلك الحرباء الجالسة بجوار أخي، بل لا أعرف كيف قدت سيارتي إلى هنا ولا كم مخالفة ارتكبت، كل ما أعرفه أن نظرة الخوف التي ارتسمت على وجهها، تدل على أن عيني كانت تريد أن تقتلها..

قال (هاني) وهو ينهض رافعًا ذراعيه لتهدئتي:

- (هيا) أنا بكلمها.. باقولها إن اللي عملته ده غلط.. اهدي..

قلت لها دون أن أنظر له، بصوت مكتوم ومن بين أسناني:

– مش الحضانة كانت معاك بالاتفاق؟

بدأ الخوف يترك عينيها، وترتسم مكانه ثقة ما..

عندما تم الطلاق، كي يضمن (محمد) صمتي التام، تم الاتفاق على أن الحضانة ستكون لأمي، في عقد اتفاق عرفي بيننا بصحة توقيع.. قانونًا الحضانة في يدي حتى تتم (كاميليا) الخامسة عشر.. لكن بنرجسية طليقي اشترط أن يدفع كل مصاريفها، يلتزم بكل واجباته مقابل شيء واحد فقط.. أن تتحول الحضانة لأمي حتى يضمن العدل في اللقاء وفي المعاملة.. حجته لحظتها أنني مجنونة غير عقلانية، وهو لا يثق بي..

وصدقه أهلي..

وأقنعني المحامي وأمي و(هاني) بأن تلك هي أفضل اتفاقية قد أحصل عليها، وأخرج بطلاق نظيف سلس، دون الدخول في إجراءات حكومية لن تنتهي...

ووافقت أنا..

قالت أمي وهي تنظر لي نظرة واثقة، وبصوت لم أسمع في قسوته:

– كان فيه بند في العقد، إن من حقي لأي سبب أطلب لغي الاتفاق.. وروحت مع (محمد) من 4 أيام لاغيناه.. فطبيعي هو يرفع قضية بحضانة بنته..

كم معلومات يكفي بإصابتي بجلطة والسقوط الآن، ماذا يفعل بقية البشر في موقف كهذا؟ تطعنك أمك في ظهرك بسكين بارد لا يرحم.. قلت محاولة الحفاظ على أعصابي لأنني فتاة رأت ما هو أقبح:

– عارفة أن قضيته مبنية على إني مريضة نفسيًّا وغير مؤهلة إني آخد بالي على بنتي؟

وبإثبات شهادة الطبيب النفسي الذي أقنعني يومًا ما أن أذهب له، قانونًا لا يبوح الطبيب النفسي بسر مرضاه، لكن إن تم استدعاء شهادته، سيقول التشخيص فقط ودرجته..

لتقول أمي أقذر كلمة سمعتها من فمها الحافل بأقذر تاريخ ممكن، قالت:

– وماله.. مش يمكن عنده حق؟

اتسعت عيناي من هول الكلمة، وصرخ (هاني):

– ماما...

انتفضت أمي وقالت بعصبية وهي تنظر لعيني مباشرة:

– ما أنت مش طبيعية يا (هيا).. إحنا هنزوق الكلام ليه؟ مش يمكن لما تتقرصي من ودنك تروحي تتعالجي من الهبل اللي أنت فيه ده؟

شيء ما حدث داخلي..

سمعت صوت انكسار في أذني. رأيت ما تبقى من (هيا) يركض باكيًا يختبئ داخل قلبي، ورأيت (داما) تخرج مرتدية عباءة كالأبطال الخارقين وتحمي ذلك القلب بجناحيها..

ولم أعد أشعر بـ(هيا) داخلي من الأساس..

لذا ابتسمت فجأة ابتسامة ساخرة، قاسية.. نظرت لـ(هاني) الذي بدا منفعلًا مثلي، نظرته المعتذرة لي وتصاعد صدره يدل على

أن هناك بركانًا ثائرًا داخله مثلي، نظرت لأمي التي ظنت أنها أعطتني درسًا قاسيًا في أخلاق وهمية...

قلت بابتسامتي الهادئة:

- إلهام..

نظرت لي عاقدة حاجبيها، لم أنادها باسمها منذ أن جئت للدنيا، أكملت دون أن أبالي بغضبها:

- الحاجة الوحيدة اللي كانت مقيِّداني إن البنت في حضانتك.. الحاجة الوحيدة اللي كانت مخلياني عايشة هنا.. إن الحضانة معاك..

اعتدلت في جلستها كأنها تدرك هذا لأول مرة، لأنظر لـ(هاني) بابتسامة كأنه صديق أخبره بمعلومة:

- مشكلة كيد النسا إنه غبي.. بيخليهم يحرقوا كروتهم بدري..

ونظرت لها ثانية، وابتسمت بهدوء قاتل:

- أنا عارفة إن لما بابا طلقك عشان يهرب من قرفك كان عنده حق.. واحدة بتخونه مع أخوه.. هيقدر يبص في وشها إزاي..

صرخت (إلهام) في حالة من الإنكار عاشتها عمرها كله:

- اخرسي يا حيوانة يا بنت الكلب..

ها هو الأصل الجميل يظهر من جديد،

قال (هاني) بذهول، وقد بدأ يعاني من ذكريات مشوشة يدرك حقيقتها الآن فقط:

- إيه يا (هيا) اللي بتقوليه ده؟

مسكين يا (هاني)، ماذا ستفعل لو عرفت بقية الحقائق يا أخي العزيز؟ اتسعت ابتسامتي أمام نظرة (هاني) الذاهلة:

- أكتر حاجة كانت قلقاني من اتفاق الطلاق إن (محمد) واثق فيك عشان أنت زيه.. بتخونوا أقرب الناس في ثانية.. بس الحمد لله إنك بالغباء الكافي.. إنك لغيتي الاتفاق...

وعدلت خصلة من شعري، كعادتي عندما أقاوم البكاء، وقلت أنا أعطيهما ظهري:

- سلام يا إلهام..

وخرجت من الشقة كلها..

13

هل تعلم يا عزيزي أنك السبب الوحيد الذي جعل بعض الملحدين يثقون بأن الإنسان أصله قرد؟

◎ ◎ ◎

درت في صالة منزله الفارغة نسبيًّا، داخلي طاقة حارقة لا أستطيع كتمانها..

جلس (صفي) و(رحمة) ابنته ينظران لي متوترين، لم يتوقع (صفي) أن أرسل له رسالة صوتية وأنا منهارة في البكاء. أخبره بأنني سأذهب لبيته حالًا.. كنت قد نسيت أن أحدثه من انفعالي، فأرسلت الرسالة وأنا تحت منزله، لأجدني أضرب جرس الباب وقت ردِّه بأنه مع ابنته..

فتحت (رحمة) الباب واحتضنتني، شيء ما في عناقها البريء جعل قلبي يهدأ قليلًا.. دخلت المنزل لأجد (صفي) ينظر لي نظرة متسائلة قلقة، لأجدني أخبرهما بكل شيء وأنا أسير في الصالة كليث مسجون حان وقت طعامه..

ساد الصمت، فلم أستطع أن أمنع نفسي، صرخت فيهما:

- أنتم ساكتين ليه؟ حد يقولي أعمل إيه؟

انتفضت (رحمة) المسكينة في خوف، لكنني لم أكن في حالة تسمح بأن أراعي شعور مخلوق على وجه الأرض..

احتمالية أن ابنتي تحت رحمة هذا الوحش تكسر ما تبقى من قلبي..

قال (صفي) بعد نحنحة قصيرة:

- كده كده القانون في صفك و...

قاطعته بسخرية لم أستطع كتمانها:

- (محمد) معاه شهادة من دكتور نفسي...

وأكملت مشوحة بيدي أضحك رغم النيران داخلي:

- و(إلهام) لو قدامها تروح تشهد إني مجنونة رسمي واستاهل الإعدام هتعمل كده..

وذهبت له مشيرة له بإصبع اتهام هو ليس صاحبه:

- أنت دكتور نفسي صح؟ تفسيرك إيه لأم بتعمل كده في بنتها؟

نظر لي بحيرة كأنما يقيِّمني أنا، وقال بحرص:

- لازم أكشف عليها الأول عشـ...

صرخت فيه:

- تحليلك إيه؟

ابتسم نصف ابتسامة ونظر لعيني متحديًا، كان يحاول أن يراعي انفعالي، لكن يا (صفي) أنا (داما) الآن، لا تتوقع تلك الساذجة التي نامت معك عندما رأتك حزينًا، أعجبني تحدي عينيه، شعرت بأنه يفهم ما بداخلي، قال بهدوء:

- غالبًا histrionic personality disorder...

نظرتي المتسائلة بغضب كي لا أبدو جاهلة، جعلته يقول بهدوء:

- اضطراب الشخصية الهستيري...

نظرته جعلتني أدرك أن هناك شيئًا آخر يريد أن يقوله، هناك تعقيب يختفي خلف رموشه الطويلة، قلت بصرامة:

- وإيه كمان؟

هز كتفه كأنما لم يعد يبالي بانفعالي أكثر من ذلك، وأصبح يتعامل بشخصية الطبيب النفسي التي لا تشعر بشيء، نظر لعيني مباشرة وقال:

- وده شيء متوقع.. الشخصية الهستيرية أكتر شخصية بتدمر ولادها نفسيًّا.. بتطلعهم بعقد وأمراض الدنيا..

ارتعشت يدي بعد أن ضربت كلمته صدري.. كأنه فتح بابًا في عقلي لم أفكر فيه من قبل على الإطلاق.. نهض من جلسته ووقف أمامي وقال أغرب شيء توقعت أن أسمعه الآن:

- وأخوك مش شخص سلبي.. هو برضه عنده تشخصيه بسبب اللي أمك عملته فيه.. بس بطريقه تانية..

اقترب مني وأمسك ذراعي بقوة، أمام نظرتي التائهة. قال بحنان مفاجئ لم أتوقعه ناظرًا لعيني:

- أنت هتباتي هنا النهارده.. وبكره نقرر هنعمل إيه.. ونرجع بنتك إزاي.

لم أرد عليه، في حين أخذ هو القرار. وذهب للداخل بسرعة، نظرت لـ(رحمة) التي نظرت لي بابتسامة محرجة، ثم قالت بابتسامة مرتبكة:

- ممكن أحضنك؟

كلمتها ضربت وترًا داخلي فدمعت عيناي، أومأت برأسي إيجابًا، فنهضت بسرعة واحتضنتني بقوة..

كم أفتقد عناق (كاميليا) الآن..

وبكيت داخل عناقها فترة لا أعلم مداها.

***

نمت على فراش كبير جانب (رحمة).. كنا في غرفتها التي عندما رأيتها قبلًا ظننتها غرفة نوم (صفي)، ولاحظت وقتها أنها طفولية قليلًا، لكني لم أفكر كثيرًا لأني أردت الخروج منها بسرعة حتى لا يستغل وجودي في غرفة نومه..

لم أكن أعلم أن سجادة غرفة القراءة ستشهد درسًا تعليميًّا في كيفية التسليم الشهواني دون عقل..

هل غسلها؟

عقدت حاجباي من الخاطرة، ثم لعنت شرودي في أشياء بلا معنى، أتت (رحمة) بابتسامتها الطيبة، فتاة في السابعة عشر بشعر ثائر (كيرلي)، لديها هالة من الاحتواء لا أعرف مصدرها، تلك فتاة رأت الكثير وتحاول أن تظل كما هي دون أن تتلوث..

وتلك حربنا جميعًا يا فتاتي التي دائمًا ما نخسرها..

كانت تبدو سعيدة قليلًا ولا أدري السبب.. نامت جانبي ورفعت الغطاء على جسدها.. ودون أن أقول شيئًا وضعت رأسها على كتفي..

حركاتها البسيطة تطمئنني، تلك الفتاة ورثت الكثير من والدها، لا تتحدث كثيرًا لكن دائمًا ما ترسل طاقة ما بحركات بسيطة، تجعلني أشعر بشكل ما بأنني في دائرة شمسها وأشعر بالدفء.. كوالدها تمامًا..

قالت بلهجة عملية:

- تعالي أسحلك في حوار لحد ما تنامي..

كانت عيناي قد انتفختا من كثرة البكاء، جف حلقي ولا بد أن شعري في حالة مأساوية، وجدت (رحمة) دون أن تستأذنني فتحت هاتفها، فتحت تطبيق الـ(تيكتوك)، فتحت ملفها لتتسع عيناي في دهشة جعلت عقلي ينشغل بالفعل، قلت:

- أنت عندك مليون فولور؟

هزت رأسها بنعم وهي ما زالت مستندة إلى كتفي، وقالت بنبرتها التي لا تحمل شعورًا محددًا:

- من ساعة ما أختي اتقتلت والناس متابعاني عشان يعرفوا عنها.. وعشان بدافع زيك عن البنات اللي في سننا..

قُتِلت؟

اعتدلت رغمًا عني، لتعتدل هي وتنظر لي بتساؤل، وقالت:

- بابا ما قالكيش؟

هزت رأسي أن لا، فاعتدلت هي متسعة العينين غير مصدقة، وقالت:

- (جود محمود)؟ مش عارفاها؟ إزاي بابا ما قالكيش؟!

(جود محمود).. الاسم له رنين خاص لا ينساه أحد.. تلك الفتاة التي تم اغتصابها منذ خمس سنوات ولم يكتفِ المغتصبون بذلك لكنهم صوروها وتسرب الفيديو على كل المواقع الإباحية... انهارت الفتاة وانتحرت بعدها بفترة قصيرة..

قرأت عن القصة في انفجار المواقع الاجتماعية بسبب تلك الحادثة... كنت متزوجة لا أبالي إلا بأن أحتفظ بعقلي مع (محمد) وحماية ابنتي (كاميليا) من قوته.. انتشرت القصة بعد انتحار الفتاة.. وتم القبض على اثنين من المغتصبين.. وانتهى الأمر بحل مرضٍ قليلًا لنا كمتابعين للقضية..

لكنه غير مرضٍ لأهل الضحية..

الذين أدرك للمرة الأولى في حياتي، أنني أجلس وسطهم وأعرفهم..

هل لهذا السبب تحول (صفي) إلى شخص يتلاعب بضحاياه حتى يدفعهم للانتحار؟ هل كانت تلك الحادثة التي كسرت حاجز العقل والجنون داخله؟

هل (صفي) مثلي؟! داخله (صفي) الطبيب النفسي و(صافي) الذي ينتقم لابنته بأغرب طريقة ممكنة!

كم أسئلة تجاوز الحد المسموح به داخل عقلي.. قالت هي بنبرتها الهادئة:

- أنا هاحكيلك كل حاجة.. بس بشرط...

وفتحت ذراعيها بابتسامة قائلة:

- وأنت بتنامي في حضني عشان بكرة يومك تقيل..

رفعت حاجباي في تعجب من حنان تلك الفتاة الفطري.. ابتسمت وذهبت داخل ذراعيها لأجدها تمسح على شعري.. وتقول بصوت هادئ:

- (جود) كانت أكبر مني بخمس سنين.. بابا وماما اتجوزوا صغيرين قوي.. بابا كان 21 سنة.. وماما كانت 20 سنة..

بدأت أسمع بانتباه، ثم صوتها الهادئ ومسحها على شعري جعلا عيناي تتثاقلان، كل ما تحكيه كان يرتسم في مشاهد داخل عقلي... ثم بدأ صوتها يبتعد شيئًا بشيء..

لأذهب في نوم عميق..

***

استيقظت على صوت جدل حاد يدور في الخارج، وضوء النهار يضايق عيني قليلًا..

أخذت دقائق لأفهم أين أنا، أدركت أنني في غرفة (رحمة)، وصوت (صفي) و(رحمة) يدوي خارجًا فيما يبدو أنه نقاش حاد، نهضت من الفراش في قلق واقتربت من الباب لأفتحه.. كانا في الصالة خارجًا وصمتا تمامًا عندما سمعا صوت الباب..

خرجت إليهما، نظرت لهما، (رحمة) وجهها قد انتشرت فيه حمرة النقاش الحامي، (صفي) يبدو عليه الارتباك.. قلت دون أي مقدمات:

- في إيه؟

نظرت (رحمة) لـ(صفي) نظرة غاضبة.. بدا على (صفي) أنه يعتذر لها بعينيه، ثم نظر لي وقال بنبرة تنبئ بمصيبة قادمة:

- اقعدي يا (هيا).. في حاجة لازم تعرفيها.. وعاوزك تهدي وأنت بتسمعيها.

لعن الله كلمة (الهدوء) بكل مشتقاتها، لم أرَ شخصًا في حياتي تم تهدئته بتلك المقدمة التي قالها (صفي)، للحظة شعرت بأنه لم يكن طبيبًا نفسيًّا أبدًا ويكذب، أي أحمق في الطريق يعرف أن تلك المقدمة ستجعلني أتخيل أسوأ السيناريوهات المحتملة..

قلت بنبرة (داما) التي صعدت على الفور:

- اخلص وقولي في إيه؟

صمت لحظات كنت سألقي بالـ(شبشب) في وجهه، نظر لـ(رحمة) التي بدت غاضبة، أمسك هاتفه وجعل تلفازه ينقل شاشة هاتفه أمامي، وأشار لي برأسه أن أقرأ..

جريدة شهيرة، عنوان كبير..

«(محمد خالد) رجل الأعمال الشهير، يرفع قضية حضانة ابنته من (هيا المهندس) المذيعة الشهيرة بالراديو.. على لسانه «خاينة ومش قد المسؤولية»...».

شهقت وأنا أرى العنوان على شاشة التلفاز، رأيت صورًا كثيرة لي مع (محمد) ومع (كاميليا).. صورًا حديثة ليست قديمة كتلك التي يستخدمونها في الإعلان عن برنامجي..

بدأ (صفي) ينزل بإصبعه لأقرأ أقذر مقال صحفي في تاريخ الصحافة المصرية..

«في مفاجأة في الأوساط الفنية، يرفع رجل الأعمال والمنتج الغنائي (محمد خالد) قضية حضانة ابنته (كاميليا) على طليقته (هيا المهندس).. بعد أن تم طلاقهما بعام ونصف كاملين..

تواصلنا مع (خالد) وقال إنه لا يريد التعليق، لكن لصحة ابنته النفسية لا بد أن يحافظ عليها من تصرفات قد تؤذيها.. على لسانه قال: «اللي بيخون الاتفاقيات بيخون أي حاجة.. والمسؤولية عن طفل مش حاجة سهلة تتساب لأي حد ممكن يكون بيمر بظروف نفسية مش صح».

صرخت رغمًا عني وأنا أقرأ السطر الأخير:

– يا ابن الكلب.. يا...

انقطعت صرختي وأنا أرى الصورة الأخيرة في الخبر الصحفي..

كانت صورتي أنا و(صفي) في ذلك الكافيه في الدور الأخير. نقف متجاورين رأسينا متقاربين، نعطي ظهرينا للسور وجسدينا مواجهين للداخل..

تلك صورة التقطت من داخل الكافيه، الذي –بسبب انشغالي بـ(صفي) وقتها– لم أدرك من داخله ومن وينظر لنا..

قرأت بقية الخبر وأوردة عنقي توشك على الانفجار..

«وهناك شائعة متداولة عن علاقة عاطفية بين المذيعة (هيا المهندس) والدكتور النفسي السابق (صفي محمود)، الذي تم سحب رخصته في مزاولة المهنة بعد اتهامه بالتأثير سلبًا على أربعة من المرضى انتحروا بسببه.. ولم يقل القضاء كلمته حتى الآن...».

خارت قدماي تحتي.. جلست على ركبتي..

لم يعد لديَّ طاقة للبكاء.. حدقت في شاشة التلفاز في ذهول.. ودون كلمة، نهضت ثانية، ذهبت لغرفة (رحمة) لأبدل ملابسي.. لحقتني (رحمة) بقلق وظلت تراقبني.. قالت بصوت خفيض:

– أنا ما كنتش عاوزة بابا يقول لك..

لم أرد وأنا أرتدي بنطالي، وأكاد أقطعه من انفعالي، وأخذت حقيبتي ومفاتيح سيارتي، وذهبت متجهة للباب، لأجد (صفي) يقف أمام الباب عاقدًا ذراعيه أمام جسده، نظرت له نظرة حادة وقلت:

– أنا محبوسة هنا وأنا مش عارفة؟

قال بنبرة صارمة لا تمزح:

– نفكر قبل ما نعمل حاجة.. الموضوع يخصك ويخصني دلوقتي..

قلت صارخة:

– أفكر مع مين؟ أضمن منين أصلًا إنك مش أنت اللي مدبَّرها ومخلي حد يصوَّرنا؟

رفع عينيه للسقف، دوى صوته في عقلي عندما أخبرني بأن كل ردوده على الاتهامات لن تصدق لمن لا يريد أن يصدقها، قال بصرامته التي أراها لأول مرة في شخصيته الآن:

– صح.. وصيت واحد ييجي يصورنا عشان أرجع تاني الناس تهتم بيا بعد ما بدأوا ينسوني..

نظرت له بشك، فرفع إصبعين أمام وجهي وقال بسخرية غاضبة وهو يعد على أصابعه:

- ما هو لو أنا قاتل أبقى حمار.. ولو بريء أبقى أحمر..

صمت وأنا أنظر له، كل خلية داخلي ترتجف، وأشعر بأنني أريد الخروج حالًا، قرأ ما في عيني، قال بنبرة حاسمة:

- أنا معاك.. قولي لي بس هنعمل إيه.. وهنستفيد منه ازاي..

هززت قدمي بقوة 9 ريختر، صمت قليلًا، ثم قلت وأنا أحاول أن أهدأ:

- هاروح لـ(هاني).. حضانة بنتي معايا لحد ما يكسب قضيته.. هاخد (كاميليا) وأهزقه قدام مراته.. وبعدها هاشوف هاعمل إيه..

نظر جانبًا للحظات كأنما يفكر، ثم قال بابتسامة:

- مش بطالة.. يلا بينا..

لم أدرِ لماذا يبتسم، لكنه أخذ مفتاح سيارته وصاح دون أن ينظر لي:

- أنا اللي هاسوق المرة دي..

لم أجادله وهبطت خلفه مسرعة..

14

هل تعلم يا عزيزي أن ٪82 من ضحايا العنف أو الإجبار الجنسي من الأطفال تحت 18 عامًا إناث؟

لو ضيقت عينيك وحاولت أن تجري حساباتك أنه في المقابل هناك ٪18 من الذكور فأرجوك لا تكمل قراءة..

لم تخلق تلك المعلومة لأمثالك..

◎◎◎

جلسنا في صالة منزلي القديم، في صمت مشحون تكاد تراه يطبق على نفوسنا جميعًا..

لحظة بسيطة من الشماتة حدثت عندما فتح (محمد) باب شقته بابتسامة قاسية، ثم رأى (صفي) خلفي فتبدلت ملامحه لخوف حاول بكل قواه أن يخفيه..

لم يتوقع أن هناك مجنونًا آخر مثلي على هذا الكوكب..

أفسح مكانًا لندخل الشقة، سرت ببطء أتأمل ما كانت شقتي، لم أدخلها منذ الطلاق.. تحولت تفاصيلها فأصبحت شقة أخرى ممتلئة بتفاصيل امرأة أخرى.. اختلفت الألوان وتغير الفرش، هناك شعور بالراحة يدل على أن (دينا) شخص جيد رغم كل ما امتلأت به من مواد كيميائية في جسدها.. كلما أردت أن أضعها في مكان الزوجة الثانية الشريرة، تجعلني هي أدرك أنها من داخلها امرأة طيبة..

جلسنا ننظر لبعضنا البعض، خرجت (دينا) ورحبت بنا ترحيبًا أصيلًا، وجلست إلى جانب زوجها تنظر لي نظرة متعاطفة زادت من غضبي..

أصبح الصمت ثقيلًا، كل من الفريقين لا يريد أن يبدأ الكلام، جلس (صفي) بجواري ثابتًا، يتأمل (محمد) بطريقة وترت الأخير، رغم محاولته للتظاهر بالثبات الزائف أمام نظرة (صفي) الثاقبة.. (محمد) كان زوجي أحفظه وأحفظ ما يخفيه..

تنحنح (محمد) وقال واضعًا ساقًا على ساق، مستخدمًا الأسلوب الأول في التفاوض: التظاهر بأنه لا يوجد شيء يستحق الذعر، وأنه في قمة قوته فلا يبالي بشيء:

- خير يا (هيا) في إيه؟ إيه سبب الزيارة السعيدة دي؟

لأرد ضاربة بكل أساليب التفاوض عرض الحائط:

- بطل استهبال.. أنت عارف في إيه.. عاوزة بنتي يا (محمد)..

ونظرت لـ(دينا) مباشرة، ساحبة أول سلاح في جعبتي، وقلت لها:

- أنا أمّنتك أنت صح؟

تفاجأت (دينا) من سحبي لها في خضم المعركة دون أن تتوقع، قلت لها قبلًا أن ابنتي أمانة في رقبتها هي، ليست في رقبة (محمد)، بدا عليها الخوف وهي تنظر لـ(محمد) الذي كانت تجلس بجواره، لكنه يميل للأمام معطيها ظهره كأي رجل لا يحترم نفسه، ولا يقدر زوجته..

قالت بصوت ارتعش من توتره وهي تتنقل بعينيها بيني وبين قفا زوجها:

- إحنا لسة ممكن نحل الموضوع ودي.. أكيد أنتم الاتنين بتحبوا (كاميليا) ومش هتعملوا فيها كده..

شعر (محمد) بأن سطوته في التفاوض بدأت بالتراجع، فالتفت بنصف وجهه فقط لـ(دينا)، وقال بصرامة:

- بنتي أمها دايرة علي حل شعرها مع راجل سوابق، وسايباها وسايبة بيتها.. أنا قلت مش عاوز أسمع كلمة في الموضوع ده..

انكمشت (دينا) في جلستها ونظرت للأرض، لم تؤثر في كلمته على الإطلاق، شعرت باحتقار لقائلها فقط، لكن لم تغضبني، التفت (محمد) مبتسمًا باستهزاء لـ(صفي) وقال مشيرًا لي، معلنًا تحديه الأول المباشر له:

- مش جربتها وانبسطت خلاص؟ أنا عارف إنها مش تجربة حلوة.. ما خليتهاش تنتحر ليه لحد دلوقتي وريحتنا؟

يا لضعفك يا (محمد) وضعف حيلك، اهتزاز قدمك وتظاهرك بالقوة مثير للشفقة حقًا، ابتسم (صفي) نصف ابتسامته معلنًا قبوله للتحدي، هز كتفه بلا مبالاة قائلًا أغرب وأصدق كلمة عبثية يمكن أن يقولها الآن:

- بحاول.. بس أنت مانعنا بالحركة اللي عملتها دي..

وبثبات رهيب ونصف ابتسامته يتسع أكمل:

- وما اعتقدتش إنك جربت ربع اللي أنا جربته..

وضيق عينيه بأسف، وتعاطف حقيقي وهو ينظر لـ(محمد) في عينيه مباشرة:

- أصل للأسف الموضوع بيحتاج راجل عشان يعرف يخوض تجربة كاملة..

هب (محمد) واقفًا، وقد احمر وجهه كأن كلمة (صفي) صفعته، ابتسمت بسخرية وأنا أنظر له، (داما) داخلي لا تشعر بأن هناك أي شيءٍ خاطئ، اعتاد الرجل الدخول في شرف المرأة كأسهل طريقة للسيطرة عليها وجعلها تدافع عن نفسها منذ بدء التاريخ.. (محمد) خاض في شرفي، ليصفعه (صفي) في شرفه ورجولته..

صاح (محمد) غاضبًا:

- أنت بتقول إيه يا حيوان؟

أمسكته (دينا) من ذراعه، أي رجل حقيقي كان ذهب وأمسك (صفي) وأبرحه ضربًا، لكن (محمد) طليقي العزيز تظاهر أن يد (دينا) تمنعه فعلًا، وأكمل صياحه:

- احترم نفسك وأنت بتكلمني..

ظللنا أنا و(صفي) جالسين ننظر له باستهانة، لم يعد يخفني غضبه، ابتسمت في سعادة وأنا أقول بهدوء:

- عاوز يتقال لك إيه بعد اللي قولته عني قدام مراتك.. مش مراعي الأصول ولا مراعي شرفي.. راعي مراتك على الأقل!

التفت لي، وأسقط في يده للحظة، ظل يحدق بنا لحظات لأقول بنبرة صارمة:

- اقعد يا (محمد) وبطل استهبال.. مش هنتخانق الخناقة اللي أنت عاوزها عشان تكسب.. هنقعد نتكلم زي الكبار..

ظل ثابتًا لحظات، ثم -لدهشتي- وجدته يجلس ثانية..

قلت بعد صمت:

- دلوقتي أنت اخترت طريق المحاكم، وأنا الحضانة قانونًا معايا لحد ما تكسب قضيتك..

واعتدلت في جلستي و(داما) داخلي لا تسمح بشعور واحد يتخلل صوتها:

- وأنت فيك العبر يا (محمد) بس مش هتحب بنتنا تشوفنا بتخانق مع بعض.. صورتك قدامها فارقة معاك كتير..

ملت عليه أمام نظرته الشامتة، قلت عارضة عرضي النهائي، رافعة حاجباي بحركة الثمانية التي تأتي بمفعولها مع كل الساديين والمتحكمين:

- وأنا عمري ما هاروح أعمل محضر عشان تديهاني.. وعمري ما هاخنق عليك إنك تشوفها أو لأ.. حتى وإنت رافع القضية عليا هاخليك تزورها وقت ما تحب.. البنت بتحبك ومش هاحرمكم من بعض..

وأكملت بنبرة عطف، أوصاني (صفي) أن أتظاهر بها الآن فقط:

- إحنا بينا اللي بينا يا (محمد).. بس بنتنا براه.. ده الاتفاق الوحيد اللي بينا، ومحترمينه..

احمر وجهه بشدة، لم يتوقع تلك الطيبة في صوتي كما قال (صفي)، كان يتوقع تلك الغاضبة العنيفة التي ستصرخ فيصيح منتصرًا أنها مجنونة، قال (صفي) ألا أستبعد أنه يسجل حوارنا بشكل ما، نظرت له (دينا) نظرة راجية وربتت على كتفه، أخذ نفسًا عميقًا وقال وهو يميل على (دينا) قائلًا:

- هاتي (كاميليا). وقولي لها إنها مروحة مع مامتها..

ابتسمت وتنفست الصعداء، بدت السعادة على (دينا) ونهضت مسرعة..

كم أنت عبقري يا (صفي)، وكم أنت ممثلة بارعة يا (داما)، ابتسمت داخلي ابتسامة عابثة، قال (صفي) لي أن أكبر نقاط ضعف النرجسي هي نرجسيته.. لو عرفت كيف توهمه أنه صاحب القرار، ولم تترك له مجالًا لأن يستغل مفاتيح ضعفك، سيقرر دائمًا أن يفعل ما يجعل مظهره أفضل في نظر المقربين..

بدا على (محمد) التردد فجأة فانقبض قلبي، أشار لـ(صفي) بذراعه وقال ناظرًا لي:

- والأستاذ.. لو اتجوزتوا ولا اتهببتوا.. كده كده الحضانة هتجيلي.. هتعملوا إيه في الموضوع ده؟

بدأت أدرك شيئًا فاتني. من أين حصلوا على تلك الصورة التي تجمعني بـ(صفي)؟ هل تلك الصورة هي السبب في كل ما يحدث؟ معرفة (محمد) بأنني قد أصبح ملكًا لغيره أثارت جنونه؟ قلت وأنا أعتدل:

- أنت جبت صورتي مع (صفي) منين؟

ابتسم (محمد) ابتسامة ساخرة وقال لي وهو ينظر لـ(صفي) بشماتة كأنما يريد أن يجرحه بالمعلومة:

– من اللي كنت معلقاه قبل ده.. (حسام)..

ها هو رجل آخر يترك بصقته في حياتي عندما يبتعد، فقط لأنه يريد ذلك، ولأنني قلت له: «كن صديقي»..

لا بد أن السبة الغاضبة قد ظهرت على وجهي، لأنني شعرت بلكزة (صفي) في قدمي، استعدت سيطرتي على نفسي، وابتسمت:

– (حسام) كان بيجري ورايا وأنا رفضته...

رد (محمد) بتشفٍّ:

– ما أنت أكيد مش هتعترفي قدام اللي معاكي ده.

شيء من الشماتة يجعلني أترك (محمد) يظن أن بيني وبين (صفي) شيئًا ما..

هز (محمد) كتفه كأنه لا يبالي، وقال بلهجة آمرة:

– مش مشكلتي.. بنتك هترجع بنفس الشروط اللي أمك قالتها.. مافيش تأخير.. مافيش رجالة.. مالكيش غير بنتك وشغلك بس.. ولو أي حاجة حصلت تاني هارجع آخدها في ثانية..

صمت وأنا أنظر له لحظات، لا بد أن أتظاهر بالقبول، هذه وصية (صفي) الوحيدة لي، أحصل على ابنتي أولًا ثم أفعل ما أشاء بعدها.. هززت رأسي موافقة.. فارتاح هو في جلسته قليلًا..

***

خرجت (كاميليا) من غرفتها خلفها (دينا) التي تبدو حزينة، ما إن رأيتها حتى نهضت من مكاني وركضت إليها لأحتضنها بقوة، احتضنتني هي بقوة أكبر..

كم افتقدتك يا فتاتي..

رغمًا عني هبطت دمعة من عيني. ضممتها لصدري كأني أود أن أسكنها داخلي ثانية، كنت في رحمي يا (كاميليا) ساكنة أحميك من كل شيء حدث وقد يحدث، لماذا لا تعودي آمنة من شرور البشر وغباء الناضجين الذين قتلوا الدنيا قبل أن نعرف كيف نحياها..

ابتسمت وأنا أمسك وجهها المبتسم، قبلته أكثر من مرة وقلت بابتسامة كبيرة:

– وحشتيني يا كلبة..

ضحكت هي وربتت على كتفي وقالت بابتسامة عريضة:

– أنت أكتر يا مامة الكلبة..

ضحكت بقوة من قلبي.. ردودها ساخرة عنيفة كأمها.. نهضت من على ركبتي وقلت لها بابتسامة:

– يلا حضري شنطتك عشان ننزل..

ابتسمت هي، وقالت بفرحة وقوة:

– بس أنا مش عاوزة أرجع.. عاوزة أفضل هنا..

«All my tears has been used up»...

انقبض قلبي ومحيط من المشاعر يضربه، تلك الأغنية اللعينة تضرب في رأسي بكل مشاعرها، نظرت لها غير فاهمة، قلت في حالة إنكار من الدرجة الأولى:

- يعني إيه؟ إحنا هنرجع بيتنا يا حبيبتي..

هزت رأسها أن لا وابتسمت قائلة:

- أنا حابة هنا أكتر يا ماما.. مش عاوزة أرجع.

نظرت لهم في حيرة، ملامحهم متفاجئة مثلي، إلا (دينا) التي بدا من حزنها أنها كانت متوقعة، جلست على ركبتي ثانية وأمسكت يديها، نظرت لعينيها قائلة، وأنا أوشك على البكاء لكن لا أسمح بذلك، قلت بحنان:

- أنا عملت حاجة زعلتك؟ مش عاوزة ترجعي معايا ليه؟

ابتسمت (كاميليا) في حنان، احتضنتني هي بقوة عندما رأتني أوشك على البكاء، فلم أحتمل وانفجرت بالفعل باكية، ربتت على ظهري كأنها تهون عليَّ، انتزعت قلبي من حضنها ونظرت لها قائلة كطفلة تركها أبواها فجأة:

- ماوحشتكيش طيب؟ الـfun day؟ قعدتنا وهزارنا...

ثم قلت محاولة أن أتم المساومة حتى تفهم هي كل شيء:

- أنت هتفضلي تيجي هنا عادي تاني وهتشوفي بابا.. بس ارجعي معايا يا حبيبتي شوية..

من تلك الفتاة التي تنظر لي نظرة جامدة وشفاه مبتسمة؟ ماذا حدث لها؟ نظرت لـ(محمد) وصرخت ناسية وصية (صفي):

- أنت عملت فيها إيه؟

نهض من مقعده واقترب، ملامحه الجاهلة تدل على أنه لم يخطط لأي شيء من ذلك بالفعل، قال وهو يقترب منا:

- ليه يا (كاميليا) مش عاوزة ترجعي؟ في حاجة؟

178

نظرت له (كاميليا) بابتسامة غريبة، لا تعكس نظرة عينيها الحزينة، وقالت بهدوء:

- عشان ماما كان بقالها فترة فعلًا مش مركزة معايا.. تيتة بتعاملني وحش أوي.. من ساعة ما جيت هنا وأنا درجاتي أحسن في المدرسة بكتير.. وبحضر عشان أعرف أسافر بره بعد المدرسة..

هل هذه فتاة في العاشرة؟ أم أن مدارس الـ(ig) تفعل هذا بالأطفال، قالت (دينا) بابتسامة فخورة:

- (كاميليا) في المدرسة شايفين إن مستواها أعلى من زمايلها.. وعرضوا عليها السنة الجاية إنها تخش سنة دراسية أكبر.. بس لازم تمتحن شوية امتحانات كده قبل ما يطلعوها..

ابتسمت (كاميليا) في فخر..

متى حدث كل هذا؟

في تلك المدارس لا يفعلون هذا إلا مع العباقرة..

هل ابنتي عبقرية؟

وكيف لا أعلم كل هذا إلا الآن..

هل كنت بعيدة لتلك الدرجة؟

احتضنتني (كاميليا) عندما رأت تخشبي وجمودي، همست في أذني:

- أنا بحبك أوي يا ماما.. وعاوزاك دايمًا جنبي.. بس أنا حابة أفضل هنا لحد ما أخلص امتحاناتي على الأقل..

ربت على كتفها، كلماتها جعلتني أفقد روحي في ثوانٍ معدودات..
ونهضت دون أن أنظر لأي أحد فيهم، دون أن أرد على ندائهم، دون
أن آخذ حقيبتي..

خرجت من الشقة كجثة هامدة لا تشعر بشيء..

15

هل تعلم يا عزيزي أن كل الضحايا اللاتي ذكرتهن قبلًا، يعشن بيننا يوميًّا، تراهن في حياتك وعملك ولن تتخيل للحظة أنهن مررن بكل هذا الألم؟

لأنك تراهن أمامك في قمة الجمال والتأنق، يضحكن ويحتوين أحبائهن، يحاولن أن يدعمنك ويصبّرِن أنفسهن بكلمة
«أنك قد تكون مختلفًا...»

◎◎◎

كل شيء يؤلم، لكني لا أشعر بالألم..

أنا مخدرة..

هبط (صفي) راكضًا خلفي بحقيبتي، تكلم كثيرًا لكني لم أسمعه، دخلت العربة وتركته يقود دون أن أدرك إلى أين يأخذني..

لو أراد قتلي الآن فليفعل..

لم أعد أبالي بشيء على الإطلاق..

عدنا لبيته، لم يحدثني طوال الطريق، دخلت غرفة (رحمة) التي استقبلتني بنظرة قلقة، لكن يبدو أن (صفي) أشار لها بشيء ما فابتعدت..

جلست على الفراش وحدقت في الفراغ..

طوال حياتي أركض من ذلك الذي أشعر به الآن.. حتى لا أتذكر أسوأ الذكريات كما أفعل الآن..

على حائط الغرفة رأيت كل ما أكرهه..

كل من آذى.. كل من رحل.. وكل من خان..

***

«(هيا)..»

قالها أبي وهو يشير لي بأن أقترب.. كنت أكره الاقتراب منه بعد ما فعله عندما قلت له ما يفعله عمي بي.. كنت في السادسة عشر من العمر وقتها، منذ أن أتتني الدورة وكف هو عن ضربي، كأنه بدأ يعتبرني أنثى بسبب البويضات فقط، وجدته يفتح باب غرفتي ويجلس على الفراش ويناديني..

كان والدي محاميًا، بعد فترة ركود طويلة -وقت تدخل عمي- بعد قضية خاسرة، بدأ يعود قليلًا لعمله ويحارب فيه، لكن شجاره مع أمي كان قد كثر بشدة الفترة الأخيرة، وشكه في كل شيء يؤثر على كل تفاصيل حياته..

نظرت له بطاقة غضب كنت أعامل بها الجميع في ذلك الوقت ولا أدري السبب، نظرت له بلا مبالاة لأجده يبكي..

عقدت حاجباي ونهضت من مكتب مذاكرتي لأجلس إلى جانبه دون كلمة، لأرى للمرة الأولى في حياتي دموعه تسقط دون أن يحاول منعها..

قال بهدوء وهو يحاول أن يتماسك:

- أنا هامشي.. أنا مش هارجع البيت ده تاني..

تضارب شعوران متناقضان داخلي، فرحة رهيبة لأن ذلك الكيان الظالم سيتركنا بروحه الثقيلة، وحزن رهيب لأن هناك جزءًا من الحماية التي كان يؤمنها بوجوده قد تتركنا في مهب الريح.. لم أفهمني وقتها، لم أعلق.. مد يده ليربت على كتفي لكني ابتعدت.. بدا على وجهه الألم من حركتي التلقائية. انهار فجأة في البكاء وقال:

- أنا آسف أني ما صدقتكيش..

سؤال حيرني كثيرًا.. في ماذا يفكر الأب والأم عندما يبكيان أمامنا معتذرين؟ ما الذي يأتي في عقلهما؟ هل يعطيان سلطة العفو لطفل كان مسؤوليتهما أن يعلماه الحياة، فعلماه الألم؟

نظرت للوالد نظرة باردة، ذلك الاعتذار والبكاء تأخرا كثيرًا، كنت أنتظره منذ أن كنت في السابعة أبكي في فراشي ليلًا، وأستيقظ لأجد أنني قد بللت فراشي بسبب كوابيسي مع أبي وعمي وهما يجتمعان معًا لظلمي..

وأمي تشاهدهم ضاحكة دائمًا..

ظل يبكي أمام عيني الجامدة، لا أشعر بشيء على الإطلاق، سمعت رنة الرسالة الخاصة بمدرس الفيزياء الذي يحدثني منذ أسبوع ليطمئن على مستواي الرائع، لكني كنت أجد أن اهتمامه الزائد وقتها مادة خصبة للعب والتسلية..

هدأ قليلًا ونظر لعيني قائلًا برجاء:

– أنا عمري ما هاسيبك.. هاني أخوك طول عمره ابن أمه.. بس
أنت بنتي وأنا هافضل في ضهرك.. عاوزة فلوس لجامعتك
أو لجوازك.. أنا هافضل معاك وعمري ما هاتأخر..

ابتسمت ابتسامة ساخرة كنت قد بدأت أجيدها عندما لامني
الجميع على غضبي:

– أنت عمرك ما كنت ولا هتبقى ضهر لأي حد تعرفه..

نظر لي مصدومًا، كنت أتعمد القسوة في كلامي دائمًا، خفض
رأسه في الأرض ذليلًا، في مشهد لضعف من كان من المفترض أن
يحارب ليبدو رمز للقوة، هز رأسه في أسف وقال:

– عندك حق..

ونهض من على الفراش.. لأرمقه بنظرة ميتة.. أحفر تلك اللحظة
في عقلي حتى لا أنساها..

اللحظة التي أعلم أنني لن أره بعدها أبدًا..

لحظة هروب رجل مريض، قتل ابنته بمرضه وتكاسله، وانصرف
دون أن يتحمل مسؤولية علاجها..

✳✳✳

«أنا مبسوطة هنا»..

سمعت صوت (كاميليا) في عقلي، هبطت دمعتي وأنا أنظر
للحائط في شرود، أرى ذكرياتي عليها كأني أشاهد فيلمًا عنوانه
«الوجع»...

✳✳✳

«(هيا)..».

دائمًا المصائب تأتي بعد ذلك النداء بالنبرة الحنونة، لم أكن من الفتيات السليمة نفسيًّا بالطبع.. كنت قد أتممت عامي السابع عشر في شهر نوفمبر، ذهب أبي وانهارت أمي ودخل أخي في حالة من الاكتئاب، لكني كنت أقاوم منذ حادثة تحرش عمي بي.. ماذا فعلت؟ كنت الفتاة الأكثر تفوقًا في الدراسة، والأكثر تمردًا مع الأولاد..

ما لا يخبرون به أحدًا، أنه عندما يتم التحرش بطفل، يصاب بصدمة نفسية، لأن عقله وعينيه ينفتحان على عالم قذر من الشهوات لم يكن يتخيل أنه في الدنيا من الأساس.. لذا يدخل في نوعين مختلفين من رد الفعل، إما الصدمة النفسية وكراهية الشهوة والجنس والعلاقات بكل أشكالها، أو ينفتح عقله على شهوة ما يفعلها كالمدمنين ويشعر بالذنب ويعذب نفسه بعدها..

وكنت أنا الاثنين معًا..

«يا عاشقة الورد.. إن كنت على وعدي.. فحبيبك منتظر.. يا عاشقة الورد».

لذا نظرت لـ(علي) مدرس الفيزياء، الذي أتى المدرسة حديثًا ليحبني تقريبًا، كنا واقفين نرقص على تلك الأغنية.. اقترب بوجهه من وجهي، كان وسيمًا ذا عينين خضراوين وشعرًا بنيًّا. كان أكثر نضجًا من كل الأولاد العابثين في صفي الدراسي..

«حيران أينتظر؟ والقلب به ضجر.. ما التلة؟ ما القمر؟ ما النشوة ما السهر؟»

كان دائمًا ما يُسمعني تلك الأغنية، التي كانت تذيب أوصالي من رقتها، ملمس يديه على ظهري يشعرني بلذة خفيفة، كنا في منزله الذي كنت أذهب إليه قبل موعد حصتي بساعتين كاملتين.. حتى يتسنى لنا أن نصبح بحريتنا دون أن يخاف زوجته وقبل مجيء بقية الطلاب..

كان صبورًا، يسمعني، يحتضنني، يعرف كل ما يدور في بيتي ويقدم المشورة، كان يحبني بصدق ولم أرَ -بعقلي وقتها- كم المرض النفسي في شخص يبلغ الثلاثين من العمر، يقع في حب فتاة قاصر طفلة تحت الثامنة عشر..

لكن تلك المرة كانت لمسته مختلفة، سمعت نداءه ونظرت له، لأجده يقترب بشفتيه، كنا قد قبلنا بعضنا مرارًا، لكن هذه المرة هبطت يده من آخر ظهري لمكان لم تذهب له من قبل، شعرت بجسدي يتخشب قليلًا، صورة ابتسامة عمي ورائحته تضرب عقلي وأنفي، ابتعدت قليلًا وأنا أضع يدي على صدره، قلت بابتسامة محاولة أن أخفي ارتباكي:

- أنت قلت لي إنك مش هتعمل حاجة غصب عني صح؟

ابتسم في ضيق، ثم أمسكني من ذراعي فجأة وقد تحول حنانه في لحظة لقسوة لم أرها فيه من قبل:

- ما كفاية استهبال.. أنا راجل متجوز وعارف إنك حاسة زي ما أنا حاسس..

كان محقًا وهذا شيء لا يخجلني، كنت أشعر بشيء من الإثارة مع كل حركاته المدروسة، لكن ما المشكلة؟ هل كل من يشعر بالإثارة

لا بد أن يلبيها؟ ألم يخلق لدينا عقل؟ نظرت له في حيرة وذراعي قد بدأت تؤلمني، وقلت بسذاجة (هيا) ذات السبعة عشر عامًا:

- آه حاسة.. بس مش عاوزة أعمل حاجة أكتر من اللي بنعمله.. إيه المشكلة؟ أنت عندك مراتك اشبع براحتك.. أنا عاوزة أتحضن بس.. ممكن؟

وكانت بالفعل هي تلك رغبتي فقط.. أرغب في احتضان وتحمل لتقلباتي فقط لا غير.. مكان آمن افتقدته منذ كنت طفلة.. لكنه ابتسم ليهشم كل جدران الأمان داخلي، ويجذبني إليه بقوة:

- لا ما هو الحضن ده ما بيبقاش ببلاش.. ما تبقيش طماعة.. أنا مش قادر...

ليدور بيننا مشهد كررته السينما المصرية بكل أنواع الرقابة الممكنة، مشهد يترك المشاهد المصري فيه حقيقة أن البطلة تُغتصب، ويلوم الممثلة ويتنمر عليها أنها سمحت لرجل أن «يمثل» تلك الحالة معها..

مشهد يترك ألمه ويلام صانعه ولا يتحدث أحد عن فاعله القذر في الواقع..

لكن مشهدي كان مختلفًا..

لأنني كنت جثة هامدة تمامًا وهو يفعل ما يفعله بي..

انغمس هو فيما يفعل، وأنا أنظر للسقف لا أشعر بشيء..

تعلمت الدرس يا أبي... منذ فترة طويلة توقفت عن فعل الشيء الصحيح كما نصحني (بطوط) أن أفعل، لأنني أدركت أن العقاب

على فعل الشيء الصحيح أسوأ بكثير من السكوت عن الخطأ والتظاهر بعدم حدوثه..

تغيرت الأغنية على هاتفه، لأسمع تلك الأغنية اللعينة للمرة الأولى في حياتي، وترتبط بروحي حتى الآن..

«I wanna take you somewhere so you know I care
But it's so cold and I don't know where»

توقعت أن أشعر بالألم المعتاد الذي يخيف كل أنثى قبل الزواج، لكني لم أشعر بشيء.. حاولت في منتصف هجومه أن أجد ذلك الحضن الذي طلب أن يكون ثمنه هذا الذي يفعله.. لكنه كان منغمسًا لدرجة أنه دفن رأسه في كتفي..

وتحول لكائن ذاتي غير عاقل.. ذي عضو ذكري لا يفقه شيئًا عن الرجولة..

حاولت تحسس ظهره باحثه عن العناق الذي أدفع ثمنه الآن.. فقدت الأمل في الشعور بأي شيء ودمعتي تهبط على أذني فتسدها عن تأوهاته المقززة.. هوت ذراعي جانبي على الأرض.. تذكرت عمي.. أبي.. أمي.. تذكرت القيد الذي كان يربطني أبي به.. كل ألم مر بي في رحلة لا تزيد عن سبعة عشر عامًا..

حتى انتهى تمامًا من كل شيء...

«all my tears have been used up»..

وللمرة الأولى بعد انتهائه، تذكر الروح التي انتهكها، فاحتضنني.. لأكتشف أن ذلك العناق الذي كنت أنتظره من كل من حولي، ذلك التقبل، كان ثمنه أقذر بكثير من ما كنت أتخيل...

«هم الولاد هزارهم كده عشان لما يكبروا يحمونا...»

سمعتها بصوت أمي، فابتسمت ساخرة، دفعته جانبًا وقد أصبح كائنًا رخوًا لزجًا يحتضنني، ارتديت بنطالي كجثة هامدة، ونظرت لجسده الملقى أرضًا ولمؤخرته المشعرة التي جعلت صورة المعلم الوقور تنكسر داخلي، وقلت بهدوء كأنه لم يفعل شيئًا:

- أنا هانزل أستني تحت وأطلع مع صحابي آخد الدرس..

وانصرفت باختياري كما أقنعت نفسي بأنني جئت باختياري..

وفعلت كما تفعل ثقافة مجتمع كامل من القسوة والجهل الإنساني..

لمتني أنا.. ولم أَلُم سواي على كل ما حدث.. وما يحدث.. وما سيحدث..

***

«أنا عاوزة أفضل هنا»..

صوت (كاميليا) أعادني للواقع، مسحت دموعًا كثيرة هبطت بلا رقيب..

سمعت صوت طرقات على الباب، لم أرد، لم يكن داخلي طاقة لتحريك لساني، بعد طرقات ثانية أعلى قليلًا أدركت منها أنه (صفي) وليست (رحمة)، فتح الباب بمقدار شعرة لينظر بعينيه فقط، شعرت بأنه يبالغ في الأدب، بالتأكيد لم أدخل الغرفة منهارة لأجلس عارية، ولو فعلت، لقد فعلنا ما هو أسوأ يا (صفي)، رمقني من وراء الباب وقال بصوت خفيض:

- أدخل؟

لم أرد، فتح الباب ودخل بخطوات بطيئة ووقف أمام الفراش عاقدًا ذراعيه، ساندًا على الحائط، يمنع رؤيتي لذكرياتي البشعة على الحائط بجسده..

نظرت لعينيه العميقتين اللتين تحتويان أعاصير روحي المستمرة، شيء ما في عينيه يطمئنني، وهو شعور يؤلم أكثر من ما يريح، عندما أجد أخيرًا من يفهم، لكن وراءه ذلك الغموض الذي يجعل من اطمئناني فخًّا أسير إليه بإرادتي الحرة..

قلت ناظرة لعينيه سؤالًا لم أتوقعه أنا شخصيًّا:

- ريحني.. أنت اللي خليت البنات دي فعلًا تنتحر؟

نظر لعيني نظرة صادقة وابتسم، هز رأسه نافيًا ببطء، ثم قال فمه عكس ما تقول رأسه، بثقة غريبة وصدق أغرب:

- آه...

ضربت إجابته صدري، كم تمنيت أن يكذب وينفي، لأجد ما أستطيع أن أضحك على عقلي به قليلًا من الوقت، لم أكن في حالة تسمح بأن آخذ أي رد فعل، اقترب مني وجلس على طرف الفراش، نظر لعيني بحنان صادق وقال بنصف ابتسامته:

- شايفة إن الدنيا دي تستاهل حد يعيش فيها؟ تستاهل حد يحارب عشانها؟

لم أرد ونظرت لعينيه، يجعل الموت يبدو مريحًا، وهي الحقيقة التي يهرب منها الجميع، لكني لم أتوقع أن يبدأ معي الآن، صعدت (داما) داخلي عندما وجدت (هيا) تركض في خوف، وقالت بابتسامة ساخرة:

- أنت هتبدأ تشتغل معايا دلوقتي؟ لسه شوية ما تستعجلش..

ابتسم ابتسامة منتصرة لم أفهمها، قلت بقوة:

- أنا كويسة.. عادي بيجيلي أوقات كده بحتاج أشحن فيها وأفصل.. بس أنا عارفة أهندل الدنيا.. اللي بيحصل لي بيحصل لكل الناس بس هافضل واقفة على رجلي.. أنا كويسة..

قال بسخرية وابتسامة هادئة:

- قوليها تاني...

عقدت حاجباي، قلت بقليل من العصبية:

- أنا كويسة...

اتسعت ابتسامته الساخرة وعينيه اللتين تهزآن بها أقول، وكرر:

- قوليها تاني..

صحت فيه بصوت عال وقد بدأ يخرجني عن شعوري:

- ده fetish عندك طيب ومخبي؟

نهض من على الفراش وأمسك مخدة، ولأول مرة منذ أن عرفته، انقلبت ملامحه لجدية صارمة، قال بصوت أعلى من صوتي وهو يلقي المخدة على وجهي:

- قوليها تاني وأنت مصدقاها.

رغم أن المخدة ناعمة، ولم تصبني بأي ألم، لكن معنى الحركة نفسه استفزني، ما الذي يفعله في هذا التوقيت غير الملائم؟ قلت بانفعال وأنا أنظر لعينيه وقد علا صوتي أنا الأخرى:

- أنا كويسة..

ولا أدري لماذا، في آخر الكلمة شعرت بصوتي يضعف، وموجة من البكاء تضرب كياني، فانهارت مقاومتي فجأة وانفجرت في البكاء..

لم يقترب، نظر للأرض احترامًا، وقال وعينيه داخلهما قوة أكبر من صوته:

- العقل ما بيستحملش يكدب كتير.. الكدب بيتعبك أكتر.. عادي إنك تبقي تعبانة.. عادي إنك تبقي جايبة آخرك.. انسي صوت اللي قالوا لك عيب وما تضعفيش وما تعيطيش.. قوليها من غير ما تخافي.. هترتاحي..

بكيت أكثر، وشعرت بحجر على صدري ونفسي يضيق، كأن هناك داخلي من تقاوم ما أريد أن أقوله، لأشعر بمخدة أخرى تضرب جسدي و(صفي) يصرخ:

- قوليها تاني...

لأصرخ دون تفكير وبغضب غريب:

- أنا مش كويسة.. أنا بموت كل يوم من الوجع..

وخارت قوى صرختي وأنا أكمل وسط بكائي:

- أنا مش قادرة أستحمل..

وتركت نفسي أبكي بقوة، بكاء شعرت معه براحة غريبة تملأ مكان ذلك الحجر الذي كان في صدري ويمنعني عن الكلام.. توقف هو ونظر لي تلك المرة، اقترب ودون كلمة احتضنني... دفن رأسي داخل صدره الدافئ، ولف ذراعيه على ظهري كله، وضمني بقوة جعلتني أبكي أكثر...

لم أقاوم، لم أتظاهر بالقوة، تركته يحتوي كل الألم داخلي، حتى هدأ كل شيء..

***

لم أدر كم مر من الوقت، لكني استيقظت في منتصف الليل لأجد أنني نائمة وحدي في الغرفة، حاولت النوم ثانية لكني لم أستطع.. تذكرت (كاميليا) بصوتها وقرارها..

فتحت صفحة عزيزي كعادتي عندما أصل لتلك الحالة من الموت..

بعثت رسالة للضحية رقم 28، كتبت فيها:

- ابعتيلي كلامك اللي عاوزة تقوليه له.. عشان هقراه ليه بلسانك.. وبكره استني عشان تسمعي خبر حلو..

راقبت الثلاثة نقاط التي تعلن أنها تكتب.. كانت رقم 28 هي في الأساس 27 لكن تم تأجيلها بسبب فرح طليق (غادة)، حان الآن وقت تنفيذ انتقام تأخر كثيرًا..

فتحت ملفي المزيف على الإنستجرام، فتحت رسالة (يوسف) الذي سأنتقم منه، كان يرسل لي كثيرًا في الأيام السابقة يتساءل عن غيابي، كتبت له بهدوء:

- معلش حصل ظروف كده أخرتني.. أنت عارف جوزي صعب إزاي.. معادنا بكره في بيتك..

لأجده يرى الرسالة ويرد على الفور بلهفة بلهاء:

- ولا يهمك.. مستنيك يا (داما) أوي..

عسى أن يكون كل ما أفعل هو الوسيلة الوحيدة الباقية لتصحيح كل تلك الجرائم التي تحدث كل يوم..

راقبت الثلاثة نقاط تتحرك في رتابة.. فأغمضت عيني وذهبت في سبات عميق..

16

هل تعلم يا عزيزي أن تعداد الرجال عالميًّا في 2022 أعلى من المرأة؟ مقابل كل 100 أنثى هناك 101 رجل؟

حتى عام 1957 كانت الأنثى لها الأغلبية.. لكن الآن.. هناك 65.51 مليون ذكر على الكرة الأرضية لن يجدوا شريكًا..

سأتركها لخيالك، لو لم تكن ميولك مثلية، وتمانع الزواج بمن لهن ماضٍ، لو لم تكن مسؤولًا وتحترم شريكة حياة ترضى بك..

فستتحول إلى قاتل ومغتصب ومعادٍ للمرأة تدفعهن للانتحار حتى يقل تعدادهن أكثر..

حاول (صفي) أن يمنعني فلم يستطع، فقرر أن يأتي معي..

◎◎◎

هناك شيء غريب لاحظته، أن هناك من يراني ويعرف ملامحي، ذلك الـ(تريند) الذي انتشر بسبب طليقي، بدأ يؤثر في أرض الواقع، أرى العيون في الطرق تتسع في إدراك.. تلك هي (هيا) التي تركت ابنتها من أجل رجل.. وجود (صفي) إلى جانبي لم يزد الطين إلا بله..

لا بد ألا أظهر معه كثيرًا في الأيام القادمة..

اللعنة على كل شيء يتنفس ويتحرك ويمتلك عقلًا جعله يظن أنه يستحق أن يعيش!

وصلنا لبيت (يوسف) الجاني الذي سيصبح ضحيتي، نظرت لـ(صفي) نظرة طويلة، كان يحاول أن يتفهم، قال بهدوء:

– الموضوع معقرب المرة دي..

ابتسمت، «معقرب» كلمة لم تستخدم منذ تسعينيات القرن الماضي يا (صفي)، قلت بهدوء وأنا أنظر له:

– اللي بعمله ده هو الحاجة الوحيدة اللي بتحسسني بقيمة لأي حاجة في حياتي..

صمت قليلًا، ونظر للأمام، ثم عاد لنظره إلي:

– هو أنت ليه لسه واخداني معاكِ بعد ما اعترفت لك امبارح..

قلت بقوة، وأنا أضع أحمر شفاة (MAC)، يعطي لـ(داما) شخصية ممنوعة جذابة لا تقاوم:

– عشان مش مصدقاك لحد دلوقتي مش عارفة ليه..

ابتسم نصف ابتسامته، وقال دعابة شهيرة على مواقع التواصل الاجتماعي:

– مش red flag؟ يبقى هاتجوزه..

ابتسمت نصف ابتسامة، أدركت أنني ابتسمتها فجأة، هل بدأ يؤثر فيَّ لتلك الدرجة؟ دفعت شفتاي لتكمل الابتسامة عندًا في تلك الحقيقة البسيطة فقط، قلت بهدوء:

– أنت عارف أنت هتعمل إيه صح؟

أومأ برأسه إيجابًا، قال بهدوء:

– هاسبقك على المستشفى.. وأحجز معاد..

قال بنبرة قلقة قليلًا، أسعدني سماعها في صوته رغم عدم منطقية تلك السعادة:

– خدي بالك على نفسك..

أومأت له برأسي إيجابًا، غمزت له وقلت ساخرة تاركة لقوة (داما) ولا مبالاتها أن تسيطر:

– مش هتقول لي طمنيني عليكِ بعد ما تنتقمي؟

ابتسم ساخرًا، خرجت من العربة ونظرت للعمارة الطويلة في مدينة نصر، كان هذا أول انتقام لي من رجل في شقته، أجَّلته كثيرًا خوفًا من خروج أي شيء عن السيطرة.. لكن وجود (صفي) في المعادلة جعل كل شيء يبدو أقل خطورة.. هناك من يعلم بمكاني ويعلم ماذا أفعل..

هناك من أستطيع الاستناد عليه عندما ينكسر ظهري..

❊❊❊

فتح باب شقته في الدور السابع. اتسعت عيناه في انبهار لحظات، هذا تأثير (داما) يا عزيزي فلتحتمل...

دخلت شقته بخطوات بطيئة وقلبي يتواثب، طاقة شقته غير مريحة بالمرة، ينقبض القلب فور دخولها كأن أشباح كل الآلام التي سببها تقطن هنا معه.. دخلت وجلست على مقعد وثير، لأجده يقف أمامي لحظات، بدأت جبهته بالتعرق ما يدل على أن هناك حربًا في بنطاله يريد أن يقاومها، جلس جانبي وقد ثقلت أنفاسه، اهدأ يا (يوسف).. أشعر بأن أنفاسك ذاتها تتحرش بي..

197

ظللت صامتة، قال هو بلهفة:

- يللا نعمل اللي اتفقنا عليه!

كان أسلوبه ركيكًا، شاب في الخامسة والعشرين، يبدو عليه الأدب والالتزام والأخلاق، يخبر من يريد أن يخدعها بأنه بتول لم يخُض تجارب من قبل، لم يشرب كحوليات أو مخدرات من قبل، ويخجل أن يفعل ذلك أمام أصدقائه، فيعرض عليها أن تجرب معه لأنه خائف.. فتطمئن الأنثى أنه مجرد ولد يريد أن يعيش مغامرة ما...

ابتسمت بسخرية وأنا أنظر له، قلت بلهجة (داما) المغرية، رغم أنه لم يكن يحتاجها:

- بس أخاف بعد ما تشرب تبقى شقي..

احمرَّ وجهه لدرجة أنني شككت أنه انتهى من شهوته من جملتي فقط، ابتلع ريقه وقال وهو ينهض كمن لدغته نحلة:

- لا طبعًا مستحيل.. أنا متربي...

ضحكت ضحكة ساخرة داخلي، دخل المطبخ وأتى بزجاجتين من البيرة، شعرت بالشفقة على كل من صدقته لحظات.. كنت أحدثه منذ فترة طويلة.. شخص مثله لم يكن سيصدق أن هناك من وافق بتلك السهولة.. هو يستمتع بالمطاردة والكذب حتى الوصول لمبتغاه..

لكنه كان متعجلًا لدرجة أثارت تقززي..

عاد مسرعًا، وضع الزجاجة أمامي وأمسك زجاجته معه، ليضعها أمامه، قبل أن يجلس قلت له بسرعة:

- أنت بتعمل إيه.. لازم مَزَّة..

عقد حاجبيه ورفع زجاجة البيرة قائلًا في تعجب:

- مع البيرة؟

أومأت برأسي إيجابًا بحماس وقلت بابتسامتي المغرية:

- مش دي أول مرة؟ هترجَّع وتبوَّظ موودنا ليه؟

بالطبع لم تكن أول مرة له، لهذا يعرف أنني أكذب، لكنه لا يستطيع أن يقول إنني أكذب وإلا ضاعت كذبته هباء، لذا وضع زجاجته وذهب مسرعًا إلى المطبخ، تلك اللحظة البسيطة هي ما تعتمد عليه خطتي كلها، لا توجد فرصة أخرى لي...

لأنهض بسرعتي وأبدل زجاجتينا كقطة مذعورة، وأعود مسرعة لنفس جلستي وأرسم ابتسامة..

عاد مسرعًا، حمل الزجاجة وجلس جانبي على الكنبة، ابتسم لي ابتسامة سريعة. قال كذبة يتقنها:

- أنا متوتر أوي... بس شكرًا إنك جنبي وأنا بعمل مغامرة هافتكرها لما أكبر..

ثم ابتسم في حماس بريء وهو يهز ساقه متوترًا:

- في صحتك..

ابتسمت ابتسامة جانبية، رفعت الزجاجة على فمي، لكني لم أشربها، حاجز نفسي جعلني لا أستطيع، شرب هو بحماس شديد ثم أغمض عينيه كأنما يتذوق مرارتها لأول مرة في حياته.. المشكلة الحقيقية أنني لو لم أكن أعرف كذبه كنت سأصدقه بسهولة، عيناه البريئتان بنظارته السميكة التي تعطيه انطباع الطالب المجتهد المؤدب، ضحكته البريئة الطفولية، أداؤه المتوتر...

هذا الشاب ممثل بارع لدرجة لا يتخيلها..

ربتُّ على كتفه عندما تظاهر أنه لا يتحمل مرارة البيرة، احمرَّ وجهه أكثر، ونظر لي وابتسم، شرب ثانية وقال بعد أن انتهى:

- أنت ما بتشربيش كتير ليه؟

هززت كتفي بلا مبالاة وقلت:

- عشان متعودة عليها ... بحب استمتع بالحاجة بالراحة..

احمرَّت أذناه من جملتي وأدائي، خطته تعتمد على أن يشغلنا بشيء ما حتى يأتي الوقت المطلوب، قال بابتسامة. وهو يشعل التلفاز:

- إيه رأيك نتفرج على حاجة؟!

أومأت برأسي موافقة، لأجده يضع يده المقززة على ظهري، فتح (نتفليكس) كي يت(chill)، لم تمر ربع ساعة في حوارات تافهة، عندما نهض فجأة كالملدوع، وقال ولسانه يتثاقل:

- هو في إيه؟

ها هو يا عزيزي (يوسف) دواؤك الذي تتذوقه لأول مرة بنفسك.. نظر لي وقال بشك:

- أنت بدِّلتي الأزايز؟

قلت في براءة تجيدها (داما):

- الإزازة بتاعتي كان فيها تراب فقرفت وما حبيتش أفصلك.. فخدت بتاعتك.. في مشكلة؟

صرخ في بصوت جهوري يظهر على حقيقته لأول مرة:

- إزاي تعملي كده من غير ما تقولي لي؟

بدأ يترنح، أدرك ما سيحدث له في الدقائق المعدودة الباقية، ركض لغرفته وسمعت صوته يحاول أن يتقيأ لكنه فشل، عاد مذعورًا وقال بسرعة:

– تعالي معايا.. لازم نروح المستشفى..

نهضت من مقعدي وقلت بقلق بريء:

– في إيه؟!

ارتبك لحظات بين جهلي وما بين نوبة الذعر التي انتابته، وقال ما كاد أن يجعلني أنهار من الضحك:

– واضح إن عندي حساسية من البيرة... لازم نروح المستشفى بسرعة...

كتمت ضحكتي وتظاهرت بالتصديق والقلق، ركضت إليه واحتضنته، لنخرج من الشقة..

وينتهي الجزء الأول من خطتي بنجاح منقطع النظير..

***

في الطريق بدأ يتوتر وأنا أقود عربته، لم يكن في حالة تسمح له بالقيادة فترك لي المفتاح، علامات الذعر على وجهه جعلته طفلًا لا حول ولا قوة له إلى جانبي..

وقت الخوف يعود أسوأ البشر لأصلهم أطفالًا يريدون النجاة..

قلت لأطلق طلقة اختبار ليس أكثر:

– تحب نروح لمستشفى تانية أقرب؟

قال بذعر وأنفاسه تتصاعد متثاقلة، بنبرة من أوشك على البكاء:

201

- لا.. أبوس أيديك المستشفى اللي قولت لك عليها..

تأكد يقيني، فأومأت برأسي موافقة كي أريح عقله المذعور، عندما حكت لي (سامية) عن ما حدث لها قلت لها إن هناك شيئًا ما خطأ، واستنتجت استنتاجًا لو أصبت فيه، فأنا عبقرية..

ركنت العربة بجوار المستشفى، دخلنا من الباب الرئيسي وأنا أسنده، وصل لمرحلة أن ساقيه لا تستطيعان حمله بالقوة التي يريدها، ما إن وصلنا لمكتب الاستقبال، حتى قال هو بسرعة وصوت سكران من ثقل لسانه:

- عاوز دكتورة (نسمة) ضروري.. قولي لها (يوسف)..

أومأت الممرضة برأسها وسرنا وراءها، وقبل أن تستأذن الممرضة، استند (يوسف) إلى كتفي وسبقها ليفتح الباب ويقتحم المكان.. لنجد الدكتورة (نسمة) تنظر لنا، أمامها على المكتب رجل يبتسم نصف ابتسامة، ما إن رآني حتى ارتاحت عيناه وهو يدرك أن خطتنا البسيطة قد نجحت..

كان (صفي) الذي ارتاح قلبي لرؤيته ودق دقة غير مناسبة إطلاقًا في هذا الوقت..

***

بدا الموقف غريبًا على المدعوة (نسمة)، امرأة في أوائل الخمسين يبدو عليها الوقار والتهذيب، ملامحها المتعجبة جعلتني أستنتج ما بها، اعتادت أن يأتيها (يوسف) بفتيات يستندن إليه، لا يستند إليهن هو، نهضت في خوف وذهبت إليه، ليسقط هو في أحضانها كأنما وصل لبر

الأمان أخيرًا فقرر أن ينهار.. أنامته (نسمة) على فراش الفحص في العيادة بالمستشفى الخاص، ليشير هو لي قائلًا بأنفاس متثاقلة:

– هي بدِّلت البيرة وأنا شربت زي العبيط!

ابتسم في آخر جملته، ليبدو على (نسمة) ملامح الإدراك، أكمل (يوسف) كلامه حتى لا ينكشفا أمامي:

– واضح إن الحساسية اشتغلت تاني، فقلت لها لازم نيجي هنا..

أومأت برأسها إيجابًا في تفهُّم وهي تنظر لي نظرة متفحصة ثم مالت عليه وهمست له بشيء ما جعله يعقد حاجبيه..

لا تفهم الأنثى إلا أنثى مثلها، الرجال حمقى ما إن يروا أثداءً جيدة مكشوفة قليلًا حتى يتجاهلون فحص الشخصية المعتاد، أما الأنثى، فهي تعرف زميلتها مستخدمة الأثداء عن ظهر قلب..

لذا من نظرتها عرفت أن هناك شيئًا ما في عيني يريد أن ينتقم.. وبشدة..

التفتت (نسمة) لـ(صفي) الذي كان يتابعنا، قالت بنبرة هادئة عملية تحاول أن تحافظ على حرفيتها:

– بعد إذن حضرتك تقدر تستنى بره، زي ما حضرتك شايف دي حاجة خارجة عن إرادتي..

ابتسم (صفي) نصف ابتسامته الساحر، وقال جملة أطربت قلبي:

– عارفة باتمان؟ أنا (روبن) للأسف يا دكتورة..

أدركت (نسمة) كل شيء، هذا الكمين البسيط المكون من امرأة تريد الانتقام ودكتور نفسي سابق، قلت أنا دون أن أدع لها فرصة أن

203

تأخذ رد فعل، ناظرة بطرف عيني لـ(يوسف) الذي بدا أنه لا يستطيع أن ينهض:

- كام واحدة ساعدتي ابن الكلب ده إنه يهرب من الوساخة اللي بيعملها معاهم؟

تراجعت خطوتين للوراء، قالت (نسمة) في محاولة منها أن تسيطر على صوتها:

- أنت عاوزة إيه؟

اقتربت منها الخطوتين اللتان ابتعدتها عني، قلت وهناك غضب غريب يعتريني:

- هو راجل زبالة.. بيخدر بنات ويصحوا يلاقوا نفسهم مغتصبين.. يعمل نفسه شهم وخايف عليهم عشان مايصوتوش.. ويجيبهم لك هنا.. تكشفي عليهم وتقولي لهم يتطمنوا دي تعويرة بسيطة.. وتقولي لها إنك ما ينفعش تعملي محضر..

واقتربت منها أمام ملامحها المذعورة، وقلت بقسوة:

- عشان هم دخلوا الشقة بإرادتهم..

ولأول مرة في حياتي، وجدت يدي تجذب حجابها بشعرها وتسحب شعرها مع صرختها المتألمة وأنا أقول:

- هو راجل ابن كلب.. بتساعديه ليه؟

نهض (صفي) فجأة ونظر لي بقلق، لم يكن العنف واستخدام الأيدي في أي خطة، بل لم يكن هناك أي عنف طوال العمليات السابقة في الانتقام، كانت دائمًا عمليات نظيفة تخرس ألسنة الرجل

وتحرر النساء من قيودهن، لكنني لم أستطع أن أقاوم تلك الموجة من الغضب داخلي، همست في أذنها حتى لا تستخدم صراخها كسارينة مطافئ تفضحنا:

- وطّي صوتك وإلا قسمًا بالله ما هاسيبك غير في السجن..

خفضت صوتها في ذعر وهي تستسلم تحت يدي.. قلت مكررة سؤالي بصرامة، متجاهلة حقيقة أنني أهدد امرأة أكبر مني بعشرين عامًا، وهمست بدوري:

- من ساعة ما البنت حكت لي إن الدكتورة قالت لها كده وأنا مش فاهمة إزاي دكتورة ست محترمة تعمل كده.. ما لقيتش غير تفسير واحد إنك معاه.. ومن ساعتها في دماغي سؤال واحد.. ليه؟

حاولت (نسمة) أن تسيطر على صوتها، قالت وهي تبكي من الألم أو من الذنب، لم أعد أعرف:

- عشان (يوسف) جوزي!

أفلت قلبي دقة، تركت شعرها فركضت من تحت يدي كفتاة عشرينية، ذهبت إلى جانب جسده الملقى على الفراش وهي تبكي، بدأت القصة تتضح نوعًا ما..

امرأة في أواخر أربعينياتها، يتقرب لها شاب في أوائل العشرينيات، يتلاعبان ببعضهما البعض حتى يتزوجا سرًّا، تمر السنين ويمل الشاب -الذي تزوجها لمالها- فيجبرها على أن تتحمل كل نزواته الجنسية، وتحميه وتتستر عليه..

يخدر الفتيات ويغتصبهن، ويأتي إليها لتعالج ما تستطيع معالجته، وتهدد الفتيات ضمنيًّا بأنهن لو أبلغن الشرطة فلن يحدث شيء، لأنهن دخلن الشقة بإرادتهن.. ولا داعي للفضيحة..

اقترب مني (صفي) بحذر، لا بد أن ملامحي الآن تنذر بخطر ما، لأنه أمسك كتفي من الخلف، في محاولة ذكية لها هدفان، أولهما طمأنتي وثانيهما منعي من الانقضاض عليها وتشويه ملامحها..

أغمضت عيني لحظات، ثم قلت بنبرة لم أسمع في قسوتها داخلي منذ فترة:

− لو حصل أي حاجة لأي بنت على وجه الأرض، هافضحكم في كل حتة.. أنا جيت برسالة من (دينا).. قولتلها تكتب جواب ليكم عشان تحس إن انتقامها اتحقق.. لاقيتها بعتالي جملة واحدة بس..

وقلت كأنني أبصق، وعيني تترقرق بدموع ليست في وقتها..

− « أنا بقيت ناجحة.. بقيت كويسة.. وقفت على رجلي لوحدي.. يا ولاد الو****...».

قلتها ورفعت هاتفي وصوَّرت صورة لن أنساها بقية عمري.. صورة خمسينية تستند بيدها إلى قدم شاب عشريني مغتصِب نائم بسبب مخدر يضعه لضحاياه، طالبة منه حماية ذكورية غير موجودة، لأنوثة أوشكت على الانتهاء..

وانصرفت..

17

هل تعلم يا عزيزي أن عقوبة ضرب الزوجة تبدأ من ستة أشهر إلى سنة أو سنتين أو أكثر قانونًا؟

فكِّر معي، القانون نصَّ على عقوبة لمن يضرب زوجته، وأهلك وأهل الزوجة بنفسهم، يمنعن عن الزوجة هذا الحق بحجة:

(أن هذا شيء طبيعي، وكانت لحظة غضب حمقاء؟)

هل تعلم أيضًا أن لو تم تنفيذ تلك العقوبة بجدية، ستفكر ألف مرة فيما تعتبره -بينك وبين نفسك- شيء طبيعي يستحق الرجل أن «يُلام» عليه فقط، لا أن يُسجن بسببه؟

◎ ◎ ◎

لأنك ما زلت ترى في أعماقك.. أن هناك نساء يستحققن الضرب؟

«هاتعملي إيه في مشكلة بنتك؟ عاوين نتطمن عليك عشان بنحبك..»

«أنتِ فعلًا خنتِ (محمد) مع (صفي).. أنتِ إزاي مسمية نفسك أم؟ إزاي تسيبي بنتك كده؟»

«شكل (صفي) ده وحش في السرير ما بيرحمش»..

كان قد مر يومان منذ آخر انتقام، انتقام من قذارته لم أحكه في صفحة (عزيزي)، فقط كتبت «تم أخذ حق (د) من (ي) و(ن)». واكتفيت بهذا.. شيء ما في بشاعة القصة جعلني أصمت تمامًا..

لم يحاول (صفي) التعليق، ومر يومان وذهبت للإذاعة..

أخذت أقرأ التعليقات وصدري يضيق، كنت في الحلقة التي -كما أخبروني- تحصد الآن أكثر نسبة لعدد المستمعين في تاريخ برنامجي، الجميع دخل فقط كي يتابع بقايا الفضيحة التي افتعلها (محمد خالد) طليقي، ولم يستمع أحدهم لموضوع الحلقة ولا للأغاني..

كلها أسئلة تطفلية مقيتة..

لم أستطع أن أتحكم في صوتي، فظهر معظم الحلقة مكتومًا بلا طاقة، كنت أحاول إمساك أعصابي قدر المستطاع، حتى رأيت ذلك التعليق الذي استفزني:

- أنت إزاي صوتك مبسوط وبنتك مش في حضنك؟

لأنفجر فجأة قائلة وأنا أقطع أغنية لـ(ويجز) قبل أن يقع:

- ممكن التعليقات السخيفة اللي على الصفحة دي تخلص؟ عشان دي حياتي الشخصية وأنا ما سألتش حد عن رأيه؟

ندمت على الفور بعد انفجاري، ما إن خرجت الكلمات من فمي شعرت بأنني أشعلت النيران في الصفحة، انهالت التعليقات الساخرة والمتنمرة والقبيحة، صمت لحظات وحاولت أن أستعيد سيطرتي على الموقف، قلت بنبرة مرحة:

- إحنا برنامج جميل بيحترم الناس كلها.. ياريت زي ما
باحترمكم وبنحاول ننبسط مع بعض.. تحترموا إن فيه
مواضيع ما ينفعش نتكلم فيها هنا..

بدأت التعليقات التي تؤيدني في الظهور، وسط آلاف من
التعليقات الساخرة المهينة، شعرت بضغط هائل ونظرت لساعة
الحائط الكبيرة في الاستوديو، بقي ربع ساعة في البرنامج وأذهب
لأسوأ موعد اضطررت إلى الذهاب له في حياتي..

وجدت باب الاستوديو يفتح، وظهر مدير المحطة ينظر لي نظرة
قلقة، أشار لي بأن أخرج إلى فاصل، دون أن أقول كلمة للتمهيد
للفاصل بدأته، وألقيت السماعات التي أضعها على أذني على المكتب
بعنف..

صمت المدير لحظات، ثم قال بهدوء:

- ما ينفعش نزعق في الناس..

كنت أعلم هذا، من أبسط قواعد الإذاعة ألا نسمح لمشاعرنا
بالتدخل، قلت بعصبية:

- أنت شايف اللي حاصل..

هز رأسه متفهمًا، اقترب مني وجلس أمامي على مقعد الضيف،
فرك ذقنه قليلًا وقال مفكرًا:

- إيه رأيك تاخدي إجازة شهر كده؟

التفت له بنظرة حادة جعلته يرفع يده معتذرًا ويقول بسرعة:

- ده لو عاوزة طبعًا..

كان مدير المحطة طيب القلب، من الرجال النادرين الذين يعملون من أجل حبهم للعمل، عملي لدرجة محببة لقلبي، هو لا يرانا رجالًا ونساءً، مجرد أدوات جيدة لنجاح محطته، قلت مانعة (داما) من الانقضاض لتحمي برنامجها:

- يعني برنامج بقالي خمس سنين بقدِّمه وقوِّمته بإيدي.. أسيبه لحد تاني مكاني شهر كامل؟

صمت لحظات، ثم اعتدل وقال:

- أنت عارفة إن المحطة في ضهرك.. واللي أنت عاوزاه هو اللي هيحصل..

ثم رقَّ صوته وقال بطيبة أبوية:

- بس أنا بقالي عشرين سنة خبرة.. الموجة لما بتعلى بنوطِّي لها.. الناس آخرها في حوارك ده أسبوع.. بعدها بأسبوع هيفهموا هم خسروا إيه.. أسبوع كمان هيتحايلوا علينا ترجعي.. الأسبوع الأخير نرجعك وراسك مرفوعة فوق كأننا اتحايلنا عليك... ماحدش هيعرف خالص إنك من الأول أجازة وراجعة كده كده..

وضحك في طيبة، نظرت له في حيرة، فقال وهو يبتسم:

- أنت محتاجة تريحي أعصابك وتركزي مع بنتك.. وهترجعي تلاقي مكانك محفوظ..

قلت وعيني تترقرق بالدموع:

- مين هيمسك مكاني؟

أراح ظهره على المقعد وقال مبتسمًا بعد تفكير:

- الواد (حبشي).. ماحدش بيحبه كده كده فاحتمال يطلبوا رجوعك بعد أسبوع واحد مش تلت أسابيع..

ضحكت ضحكة ساخرة صغيرة، ما لا يعلمه المدير أن (حبشي) هذا هو الرجل الذي كدت أن أخون طليقي معه في مرحلة مظلمة من حياتي، أمسكت حقيبتي ونهضت، فقال لي بحيرة:

- رايحة فين؟ مين اللي هيختم؟

قلت وأنا أسير منصرفة كعادتي:

- خليهم كده في الفاصل لحد مايفصلوا..

وانصرفت بخطوات سريعة..

***

بخطوات متثاقلة بطيئة دخلت غرفة المحامي الخاص بي..

اليوم هو ميعاد تغيير اتفاقية الحضانة بيننا، بعد اختيار (كاميليا) الذي لم أفهمه حتى الآن..

نظرت إلى مائدة الاجتماعات الكبيرة، كانوا جالسين كلهم..

أمي.. (هاني) أخي.. (محمد خالد) طليقي.. و(كاميليا) ابنتي..

ما إن رأتني حتى ركضت مسرعة واحتضنتني بقوة لم أفهمها.. هل تفتقدينني حقًّا يا فتاة أم لا تريدينني في حياتك ثانية؟

احتضنتها وتركت دموعي تنهمر بحريتها..

شعرت بحركة (صفي) خلفي، كنت أعلم أن وجوده هنا غير ملائم على الإطلاق، وسيثير جنونهم أكثر، لكني كنت قد وصلت لمرحلة من التوهة والتخبط، لدرجة أنني شعرت أنني بالون من

(الهيليوم)، تركه كل من كان دوره أن يمسك خيطه، فجاء هو في وقت قاتل ليصبح تلك الحلقة المعدنية الخفيفة التي تجعله يستقر أرضًا..

لم أعد أبالي إن كان طيبًا أو شريرًا، مسالمًا أو قاتلًا محترفًا..

هو الوسيلة الوحيدة لاتصالي بالأرض.. أمام كل من يريدون إطلاقي إلى جحيم السماء..

انقلبت ملامح (محمد) مع دخول (صفي).. لوت أمي شفتيها... نهض (هاني) -لدهشتي- وسلَّم عليه بترحاب غريب..

ربتُّ على كتف (كاميليا).. أمسكت يدها.. وسرنا بجانب بعضنا حتى جلسنا على المقاعد المتراصة في جلسة منذ بدايتها تبدو قاتلة..

في ناحية (محمد) ومحاميه، إلى جانبهما أمي التي لم أحدثها منذ آخر شجار بيننا.. إلى جانبي جلس المحامي الخاص بي، ثم أنا، ثم (صفي)، وليستمر (هاني) في إدهاشي ويجلس جانب (صفي) مقابل أمي..

للحظة ابتسمت و(هاني) يجلس إلى جانبنا، وتساءلت هل هذا هو شعور بالدعم والأمان المصاحب للأخ أخيرًا أشعر به؟

بدأ (محمد) بالهجوم على (صفي) كأنما لم يطق صبرًا:

- إيه اللي جابك هنا؟ دي حاجة عائلية.

ابتسم (صفي) ابتسامته المستفزة، لتربت أمي على كتف (محمد) كأنما أنجبته وتبنتني أنا، لم يرد (صفي) بحكمته واكتفى بالصمت، لكي يستفز (محمد) أكثر فالتفت إلى (كاميليا) قائلا بابتسامة:

- كان عندك حق يا حبيبتي..

التفتت إلي (كاميليا) عاقدة حاجباي في حيرة، هل تظن هي أيضا أنني مع (صفي) في علاقة؟

هل تضحي بنفسها من أجل إسعادي؟

انتابتني قشعريرة لحظة وأنا أتأملها، لتنظر هي لي وتبتسم ابتسامة واسعة، لم أفهمها..

تلك الخاطرة بعثت دفقة أمل في روحي، قاطعها محامي (محمد) الصارم قائلًا بصوت غليظ:

– ممكن نبدأ الاجتماع عشان مشغوليات حضرتك يا (محمد) بيه؟

كلمة «بيه» أعطت (محمد) شيئًا من العظمة في أدائه وهو يشير للمحامي بأن يبدأ، ليبدأ محامي (محمد) بحديث طويل رسمي، عن أن تلك الجلسة لعقد جديد بالحضانة، يتم تسليمها بالكامل إلى (محمد خالد) طليقي، ولأنه عقد اتفاق مسجل، فسيتم احترام حقوقي في رؤيتها أي وقت دون قيود أو شروط، هذا الشرط هو أهم شروطي في العقد ولم يمانع (محمد) كثيرًا، الشرط الذي اعترض عليه كان حقي في السفر بها خارج البلد، لكننا توصلنا لصيغة اتفاق ترضيه وترضيني..

جلست أتأمل (كاميليا)، تبدو عادية، لا أدري هل هذا وصف مناسب لشخص أم لا، لكني أشعر بأنها «عادية»، ملامحها لا تحمل حزنًا ولا تحمل سعادة كذلك..

حتى انتهى كل الكلام الرسمي، وقراءة بنود العقود، وقلبي يخفق في قلق مع كل كلمة، وأشعر بأن هناك شيئًا ما يمزق أحشائي وعيناي تتابعان (كاميليا) التي تنظر لي نظرة لم أفهمها..

متى أصبحت بهذا النضج؟

كيف لا أفهم نظرتها؟

قال محامي (محمد) بهدوء وهو ينظر لـ(كاميليا):

- (كاميليا).. لازم نسألك يا حبيبتي دلوقتي.. عشان لازم كلنا نسمعها ونشهد عليها، أنت عاوزة الحضانة تبقى لمين؟

ابتسمت (كاميليا) ابتسامة واسعة وأشارت لـ(محمد) بإصبعها، الذي شعرت بأنه سيف بتار يقطع قلبي نصفين، وهي تقول:

- بابا..

قطعت كلمتها ما تبقى من قلبي، ليومئ (محمد) موافقًا في فخر كأنما اختاروه في تصفيات كأس العالم للآباء السامين، ليقول المحامي بابتسامة راضية:

- يبقى نتكل على الله ونمضي العقد..

لم أحتمل، وقفت فجأة وقلت بصوت مرتجف:

- لأ.

نظروا لي جميعًا، نهض (صفي) معي ومعه (هاني)، لم أكن أعرف لماذا نهضت، لم يكن لدي أي شيء منطقي لأقوله، قال (محمد) بنفاد صبر:

- يا (هيا) ما إحنا قلنا مش عاوزين محاكم وتطويل.. والبنت اختارت... بتطلعي ميتين أهالينا ليه؟

لم يكن يتلفَّظ أمام أمي أبدًا، لذا نظرت له هي بدهشة طفيفة، قلت بصوت مرتجف كطفلة توشك على البكاء:

- عاوزة أتكلم معاها الأول..

قالت أمي بنبرة شامتة سأنتظر ليوم القيامة حتى أستطيع أن أفهمها:

– هتقولي إيه أكتر من اللي قولتيه؟ البنت عاوزة كده.. حرام عليك تضغطي عليها وتبقي قاسية..

ابتسمت روحي بسخرية، أنا (هيا) أسمع تلك النصيحة من أم احتلت المركز الزاني عشر في أسوأ أمهات العالم، قلت وأنا أبكي دون سيطرة على مشاعري، كأنما اختفت (داما) من داخلي وتبقت (هيا) الطفلة الصغيرة العاجزة:

– عاوزة أتكلم معاها الأول..

وللمرة الأولى في حياتي، أسمع صوت (هاني) الجهور يصعد بأعلى ما في وسع حنجرته، ويضرب المائدة قائلًا بغضب:

– هو في إيه؟ ما هو كده كده من حقها تكلمها أي وقت هي عاوزاه... عاوزين توجعوها أكتر من كده إيه ولا إيه؟

وأشار لي قائلًا بصرامة:

– خدي بنتك كلميها زي ما أنت عاوزة..

وأشار للجميع إشارة عامة مكملًا، جاعلًا جسدي كله يقشعر:

– مافيش حد هنا يقدر يمنعك من بنتك.. خديها اتكلمي معاها براحتك.. وخلي كلب يعترض!

نظرت له بامتنان، لم أفهم ما هذا التحول الذي طرأ عليه، ذهبت إلى (كاميليا) وأمسكتها من يدها وخرجنا من الغرفة المقبضة بكل من فيها..

18

هل تعلم يا عزيزي أن الأمومة اختيار؟

لم ولن تكون فطرة.. ولم نخلق لأداء هذا الدور فقط..

هو اختيار دائم ومستمر مدى استمرار حياتنا.. وحياة أبنائنا..

◎ ◎ ◎

قلت لها وأنا أجلس على ركبتي، خلف باب غرفة الاجتماعات:

– أنت فاكرة إني بيني وبين (صفي) حاجة؟ عشان كده بتعملي اللي بتعمليه ده؟

ابتسمت هي، متى طالت قامتها حتى أصبح جلوسي على ركبتي يجعلني أقصر منها؟ قالت بابتسامة:

– أنت آه بينك وبين (صفي) حاجة.. بس مش عشان كده بعمل كده..

داخ عقلي قليلًا من إجابتها الدقيقة، قلت كاذبة كأي أم محترفة:

– بس أنا مافيش بيني وبينه حاجة..

ضحكت هي وقالت وهي تربت على كتفي، في حين انهمرت دموعي بحريتها:

– يا ماما ما تكدبيش.. أنتم أكيد بتكر اشوا على بعض..

216

قلت لها بغضب لم أجد له مبررًا:

– أنت عشر سنين يا بنتي.. بتجيبي الكلام ده منين؟

ابتسمت ابتسامة للمرة الأولى أرى فيها حزنًا بسيطًا، وقالت بهدوء:

– ماما حبيبتي.. أنا 13 سنة..

اهتز قلبي لحظات وأنا أحدق في وجهها.. وشعرت بالأرض تميل تحت قدمي..

أكملت (كاميليا) بهدوء وهي تمسح على شعري:

– أنت بس بطَّلتي تعدي من قبل طلاقك بسنة.. ولحد بعد طلاقك.. ما عملناش عيد ميلاد واحد ليا..

ارتجفت شفتاي لحظات وكلامها يطعن كخنجر في حلقي..

سمعت كثيرًا عن أن بعض الأمهات يثبِّتن أعمار أولادهن ويتعاملن على أساسه، وأقسمت أنني لن أعامل ابنتي بهذا الشكل أبدًا، كيف مر الوقت بتلك السرعة؟ وكيف لم أعد بعدها عمر ابنتي؟

ابتلعت ريقي، قلت في محاولة مني للكذب ثانية:

– أنا كنت عارفة.. أنا اتلخبطت بس و...

وضعت يدها على فمي، بدأت دموعها تظهر في عينيها، لكن ابتسامتها الحنون البسيطة التي تهون عليَّ مرار الدنيا، قالت:

– أنت بقالك 3 سنين مستغربة أني إزاي عشر سنين وبفكر كده.. وأنا بضحك ومش بصلح لك.. أنا تميت 13 من 3 شهور..

وأكملت بهدوء وهي تبتسم:

- وقريت كتير على فكرة عشان أعرف أخليكِ أحسن.. عارفة إن الواحد لما يعدي بحاجة وحشة مش بيفتكر الوقت فيها عدى إزاي.. وعارفة بابا قد إيه كان صعب معاكِ.. ونفسك تنسي السنتين اللي عدوا دول بأي شكل..

هبطت دموعها أمام عيناي المذهولة، وهي تكمل:

- أنا بقيت شاطرة أوي عشان تفرحي إني بنجح... عملت كل حاجة قريتها عن إزاي أخليكِ تخفِّي من التروما اللي عندك من غير ما تحسي... وما حسيتش إنها فارقة معاك أوي..

وابتسمت بحماس وهي تكمل رغم دموعها المنهمرة وأنفها المحمر:

- حتى فكرة الـ(fun day) كانت عشانك مش عشاني.. قولت لك تفتحي صفحة تقولي فيها اللي نفسك فيه وتكتبي فيها بس بطَّلتي وفضلتي مش كويسة..

ضربت كلمتها كياني كله، بكيت وأنا أنظر لها نظرة انبهار، كيف نسيت أن فكرتها البسيطة عن صفحة للكتابة، هي ما بدأت فكرتي في صفحة (عزيزي).. وأخطط لمدة عام لكيفية تنفيذ عمليات الانتقام.. وأبدأ فيها منذ عام واحد فقط...

أكملت هي وهي تربت على كتفي مكملة بحنان يحتوي عالمي كله:

– أنا ما عرفتش أخرَّجك من اللي أنت فيه.. وكنت مستحملة تيتة وكلامها الوحش أوي عنك.. وعرفت إنها مريضة برضه..

وضحكت ساخرة لتذكرني بنفسي وأنا أضحك ساخرة من خاطرة مفاجئة وقالت:

– جوجل ده فتح عينيا على حاجات كتير أوي عن أمراض العيلة بتاعتنا..

ابتسمت وأنا أربت على صدرها كأنني أخشى أن تختفي من أمام عيني، لتكمل هي وهي تمسح دمعتها مستعيدة قوتها بعد لحظة ضعف:

– بس أنت بقيتي أحسن بقالك سنة..

نظرت لها نظرة مندهشة، لتكمل هي:

– ما اعرفش بقى (صفي) ده ولا حاجة تانية.. بس بقالك سنة بقيتي أحسن وبدأتي ترجعي حلوة تاني.. بس لما رجعتي حلوة...

دمعت عينيها ثانية وقالت:

– ما رجعتيليش أنا.. وفضلتي شايفاني البنت اللي عندها 10 سنين ومش فاهمة حاجة..

ثم همست:

– أنا اللي بقيت مش كويسة.. ومحتاجة أركز مع نفسي شوية.. وفي بيت بابا (دينا) فعلًا بتحاول أوي تخليني أرجع أبقى كويسة تاني..

طوال كلامها يراودني شعور غريب بأن هذا كلام أكبر منها بكثير، أشعر بأن هناك من وضع صوت دوبلاج على شفتي ابنتي لفتاة عشرينية..

هل الصدمات تجعل الإنسان ينضج بهذا الشكل؟

صدمتني خاطرة كعربة نقل مسرعة، لتتبعثر أشلاء نفسيتي في قارعة الطريق..

تذكرت (هيا) ذات الثلاثة عشر عامًا، عندما كنت أقرأ وأحدث كل من هم أكبر مني، فقط كي أفهم جنان أمي ونفسية أبي الميتة..

تذكرت كيف كنت أذكى أصدقائي وأبحث عن العائلة في عيون من حولي..

تذكرت كيف ناقشت أمين مكتبة المدرسة عندما وجدني أقرأ بنهم، وأخذ يحدثني عن الكتب التي أقرأها كي يتأكد من أنني في هذا السن الصغير لا أستعير الكتب فقط دون قراءتها، وذهوله من نقاشي الفلسفي معه..

في سن الثالثة عشر...

(كاميليا) لم تكن تنتمي إلى جيلها كما كنت أظن..

(كاميليا) كانت تنتمي إلى كل ما مررت به من ما قتل طفولتي أنا في سن مبكر...

صمت تمامًا، تجمدت دموعي، ثم قلت بهدوء وبنبرة حاسمة:

- اسمها إحنا..

نظرت لي دامعة، فقلت مؤكدة وأنا أمسح على يدها:

– إحنا اللي هنركز معاكِ الفترة الجاية.. أنا وأنت.. فريق واحد في ضهر بعض.. أنا سمعتك.. وشكرًا إنك كنت جنبي الفترة اللي فاتت.. بس خلاص.. أنا بقيت كويسة.. مش هاركز غير معاك أنت بس.. عشان أنا بحبك..

احتضنتها بقوة، لتترك هي نفسها لأول مرة تنهار في البكاء.. عادت طفلتي التي اعتادت أن تحتضن نفسها طوال ثلاثة أعوام كاملة دوني، عادت تسلم لي ضعفها وتبكي في حضني..

لأحتضنها أنا أيضًا للمرة الأولى منذ ثلاثة أعوام.. كأم تحتاج لأن تعود لدورها، لا كصديقة كما كنت أظن..

❋❋❋

دخلت المكتب بعد أن هدأنا.. أمسكت يدها واحتضنت هي يدي في قوة...

ابتسم (محمد) في ملل وقال لـ(كاميليا):

– إيه يا حبيبتي.. ماما ضايقتك؟

قال له (صفي) للمرة الأولى بابتسامة:

– لو خرست هتعرف..

احمرت وجنتا (محمد) ونظر لأمي كأنما يحتمي بها، التفت لي (صفي) بنظرة فاحصة كعادته، قال بهدوء وصوته حنون:

– إيه اللي حصل؟

ابتلعت ريقي وابتسمت، قلت بهدوء:

- أنا هارجع قبل 10... كل خطواتي هتبقى محسوبة، وهاقول
كنت فين و راجعة منين..

وقرار صدر وابنتي تبكي في حضني منهارة..

سأغلق صفحة (عزيزي) تمامًا..

لا يوجد ما هو أهم منها في حياتي..

لكني لم أستسلم بتلك السهولة..

أكملت بقوة وأنا أنقل نظرتي بين عيني (محمد) وأمي:

- بس مش هاعمل ده في بيت أمي.. هاعمله في بيت جوزي...
ونظرت لعينيه المتسائلتين ونصف ابتسامته المستفز، قائلة بقوة:

- (صفي).

شهقت أمي وانعقد حاجبا (هاني) في حيرة. وانتفض (محمد)
وخبط على المائدة وصاح بغضب شديد:

- إيه؟

كان (صفي) يعطيهم ظهره كي ينظر لي، اتسعت عيناه عندما
قلت ما قلته وثبَّت عيناه على نظرتي، ابتسم نصف ابتسامته الجذلة
وارتاحت عينيه في نظرة حنونة متفهمة، التفت لهم ووقف من كرسيه
وسار ببطء حتى وقف جانبي..

وأمسك يدي.. لأشعر بثقة اختفت من داخلي اليوم كله..

لو لم يكن هذا العبقري قاتلًا لكنت تزوجته الآن ونمت معه على
تلك المائدة أمام عيني طليقي وأمي..

222

نظر (محمد) للمحامي، وقال صابًّا غضبه على الوحيد الذي سيتحمل غضبه:

– هو مش كده الحضانة ترجع لي لو أمها اتنازلت عنها؟

قلت بصوت عال وصارم:

– (كاميليا).. تحبي تعيشي مع مين؟

ابتسمت (كاميليا) وقالت بهدوء وهي تنظر لي بحب:

– ماما..

أسقط في يد (محمد) وهو ينظر لابنته.. نقطة ضعفه الوحيدة القاتلة...

نظر لنا لحظات، صمت تمامًا وخيم صمت ثقيل على الغرفة.. تنحنح (محمد) ونظر لأمي نظرة غاضبة، بادلته إياها بنفس الغضب، فقلت بسخرية (داما):

– ممكن تاخد حضانة إلهام لو عاوز مش فارقة معايا..

رأيت ابتسامة (صفي) دون أن ألتفت له، عرفت أنه يبتسمها دون جهد، نظر (محمد) لـ(كاميليا) لحظات، ثم عقد أزرار سترته وقال بصرامة:

– هابعتلكم معاد الاتفاق الجديد عشان نمضي عليه كلنا..

وانصرف دون كلمة واحدة... تتبعه أمي التي ظلت تنظر لي شذرًا...

تابعت (هاني) بعيني الذي سار ببطء.. ثم اقترب مني واحتضنني فجأة قائلًا:

– مبروك.. مبسوط إنك مبسوطة يا (هيا).

223

وترك عناقي ونظر لعيني وابتسم قائلًا:

- لما قولتي على اللي أمي عملته، أنا فهمت كتير أوي..

وابتسم ابتسامة حزينة سلبية مثله، لكن بعين قوية بدأت طريقًا في الإدراك:

- أنتِ أشجع مني كتير... وده كان بيغيظني منك أوي...

وابتسم وسلم على (صفي).. وانصرف..

لأتأمل تلك الغرفة التي دخلتها مهزومة..

وخرجت منها مرفوعة الرأس بأعظم انتصار في العالم..

ابنتي..

19

هل تعلم يا عزيزي أنهم حين اخترعوا لعبة الشطرنج كان هناك وزيرًا يتحرك خطوة واحدة مثل الملك؟

وعندما طوروا قواعد اللعبة؛ أصبحت تلك القطعة تسمى الملكة.. ال(كوين).. ال(داما).. وأصبحت تتحرك بحرية في جميع الاتجاهات..

لا تتذاكى وتخبرني بأنها في النهاية تحمي الملك.. لأن هذا يدل على ضعفك في فهم الشطرنج يا عزيزي..

في الشطرنج هم لا يحمون ملكهم.. لاعب الشطرنج الذكي يعرف.. أن كل القطع تحمي بعضها.. ضد عدو بلون مختلف..

يسعى للنيل من اللاعب..

القطع كلها تحميك.. لا تحمي الملك..

◎ ◎ ◎

«بلغني أيها الكائن البشري ذو العضو الذكري..

أنك -يا عزيزي- ستعيش أجمل أيام حياتك الفترة القادمة..

اليوم أعلن انسحابي التام من كل ما يتعلق بصفحة (عزيزي)...

سأغلقها تمامًا، لن تروا منشوراتي المزعجة التي تؤرق عقولكم ثانية، سأغلق الصفحة باختياري الحر.. من أجل شيء يساوي في أهميته أهمية تلك الصفحة العزيزة على قلبي..

كنت أحلم أن تنتهي عمليات الانتقام عند رقم يستحق النهاية، مثل 50 انتقامًا أو 100 انتقام، لكن يشاء القدر بعد عام واحد أن تنتهي عمليات الانتقام من الرجال عند رقم 28...

وهو رقم أفتخر به بشدة.. ثمانية وعشرون فتاة تم أخذ حقهن من كل رجل قذر تسبب لهن بأذى ما لن ينسينه أبدًا...

لكنه أقل بكثير من ما كنت أحلم...

لذا فليحتفل الرجال فرحًا... وليهدأ المتعصبين المهاجمين دائمًا... كرست حياتي كلها لمدة عام لتلك الصفحة.. ولكن الآن أدركت أن في حياتي ما يستحق أن أكرسها لها...

الفيسبوك يعطيني فرصة 14 يومًا للتراجع عن إغلاق الصفحة... سأترك هذا الـ(بوست) فترة طويلة.. ثم أمسح الصفحة..

وإلى مؤيديني ومتابعيني الحقيقيين.. عندما تستيقظون يومًا، ولا تجدوا أثرًا لتلك المزعجة التي تلعن الرجال يوميًّا، تذكروني بابتسامة واسعة، وحاولوا أن تحاربوا في حياتكم الشخصية كما كنت أحارب معكم هنا..

قال أحمد خالد توفيق يومًا إنه يريد عندما يموت أن يُكتب على قبره «جعل الشباب يقرأون»... أنا أريد أن يُكتب على قبري: «جعلت الروح المتألمة في صمت تصرخ حتى وجدت نفسها».

أستودعكم الله..

#وداع»

***

تأملت كلامي بعين دامعة.. وضغطت زر النشر دون تفكير..

نظر لي (صفي) وتأمل دمعتي الحزينة، وقال وهو ينظر أمامه:

– متأكدة؟

أومأت برأسي أن نعم، رغم حزني الشديد داخلي كأني أودع جزءًا من كياني، لكن من أجل (كاميليا) سأقتل مئة (داما) داخلي..

مر يومان منذ كذبة زواجنا، لم يحدثني ولم يسألني، بقي بجانبي وتقبل انتقال (كاميليا) لبيته دون تعليق واحد..

واحترمت صمته، لأنه يعلم أنني أفكر الآن..

كنا في محطة وقود ما اقترحها (صفي)، أصبح الجميع الآن بعد انتشار الأوبئة، يخرج مع أصدقائه في «البنزينة».. أصبحت بديلًا للكشك في عهدي في التسعينيات، يقفون جميعًا يشربون سجائر ويأكلون من المطاعم المحيطة...

كنا قد قضينا يوم الـ(fun day) كله معًا... أنا و(كاميليا) و(رحمة) و(صفي)، ليقترح (صفي) أن نذهب لتلك المحطة حتى نستمتع بالهدوء قليلًا...

لذا انسحبت بعيدًا عنهم، عندما وجدت (صفي) يمازح (كاميليا) التي أحبته من أول دعابة، وجلست على الرصيف أكتب المنشور الذي كان من أصعب المنشورات التي كتبتها في حياتي، أودعهم، وأودع (داما) داخلي...

حتى وجدت (صفي) يجلس جانبي ويقول جملته، ثم يصمت، سألته في شرود وأنا أتأمل المكان:

– فين البنات؟

قال وهو ينظر لما حولنا:

- بيجيبوا حاجة يشربوها..

توقف نظره عند رجل وأنثى يقفان في ركن بعيد، يحملان طفلًا ويبدو عليهم السعادة.. طاقة من الراحة تحيطهم جعلتني أبتسم وأنا أنظر معه إليهم.. لمحانا فابتسما لنا، وبتلقائية تعجبت منها جعلا الطفل يلوح لنا بيده، فابتسمنا بسعادة حقيقية ونحن نشير لهم في المقابل.. قال (صفي) وهو يشير إليهم بسعادة:

- دي ممثلة.. وده جوزها.. مخرج حلو أوي..

لم أكن أعرفها ولا أعرفه، لكني ابتسمت من فرحته الطفولية وهو ينظر لهم.. تأملت عينيه السعيدتين وابتسامته التي قدَّر الله أن تتجاوز النصف ابتسامة، لتكتمل وتصبح ابتسامة كاملة، سحرتني وخطفت عيني...

لو كان نصف ابتسامته ساحرًا، فابتسامته بها بحر من الاطمئنان والبراءة..

سرى بداخلي شعور غريب علي، لم أشعر به طوال عمري...

شعور بالدفء، والاطمئنان، وأن جزءًا من روحي يريد أن ينتمي إليه لما تبقى من عمري... شردت في عينيه لحظات وهو ينظر لي... شعرت بخفقات قلبي تركض وراء مشاعري ولا تستطيع اللحاق بها، ووجدت نفسي أقول بنبرة هادئة:

- أنت عارف إني بحبك صح؟

ارتعش جفنه قليلًا وتجمدت ابتسامته، صمت لحظات وتبدلت ملامحه..

شعرت بالندم فور خروج الكلمة من فمي، انسحبت روحي عائدة من بحر مشاعري، لتصفعني على قفاي تؤنبني على ما قلت، لكني ثبت عيني على عينيه التي نظرت للأرض في إشارة غير مطمئنة لكل من يفهم في لغة الجسد مثلي، صمت تمامًا منتظرة رده..

رفع عينيه لعيني ثانية، ارتسمت نصف ابتسامته، التي أعلم الآن أنه يهرب منها من كل مشاعره، وهز رأسه نافيًا وهو يقول بصوت هادئ كعادته:

- لأ..

لم أفهم ما يقصد، هل يقصد «لا لم أكن أعلم؟».. أم لا مطلقة في العموم.. أراحني من خمسين سؤال في تلك الثانية من الصمت، وهو يكمل جملته:

- مش بتحبيني...

ابتلعت ريقي، شعرت بأنني ضعيفة وأريد أن أركض دون سبب، نظر لي وقال بهدوئه المستفز:

- أنت حاسة بحاجات شبه الحب.. بس هي مش حب..

هل هو وقت تحليل نفسي الآن أيها الأحمق؟ عندما تخبرك أنثى بأنها تحبك لا تحللها.. لا تسألها عن أسباب.. في تلك اللحظة نتحول لورقة شجر ضعيفة تكسرها حشرة بلا وزن.. الأنثى لا تتقبل الرفض ولم تعتد عليه.. هي الفريسة التي تقبل وترفض... وأنت الصياد الذي اعتاد الرفض وهروب الفريسة منه... فلا تحاول تحليلي الآن أيها الأبله.. أنا قلت شيئًا أشعر به عميقًا داخل قلبي.. فلا تحلل بعقلك..

229

خلقت المشاعر حرة، فلا تسجنها بعقلانية التفكير..

ابتسمت ساخرة، تذكرت جلستي في «بنزينة» أخرى و(حسام) يحاول إقناعي، تذكرت رفضي لكل رجل حاول أن يقترب مني باعترافه، أدركت الألم وابتسمت ساخرة من حماقتي، هو يراني كما رأيت أنا (حسام) في ذلك اليوم البعيد..

رأى سخريتي فقال بهدوء:

ـ ممكن تسمعيني قبل ما تشتميني في دماغك خمسين مرة؟

عدلت من شعري كعادتي لأشتت نفسي، وقلت باستهانة وسخرية:

ـ مش عاوزة أسمع...

أومأ برأسه متفهمًا، وعاد بنظره يتأمل ما حولنا، ما أثار غيظي أكثر، فقلت بسخرية مكملة جملتي:

ـ وما كنتش بشتمك في راسي.. ما تقعدش تحلل كل حاجة غلط كده...

أيها الأحمق المتعالي الذي يظن أنه على حق دائمًا..

أومأ برأسه متفهمًا، واستمر في صمته، ما أثار استفزازي أكثر وأكثر..

ولم أنطق بكلمة بقية الليلة، عندما عاد البنات، انطلقنا لبيت (صفي)، وذهبت لغرفتي مع (كاميليا) دون أن أحدثه مرة ثانية.. لعنة الله على غبائك وتسرعك يا (هيا)...

كم أفتقد قوة (داما) الآن داخلي..

230

20

هل تعلم يا عزيزي من الذي رفض تسمية قطعة الوزير بالملكة؟ أصبتَ يا عزيزي.. الثقافة الشرقية الجميلة.. وكل الثقافات الأخرى التي ترفض أن تصبح الأنثى صاحبة أقوى قطعة في الشطرنج.. ولهذا أنا (داما).. الملكة التي تضحي بنفسها.. من أجل قطع أخرى ظلت تحارب وتضحي بحياتها من أجل أن يكون لنا صوت عادل.. حر.. بلا قيود.. يطالب بالموازنة والعدل في العقاب قبل الثواب..

◎ ◎ ◎

لم أستطع النوم.. احتضنت (كاميليا) التي كانت تغط في نوم عميق..

ارتاحت عيناها كثيرًا بعد أن قالت ما في داخلها معي، يومان كاملان نتحدث معًا، سألتني عن (صفي) وعن علاقتنا، لأخبرها بالحقيقة أننا أصدقاء، نساعد بعضنا على أن نكون أفضل... لتبتسم في هدوء وتقول إنها كانت تحتاج صديقًا مثله..

بعد نزهتنا القصيرة، لاحظت تبدلي مع (صفي) وسألتني إذا كنا تشاجرنا، لأخبرها بأننا سننتقل قريبًا لشقة لنا وحدنا عندما تستقر الأمور..

ولم أستطع النوم..

وجدت رسالة من (صفي) على تطبيق الواتساب، تبادلنا الأرقام منذ يومين بعد إعلان زواجنا الكاذب أمام أهلي، ضحك وقال وقتها إنه لا بد أن نتبادل الأرقام أخيرًا حتى نبلغ بعضنا آخر تطورات هذا الموقف العبثي..

كتب: ممكن تطلعي بره.. عاوز أكلمك شوية..

نظرت لساعة الحائط.. الساعة الثانية صباحًا بعد منتصف الليل.. هل هذا ما يطلقون عليه (booty call)؟ المكالمة في وقت متأخر بنية المتعة فقط؟ نهضت من الفراش وارتديت سترة واسعة وأغلقتها حتى رقبتي.. خرجت من غرفتي لأجده جالسًا في الصالة وحده..

جلست جانبه، كان يرتدي منامة واسعة ومحاط بإضاءة دافئة غير مباشرة في الصالة كلها... يبدو مهمومًا قليلًا كأنما كان يفكر كثيرًا.. صمت تمامًا حتى التفت لي وقال بحنانه الغريب:

- عاملة إيه دلوقتي؟

نظرت له لحظات، تذكرت كل ما حدث في «البنزينة» في ثوان فانقلبت ملامحي، قلت كي أمنع عنه أي فكرة ممتعة قد تأتيه:

- أنا عندي الدورة..

ابتسم بسخرية، قال بهدوء ساخر:

- لسه مركِّب العيل السرسجي في بقك؟

ابتسمت رغمًا عني، فأكمل هو ناظرًا لعيني:

- أنت متعودة إن اللي بيتطمن عليك ويسألك عاملة إيه، بيبقى دايمًا عاوز منك حاجة صح؟

لمس منطقه الهادئ جزءًا من قلبي، حقيقة الأمر أن الإجابة «نعم».. كل من يطمئن عليَّ ويسأل على حالتي النفسية، يريد شيئًا ما في النهاية.. سواء خدمة في العمل، أو يريدني أن أسمع مأساته، أو شيئًا يتعلق بالمشاعر والجنس.. هناك هدف ما دائمًا لذلك السؤال..

لهذا أكثر الأسئلة العبقرية التي يعلم (أنس بوخاش) أنه عبقري، ويسأله لضيوفه دائمًا هو «عامل إيه» في بداية الحوار.. سؤال بلا نية ولا هدف إلا الاطمئنان على ضيوفه، ويطالب ويصر على إجابة صادقة حقيقية، ليست «الحمد لله» المعتادة.. فيربكهم هذا السؤال ويجعلهم «يفكرون» في حقيقة ما يشعرون به الآن في حياتهم..

لكني -كعادتي- قلت بابتسامة متحدية:

- ما تحللنيش تاني.. عشان تحليلاتك كلها غلط..

أومأ برأسه إيجابًا في تفهم، أمسك ملفًّا كان موضوعًا على منضدة أمامه، وأعطاه لي، ثم قال بنبرة هادئة:

- اقري..

أمسكت الملف في دهشة، فتحت أول صفحة لأجد ملفًّا باسم (نادين عبد الفتاح)، نظرت له لأجده يبتسم وهو ينظر، نسيت تمامًا في خضم أحداث ابنتي أنه لم ينفذ وعده بتقديم أدلته في الضحية الأولى له، كانت (نادين) هي أول فتاة انتحرت...

بدأت في قراءة الملف، فتاة وهي في الثامنة عشر تم اغتصابها، تمامًا كـ (سلمى) رقم 28 التي انتقمت لها. كالمعتاد خافت من أهلها، لم تصارح أحدًا.. عاشت بسر دفين يقتلها أمام ثقة أهلها... كرهت حياتها وحاولت أن تتجاوز...

لكنها لم تكن بثقافة (سلمى)...

(نادين) كانت ابنة لأسرة متحفظة قاسية، يحكمها أب صارم لا يسمح لبناته بالتنفس، وأم تم اغتصاب عقلها بأفكاره فتبنتها وأصبحت تدافع عنها، لتخرج (نادين) تبحث عن الحياة في عيني من يتقبلها دون أن يسجنها.. ويحتضنها ليجعلها تهرب من كل القيود الحيوانية الموضوعة على روحها لأنها أنثى... لذا في الجامعة وما بعدها... كانت عندما تحب أي رجل تخبره بالسر الدفين.. فيخبرها بأنه العوض والحماية... لتصدقه وتحبه حتى تثق به.. يأخذ ما يريده من جسدها وروحها...

وينصرف..

انهيارات عصبية كثيرة، اكتئاب حاد ورفض للحياة، ليأتي دور (صفي) كطبيب نفسي، جعلها أهلها تذهب له عندما بدأت في الصراخ غير المبرر وجرح ساقيها بأدوات حادة..

لينتمي إليها (صفي) بشكل غريب..

كانت ابنته قد توفيت للسبب نفسه منذ ثلاثة أشهر.. وأتت (نادين) تذكره بكل ألم شعر به وابنته تذهب من بين يديه... قالت له في أول الجلسة إنها ترغب في الانتحار...

لينسى (صفي) مهنته وقواعدها الصارمة في ثوان معدودة..

«لا تنغمس مع مريض»..

بدأ يحاول مساعدتها بكل السبل، قابل أهلها، حاول أن يقنعهم كيف تجد نفسها وكيف أن الطريق الوحيد لجعل نفسيتها أفضل هي أن تفعل ما تحب فقط، لا داعي للأفكار المثالية البلهاء كالعثور على

زوج وإنجاب أطفال وحياة مثالية من بعيد مليئة بالأمراض من الداخل.. قال للفتاة إن كل شيء في الحياة سيكون أفضل لو اختارت ذلك.. وعدها بأنه سيظل يحارب إلى جانبها مهما حدث..

لتغيب هي عنه فترة.. لا ترد على مكالماته.... بدأ القلق يساوره.... كلم والدها الجاهل باغتصابها حتى تلك اللحظة، ليرد عليه قائلًا بتعالٍ إنه يعرف مصلحة ابنته، وإنهم استغنوا عن خدماته كطبيب نفسي.. وهي تذهب الآن لطبيب آخر يعطيها أدوية كثيرة تجعلها «صامتة وهادئة»...

لينفجر (صفي) في والدها... يحذره من أن تلك الفتاة مأساتها الوحيدة أنها لا تجد من «يسمع»... الأدوية تساعد في العلاج لكن لا بد أن تكون في مناخ نفسي يساعد أيضًا على العلاج... سمع (صفي) صرخة الفتاة بجانب والدها أنها تريد أن تكلمه... ويغلق الأب المكالمة في وجه (صفي)...

وينتشر خبر انتحار الفتاة في اليوم التالي..

رفعت عيني إلى وجهه لأجده ينظر شاردًا لتلفاز يعرض صورًا بلا صوت، أدركت الآن معنى تلك الرسالة التي تركتها (نادين) وأعلنوا عنها في الجرائد والصحف.. رسالة طويلة ودعت فيها كل من تحبهم، وختمتها بتلك الجملة:

«أخبروا طبيبي النفسي.. أنه يحارب في أرض الظلام المتسلحة بعقول متحجرة.. تسمح لنفسها بقتل كل ما يتنفس داخلنا... بحجة الحب.. والعطاء.. والأصول.. والتربية الحسنة.. وأحكام الآخرين التي يخشونها أكثر من دينهم نفسه....

سأحارب بطريقتي كما نصحتني.. لأن ليس لديَّ طرق أخرى للحرب.. سوى الموت...».

فهمت الجملة وأدركت أبعادها، في الجرائد لم يقل أحد شيئًا عن جنون الأب وسميته وتحفظه، لم يكن هناك أي تفاصيل سوى «فتاة بريئة تنتحر بسبب طبيب نفسي»...

ابتسمت ولم أدرِ ماذا أقول، فقال هو دون أن ينظر لي:

- دي أول ضحية.. وليك مطلق الحرية تصدقي اللي في الملف، أو تصدقي المحامي بتاعهم...

كدت أخبره بأنني أصدقه دون أن أحتاج لرؤية باقي الملفات، لكنه قال بسرعة:

- عشان كل اللي في إيدك ده ملفها اللي أنا كاتبه.. وممكن أكون مزيف فيه كل التفاصيل..

ونظر لي نظرة لم أفهمها وقال:

- أو دي كانت أول حالة أستمتع إنها ماتت بسببي... فبدأت بعدها أستمتع بناس تانية.. صح؟

لماذا يفعل هذا بي؟ ألم أخبره بأنني أحبه؟ لماذا يتجاهل الأمر ويتصرف كأنه يريد توصيل رسالة ما لي؟

هل يريد الاعتراف بأنه قاتل حتى لا أتعلق به أكثر؟

ابتسمت.. نهضت من جانبه وقلت بهدوء:

- تصبح على خير يا (صفي)..

وعدت لغرفتي بخطوات هادئة، وأنا أفهم ما يريد أن يقوله لي دون أن أقوله..

أنا ما زلت لا أعرف أسوأ ما فيه..

فكيف سمحت لمشاعري بأن تحبه؟

ما أشعر به ليس حبًّا.. الحب لا يأتي إلا عند رؤية أسوأ ما في من أمامك... وتقبله دون قيد أو محاولة للتغير..

❈❈❈

هناك صوت للإشعارات يقولون إنه يحفز المخ لإصدار كمية ضئيلة من الـ(دوبامين)، فيجعل عقولنا تدمن الصوت وترغب في رؤية ما أرسله الأصدقاء أو قاله المعجبون...

لذا استيقظت من النوم على كم إشعارات جعل قلبي ينقبض مذعورًا، منذ فترة طويلة لم أسمع هذا الكم من الإشعارات، فتحت هاتفي لأجد أكثر من مئة رسالة وألف تعليق على صفحتي التي لم أغلقها بعد...

أكثر من 500 اتصال تليفوني لم أسمعه...

أكثر من 700 رسالة واتساب..

اعتدلت في فراشي مذعورة من هذا الكم غير المنطقي، أوصلت هاتفي بالشاحن لأنه تبقى في بطاريته واحد في المئة بعد كل هذا المجهود، شعرت بأن عقلي سينفجر ولم أدرِ أي الأشياء أفتحها أولًا حتى أفهم..

خرجت من غرفتي بسرعة لأجد (صفي) و(رحمة) و(كاميليا) يشاهدون شيئًا ما على اليوتيوب...

كان أحد هؤلاء (اليوتيوبرز) الذين انتشروا في الآونة الأخيرة ويرتدي قناعًا ويغير في صوته، ما إن سمعوا صوت باب غرفتي يفتح حتى أوقفوا الفيديو، قلت لهم بصوت صعد متحشرجًا:

– هو في إيه.. موبايلي هيفرقع من الناس اللي بتكلمني..

لم يرد أحد، (كاميليا) فقط ذهبت وضغطت على زر تشغيل الفيديو على التلفاز، لأرى الشاب الذي لم يتجاوز عمره العشرين عامًا، وهو يقول بنبرة حماسية:

– طبعًا أنتم شفتوا عنوان الفيديو... في ست كده كانت بتطلع عين الرجالة... قال إيه.. عشان تنتقم للستات اللي اتظلموا... الست دي قلبت السوشيال ورجالة كتير بقوا بيخافوا منها... صفحتها عليها مليون ومتين ألف متابع... انتقمت من 28 راجل وخربت بيوت كتير... وخلت واحدة تسيب فرحها... ومصايب كتير... وماحدش لحد دلوقتي يعرف هي مين وإزاي بتعمل كده..

انقبض قلبي مع حديثه، هل اعتزالي الصفحة جعل الجميع يتطاول عليَّ الآن؟ لا أفهم شيئًا..

أكمل هو من خلف قناعه وصوته الغليظ:

– أنا بقى عرفت كل حاجة.. من مصادري الخاصة... وأحب أعمل فيها زي ما هي عملت مع الرجالة كلهم...

ومال على الشاشة وهو يقول:

– الست اللي كانت مسمية نفسها داما وبتشتم فينا كلنا... هي (هيا المهندس) المذيعة المشهورة على الراديو...

انقطع الهواء عن صدري وأنا أشهق في رعب عندما ظهرت صورتي عندما نطق هو اسمي جانبه، ليكمل ذلك الوغد حديثه بشماتة تكاد تشبه شماتة (إلهام) نفسها:

- مش مصدقني... اتفرج على ده...

ظهر فيديو ملأ الشاشة كلها، وأنا أجذب شعر الدكتورة (نسمة) وأصرخ فيها، وبكاء (نسمة) وصراخها، من زاوية الفيديو عرفت أنه تم تصويره بيد (يوسف) الذي كان نائمًا على الفراش ولم أكن أراه جيدًا، سقطت أرضًا وأنا أشاهد بقية الفيديو، عندما صرخت فيها بمنتهى الصراحة والقوة:

«أنا طلبت من (سلمى) تقول لي كلمة عشان تحس إن انتقامها اتحقق.. وبعتتلي جملة واحدة...»

عاد الشاب اللعين يظهر على الشاشة ويقول بحماس:

- ومن ساعة ما الفيديو ده انتشر.. كذا راجل من اللي (هيا) انتقمت منهم أكد إن اللي في الفيديو دي هي (داما) اللي فشختهم وفشخت حياتهم...

صرخت ثانية صرخة بلا معني... شعرت بيد (كاميليا) تربت على ظهري... أكمل الشاب:

- (هيا) مذيعة متطلقة... واضح إن طليقها لعب في أساسها فطلعت غلبها على الرجالة.. وسؤالي لـ(هيا) بعد ما اتكشفت حقيقتها دلوقتي.. ليه ما انتقمتيش من طليقك أصلًا؟ ليه مسكتي في رجالة الستات التانية؟ عشان كان بيشكمك ولا عشان ماسك عليك حاجة؟

بكيت بحرقة من كلامه المشحون بالكراهية. كيف يحدثني بتلك الأحكام التي يصدرها والمثالية الفارغة وهو يتحدث عن شرفي من خلف قناع في خوف من أن يعرفه من يهينهم دائمًا، شعرت بأن العالم حولي ينهار في ثوان، انتهى الفيديو، فأمسكت هاتفي بسرعة، قلبت وسط كل الإشعارات بعين محمومة تبحث عن إجابة، لأجد رسالته التي أرسلها الساعة التاسعة صباحًا..

(يوسف).. كتب: مش أنت لوحدك اللي بتعرفي تنتقمي.. اشربي بقى شوية من اللي بتعمليه في الناس..

ألقيت هاتفي بغضب شديد وسمعته يرتطم بالحائط ويتهشم..

ودون أن أمنع نفسي... بكيت في حضن (كاميليا)... يحيط بي (صفي) و(رحمة) يربتون على كتفي..

انتهى كل شيء يحيطني ويحميني..

في تلك اللحظة.. سمعت ذلك الصوت الذي ينكسر داخلي.. لكن هذه المرة.. لم تصعد (داما) برداء الأبطال الخارقين.. لم تحتضن (هيا).. ظلت (هيا) تصرخ وحيدة... وسط عالم ينهار حولها..

❊❊❊

240

21

هل تعلم يا عزيزي أن عدد الأسر التي ترأسها المرأة (تدير شؤونها وتتخذ قراراتها) يقدر بـ4.1 مليون أسرة..

ما يعني أنه ما لا يقل عن 16 مليون مصري تضمن بقاءهم على قيد الحياة «امرأة»..

ناقصة العقل والدين التي تحتاج إلى رجل من وجهة نظرك.. تنجب فتيات ورجالًا قد يقع في حبهم أبناؤك.. وترفض أنت لأنك تمحو كل ما فعلنه من تضحيات، وتقرر أنك لن تدخل بيتًا «لا يوجد به رجل»..

الذي لو كان رجلًا.. ما «رحل»..

صدقني يا عزيزي لو تراني مجنونة.. فأنت أكثر تناقضًا وجنونًا مني بكثير...

◎◎◎

لو تمثَّل الجحيم في ذلك اليوم، سيكون أرحم بكثير من ما يحدث لي الآن..

الملفات الشخصية لي كـ(هيا) على الإنستجرام والفيسبوك والتيكتوك تجاوزت المليونين في ساعات معدودة.. انتشر خبر أن (داما) صاحبة صفحة (عزيزي) هي (هيا المهندس) المذيعة المطلقة التي كادت أن تخسر حضانة ابنتها منذ أسبوع واحد..

وحدثت موجة هجوم ذكورية عبقرية، بالشيء الوحيد الذي يستطيعون الهجوم به على أنثى..

القاذورات الجنسية..

امتلأت صفحة (عزيزي) بصور تم تركيب وجهي فيها على أجساد عارية في أوضاع جنسية مخلة... تعليقات مستمرة عن أنني امرأة أحتاج لعضو ذكري ضخم كي يهدئ من عصبيتي وانتقامي... عروض بالزواج لنفس السبب... التنمر على كل تفاصيل شكلي وجسدي بلا مراعاة لأي خصوصية... تحدثوا باستباحة عن ثديي الصغير وجسدي النحيل.. ملامحي الحادة ومؤخرتي..

والمثير للشفقة والحيرة في تلك الثقافة المريضة نفسيًّا.. أنهم يبدأون بالتعليق السافل، ثم ينهون التعليق بتوجيه تربوي أنني أستحق ذلك وأنني من بدأت بالخطأ، لذا أنا أستحق أن يستبيحوا كل شيء فيَّ...

بل إن هناك شيخًا ما شاب لا أذكر اسمه، لم يستطع أن يقاوم شهوة أن يقول على صفحته إنني في مقام الزانية وأستحق الرجم لأن الرجال قوامون على النساء ولا يحق أن تنتقم امرأة ناقصة عقل ودين من رجال.. دون اللجوء للقضاء أو لرجل آخر يستطيع أن يحكم ويقيم بالطريقة الصحيحة ويعطيني الحكم العادل..

لأنه يرى أننا –بسبب الدورة الشهرية والكيد الأنثوي– ليست لدينا القدرة على فهم وتطبيق العدل في الأساس!

الدين لم ولن يظلم امرأة واحدة على قيد الحياة، الله العادل عدلًا مطلقًا لا يظلم مخلوقًا..

ما ينسونه دائمًا بنرجسية غريبة أن علماء الدين ليسوا «الدين» نفسه..

حقيقة مللت من شرحها... أن عالم الدين لم ولن يمثل «الدين».. هو يمثل نفسه بقراءاته وتعليمه وفلسفته.. وكما في الجامعة هناك طلاب تقديرهم امتياز.. هناك من يحترفون الـ«ضاد» طوال حياتهم.. هذه هي الحياة، هناك من يستفيدون من العلم ويفيدون البشرية، وهناك من يحفظونه ويفسرونه بأهوائهم المريضة نفسيًّا...

هل تخيل أحد أخذ فتوى من عالم دين طوال دراسته كان يحصل على مقبول ويرسب في بعض المواد؟

لمت نفسي على أفكاري التي تهرب من واقعي المر الذي ينهار الآن أمام عيني..

للمرة الأولى في حياتي لم أعد أدري ماذا أفعل.. وما الذي سيأتي في حياتي في الفترة القادمة..

كم مقاطع الفيديو التي تم إرسالها لي من أصدقائي، يسألون عن حالي في البداية ثم يرسلون مقاطع فيديوهات لكل من يتحدث أن صاحبة صفحة (عزيزي) هي (هيا).. حتى وصل الأمر لمذيع من أشهر المذيعين المصريين.. أخذ يسخر مني بطريقة شامتة لم أحتملها..

تصدر (#عزيزتي ـ هيا) كل صفحات التواصل الاجتماعي... الكل يسب ويلعن ويهاجم بطريقة وحشية... القليل يدافعون ومن يدافع يتم الهجوم عليه..

خرج كل شيء عن السيطرة..

***

«حاضر»..

قلتها وأنا أمسك هاتفي الذي تكسرت شاشته، لمدير المحطة الذي أخبرني بنبرة آسفة بأن عودتي الآن أصبحت أصعب بكثير... قلتها باستسلام وخنوع لم أسمعه في صوتي منذ أن كنت محطمة مع (محمد) طليقي بعد أن كان يفعل ما يفعله بي...

وأنهيت المكالمة، ناظرة لكل من في الصالة حولي، (رحمة) التي بدأت تهتم بـ(كاميليا) بحنانها واحتوائها، كانوا يصورون فيديو ما معًا أدركت أنه على (تيكتوك)، (صفي) يجلس يشرب الـ(iqos) مثلي، لم يدخن أمامي من قبل، هل بدأ بعد كل ما يحدث لنا؟

حدثني هاتفيًّا قبل المدير (محمد) طليقي، لم يتحدث ليهاجم، لكنه تكلم بصيغة آمرة، لا يهم ما تريده (كاميليا) الآن، لا بد للفتاة أن تنشأ في بيئة صحية، لا أن تعيش عمرها كله معذبة بسبب سيرة أمها التي أصبحت على ألسنة الشعب المصري كله الآن..

قال بهدوء إنه سيأتي لأخذها، مع الاحتفاظ بكل الحقوق لي أن أراها وقتما أريد، لكن بعد تلك الفضيحة التصرف الوحيد العقلاني هو أن تعيش معه ومع (دينا).. وبنفس انعدام الطاقة والخنوع قلت «حاضر»... أشعر بأن هناك شيئًا داخلي قد تحطم تمامًا..

لم تعد داخلي قدرة على الحرب..

ضرب جرس هاتفي لينقبض قلبي، طوال هذا اليوم يضرب جرس هاتفي باستمرار، ولا يأتي بأي أخبار جيدة، وجدت اسم (هاني) فتذكرت عناقه آخر مرة تقابلنا، رددت وقبل أن أقول شيئًا قال بصوت يرتجف من غضبه:

– (هيا) أنا آسف بس افتحي mbc دلوقتي..

عقدت حاجباي واعتدلت وأنا أفتح التلفاز وآت بالقناة، وجدت المذيع الشهير يبتسم وهو ينظر للشاشة، ويقول بنبرة ساخرة:

– يعني عاوزة تقنعيني إنك ماتعرفيش حاجة ياست الكل؟

انعقد حاجباي والتفت (صفي) لي في تساؤل، لأفهم على الفور، عندما سمعت صوت أمي في الهاتف، على برنامج يراه ملايين البشر، تقول بصوت قوي:

– هي طول عمرها مش طبيعية وبتقول كلام غريب.. أنت لو تعرف أنا مربياها إزاي ما كنتش تتخيل أبدًا إنها تعمل كده... بس هي حالة نفسية كده عندها وأنا تعبت معاها.. فياريت الناس تفهم إنها بتعمل كده غصب عنها... حاجة اسمها بربرلاينو كده..

صحح المذيع لها على الفور وهو يبتسم لجهلها:

– بربرلاينو إيه يا حجة.. اسمه بوردرلاين..

قالت بفرحة كأنما تشجعه على عبقريته:

– أيوة يا حبيبي هو ده... أنا بس نفسي أقول للناس تهدا عليها شوية... إحنا هنحاول نعالج الموضوع.. وحتى طليقها عرض يصرف على العلاج..

سالت دموعي من قنوات دمعية ظننتها جفت من كثرة البكاء، شعرت بأنني عارية تمامًا، قلت في الهاتف لـ(هاني) بصوت لم يقوَ بعد على الصراخ:

– هي بتعمل إيه؟

قال (هاني) بعصبية:

- أمك اتجننت يا (هيا)..

قال المذيع كي يحاول أن يأخذ أي سبق، في (تريند) متصدر مصر كلها الآن:

- يعني ما تعرفيش مين بيساعدها؟ أصل بيني وبينك يا حجة... صعب أوي إن ست تعمل كل ده في 28 راجل لوحدها.. أكيد معاها حد في ضهرها!

اتسعت عيناي في رعب، للخيط الذي التقطته أمي في ثوان، فقالت بثقة:

- أيوة هي اتجوزت واد كده كان بيشتغل دكتور نفسي.. اسمه (صفي).. لافف عليها بقاله سنة... ومتجوزين عرفي... هو اللي مستغل مرضها وبيعمل فيها كل ده....

شهقت (رحمة) واعتدل (صفي) في جلسته، في حين ظللت أحدق أنا في التلفاز ببلاهة حقيقية، ما يحدث أكثر سخفًا من الواقع نفسه، قال المذيع بفرحة كأنما أنجب الآن مولوده الأول:

- (صفي محمود) المتهم في قضية كبيرة شغالة بقالها خمس سنين... ما ينفعش نتكلم عن القضية عشان لسه مافيش حكم فيها وما تمّش إثبات حاجة عليه، خد براءة ولسه في مرحلة الطعن... بس السؤال اللي محيرني.. إزاي واحد مشتبه فيه في قضية زي دي لسه ماشي في الشارع وسطنا عادي كده؟

انقبض قلبي وأنا أدرك هول ما يقول..

هل سأتسبب في القبض على (صفي) بسبب كذبة حمقاء؟

نظرت له بعين مذعورة، كان تركيزه كله على التلفاز الآن...

رأيت ملامح الخوف على (رحمة) وهي تنظر لأبيها..

قال المذيع فجأة بصوت متحمس:

– معانا مداخلة تليفونية مهمة جدًّا..

قالت (إلهام) بنبرة غيرة لا يفهمها سواي:

– أهم مني يعني؟

قال المذيع بنبرة اعتذار متهكمة:

– معلش يا حجة لازم ندور على الحقيقة كاملة... معانا
المستشار (عبد الرحمن المهندس) والد (هيا المهندس)...
معاك يا فندم..

ارتجفت كل خصلة في جسدي وأنا أعتدل، وأسمع صوت
(هاني) في الهاتف يقول مستنكرًا:

– إيه؟

سمعت نحنحة لم أسمعها منذ فترة طويلة، نحنحة أعادت لي
ذكريات غريبة في مزيج من الحنين والاشمئزاز، بين عناق شعرت
فيه بحماية الدنيا، ويد كسرت كل أنواع الأمان بتقييدها وضربها لي،
سالت دمعة أخرى وأنا أسمع صوته الذي لم أسمعه منذ ما يزيد عن
خمسة عشر عامًا وهو يقول:

– السلام عليكم..

لم أفهم بماذا أشعر من كثرة المشاعر داخلي، ارتجف جفناي وتصلب حلقي كأن هناك صخرة ضخمة سدته، قال المذيع:

– فهِّمنا يا أستاذ إيه اللي حاصل من وجهة نظرك؟

تنحنح ثانية، قال بصوت شعرت بأنه يحاول أن يقاوم البكاء فيه، لكنه صعد قويًا صارمًا، بنبرة هادئة آمرة:

– أولًا.. عاوز حضرتك تحترم إنك بتتكلم عن بنتي.. التريقة والاستهانة اللي بتتكلم بيها دي مش في مكانها أبدًا..

شعرت بقشعريرة تسري في جسدي ويرتفع حاجباي في تأثر في غير مكانه، سمعت تلك الأغنية التي كان يراقصني عليها وأنا طفلة، دوت داخلي بنسختها البطيئة الحزينة التي سمعتها مرارًا بعد أن تركنا..

Hey there Delilah.. don't you worry about the distance..

I am right there if you get lonely.. give this song another listen

Close you eyes..

اعتدل المذيع في جلسته ومسح الابتسامة من على وجهه، أكمل (عبد الرحمن المهندس) بنبرة لا تقبل نقاشًا، ولم ينتظر رد المذيع:

– أنا (هيا) بنتي واحدة من أجمل البشر اللي ممكن تقابلها.. وأظن بعد ما سمعت الكلام الأهبل اللي أمها بتقوله أنت والناس عرفوا مين فيهم اللي مريض نفسي..

قال المذيع بنبرة معترضة:

- بس يا فندم..

صاح أبي بصوت حاسم، اعتدت سماعه يوجه لي أنا:

- اسمعني وما تقاطعنيش.. احترم مكانك وشغلانتك واسمع..

صمت المذيع تمامًا وتجهَّم وجهه واحمر قليلًا من تلك الصفعة التي تلقاها الآن، أكمل أبي بهدوء:

- بنتي طول عمرها حقَّانية.. شافت اللي ماحدش شافه وهي صغيرة.. بسبب مامتها وبسبب اللي أنا عملته فيها... الناس لو عاوزة تلوم حد فياريت تلوم الناس الصح... أنا ومامتها وطليقها اللي ما راعاش ربنا فيها ولا في بنتها...

هبطت دمعتي وارتجفت شفتاي، ركزت في التلفاز وأبي يكمل:

- البنت كل اللي عملته إنها خدت حق اللي اتظلم زيها... أنتم لازم تتأسفوا لها مش تلوموها...

قال المذيع باعتراض:

- ما هو لو كل راجل قام انتقم من الست بتاعته عشان مقرفة.. كان زماننا كلنا قضينا حياتنا في السجون يا أستاذ..

أخد أبي نفسًا عميقًا، عرفت أنه يمنع بكاءه، وأكمل بغضب كأنما لم يقل المذيع شيئًا:

- أنا أول واحد لازم يتأسف لها قدام الناس كلها.. عشان عمري في حياتي ما ظلمت حد قد ما ظلمتها معايا.. وكنت أناني ومش بفكر غير في نفسي... لما سيبتها وسط الجنان اللي هي كانت فيه... وهربت من كل حاجة...

صاحت (إلهام) فجأة صارخة في الهاتف:

- اللي بيكلمك ده ما شافش ولاده بقاله عشرين سنة.. ما
تصدقوش طبعًا.. ده راجل خاين وسابني مع ولد وبنت
وربيتهم أحسن تربية.. وبسبب اللي عمله العيال مش
كويسة لحد دلوقتي..

لماذا لا تخرس تلك الحمقاء أبدًا، نهض (صفي) فجأة وترك
المكان كله، خرج من الشقة تمامًا، لم أفهم لماذا لكني تابعت المذيع
الذي صاح بنبرة معتذرة:

- أستاذ (عبد الرحمن)..

سمعت صوت إغلاق المكالمة ليختفي أبي فجأة كما ظهر، مع
صرخات (إلهام) التي بدأ صوتها يجعل ميكروفون المحطة يئن وهي
تصرخ بكلام غير مفهوم، فجأة كتم أحد صوتها من معدي البرنامج،
تنحنح المذيع لحظات، نظر للكاميرا ليوحي لنا بأنه ينظر إلينا، هز
كتفه في حركة جاهلة بما يحدث، وقال بصوت هادئ:

- إحنا بندور على الحقيقة... الرأي والرأي الآخر... كلام
أستاذ (عبد الرحمن) محترم جدًّا.. وكلام أستاذة (إلهام) مهم
جدًّا.. المرض النفسي ممكن يئذي اللي حوالينا زي قصة مدام
(إلهام).. ولا هي السبب في كل اللي (هيا) بتعمله زي ما طرح
الأستاذ (عبد الرحمن)؟ الفقرة الجاية هنتكلم في الموضوع ده
مع الطبيب النفسي (عادل العجواني) ضيفنا النهارده و...
أغلقت التلفاز ونظرت حولي في حيرة حقيقية...
والأغنية ما زالت تدوي داخلي تذكرني برقصتي مع أبي..

Listen to my voice it's in the
sky.. I'm by your side..

رن الهاتف برسالة من رقم غريب، فتحتها لأقرأ ما كتب ويقشعر
جسدي كله..

كتب: «ما تسامحيش.. خليكِ كارهاني عشان تفضلي دايمًا بتحاربي
في الحق.. أنت صح وما تخليش حد يشكك في ده».

لأبكي كما لم أبكِ من قبل..

22

هل تعلم يا عزيزي.. أن عقل الأنثى يتذكر أدق التفاصيل؟

قد يبدو أننا لا نتذكر..

لكن عقل الأنثى يستدعي كل الآلام السابقة وقت أحدث الآلام..

لا تفهمني؟ بالطبع لا تفهم.. سأشرح لك أكثر..

وقت الموت نتذكر كل موتانا بألم موتهم... وقت خيانتك نتذكر كل من خانوا بألم خيانتهم.. وقت هجرك نتذكر كل من تركونا وحدنا دون ظهر نستند إليه.. وقت الظلم نتذكر ألم كل لحظة ظلم شعرنا به.. ووقت انتهاكك... نتذكر كل ألم نفسي وجسدي انتهكنا قبلك..

فنشعر بكل شيء مضاعفًا... ونقضي باقي حياتنا الطبيعية نحارب أن ننسى كل تلك الآلام..

حتى يأتي من بعدك.. ويذكِّرنا بكل شيء ثانية..

◎ ◎ ◎

قضيت أربعة أيام في حالة من انعدام الطاقة..

كسرت قاعدة الثلاثة أيام التي أؤمن بها دومًا، ثلاثة أيام للحزن ثم تمضي الحياة..

لكن في اليوم الرابع لم أجد حياة لأعود لها!

استيقظت في اليوم الرابع في بيت (صفي)، لأجدني لا أقوى على رفع يدي من على الفراش، ظللت راقدة قرابة الثلاث ساعات أحدق في السقف بلا هدف ولا رغبة في الاستمرار..

أسمع تلك الأغنية التي تثير داخلي كل الذكريات..

***

«بحبك»...

قالها لي خمسة أشخاص في حياتي..

أول أحبك كانت من (يوسف أحمد) في المدرسة، كنت في الرابعة عشر.. كان أول قبلة وأول حضن عاطفي.. كان حب مراهق جميل لم يستمر أكثر من عام لأجده خانني مع صديقتي...

ثاني أحبك كانت من مدرس الفيزياء الذي انقطعت علاقتنا تمامًا بعد ما فعله معي، تخرجت من الثانوية العامة بدرجات متفوقة، لأدخل كلية الإعلام بعد حرب مطوَّلة مع أمي التي رفضت أن أدخل معهد السينما –لأن الفن بالنسبة لها للمنحلِّين أخلاقيًّا فقط– وهي من قدمت لي في إعلام..

ثالث أحبك كانت من (أحمد الألفي) في السنة الأولى.. كنت أجمل من في دفعتي وأكثرهم حماسًا وجرأة، فجذبته دون مجهود.. في أول سنوات الجامعة مات عمي.. وبكت أمي عليه بكاء حارقًا.. لا أعرف هل كانت تحبه أم كانت مجرد أم أنانية تشبع رغباتها.. لكني لا أنكر تلك الفرحة التي شعرت بها.. شعرت بأن الله انتقم ممن لم أستطع أن أنتقم منه أبدًا..

253

(أحمد) قال لي أحبك، لأخبره بأنني أشعر بشيء من الانجذاب نحوه، لتعطيه تلك الكلمة البسيطة حقًّا في الغيرة والتحكم في كل مقاليد حياتي، هاتفي وأصدقائي، يأمرني ألا أحدث أحدًا من الأصدقاء، تلك الغيرة والسمية الحمقاء، وعندما كنت أشعر بقيود أبي تحاصر يداي وأقاوم، يبدأ في البكاء والانهيار ويظهر ضعفه، ويقول إنها مشكلة نفسية لديه وأنه يعشقني ويريد الاستمرار...

لتنتهي العلاقة بضربي في ساحة الجامعة أمام الجميع، عندما رآني أحادث صديقه (محمود) ونضحك بشدة... فجذبني من شعري ليلقيني أرضًا..

رابع أحبك كانت من (محمود المصطفى) صديق (أحمد الألفي)..

**

أخذت (كاميليا) ترعاني قدر استطاعتها، تحتضنني وتحضر لي مشروبات ساخنة كأنني مصابة بالبرد، ولست مفضوحة في أنحاء البلد، كرهت أنني بهذا الضعف، وعدتها بأنني سأحميها الفترة القادمة وأن هذا دوري، ولم يمر يومان على هذا الوعد وها أنا ذا راقدة في اكتئاب وهي عادت تتولاني ثانية..

أخذوا الهاتف مني، أبعدوا حاسوبي عني، لأشعر بقليل من الاطمئنان، ما لا يدركه أحد أن كل فضائح الإنترنت حلها سهل جدًا.. قطع الإنترنت وكل السبل التي تجعلنا نرى كل شيء... تعود الحياة للواقع الهادئ في ثوانٍ..

لم تقل شيئًا عن معرفتها أنني من أنتقم من الرجال، لكن شعرت بفخر بسيط في ملامحها، وحب غير مشروط..

لكني رغمًا عني كنت أسرح في ذكرياتي..

***

(محمود المصطفى).. ذلك الشاب العاقل قليلًا الذي كان صديقًا كـ(حسام).. عرف أنني مررت بالكثير لذلك كان يدعمني طوال فترة علاقتي بـ(أحمد)، عندما ضربني (أحمد) لم يمر أكثر من أسبوعين ليخبرني بأنه يحبني..

لأمضي سنتين من عمري في علاقة هي مزيج من الصداقة والحب، لم أكن أحب (محمود) لكني كنت ممتنة له، كان منقذًا من الدرجة الأولى، فيفعل كل شيء من أجلي.. يحتويني ويسمعني ويعرف كيف يتعامل مع جنوني.. تركني بحريتي تمامًا ووثق فيَّ ثقة عمياء.. كان يعرف أصدقائي الأولاد كلهم (وائل) و(محب) و(محمد) ولا يعلق... كانت علاقتي بأمي أصبحت جحيمًا مستعرًا.. قالت لي إنها تغير مني منذ كنت طفلة.. وقالت إن الله أرسلني لها عقابًا على كل الأخطاء التي فعلتها في حياتها.. كانت أمي تعمل في الدعاية التسويقية لمنتجات ما.. لذلك تكفَّل العمل والمبالغ التي ظل يرسلها أبي بتغطية تكاليف حياتنا جيدًا.. كانت لا تبخل بالمال.. لكنها تبخل بكل شيء آخر..

(محمود) كان جميلًا، لم يطلب مني شيئًا، لكنه لم يكن يعلم أن من عاش مثلي لا يستطيع أن يتحمل شيئًا جميلًا، نشعر بأننا لا نستحقه،

نشعر بأن هناك شيئًا ما خاطئًا في تلك العلاقة الصحية.. نخربها على أنفسنا ونهرب منها بعلاقة مثيرة أكثر مع شخص يعطينا شعورًا نستحقه من الهجر والألم..

لذلك خنته مع (محمد) وأنا في أول يوم في العشرين من العمر..

خامس أحبك كانت من (محمد خالد).. الصديق الذي كان يعلم بعلاقتي مع (محمود) ودخل بكل مشاعره، ليخطفني على حصانه المليء بالإبهار... أعتقد لو تحول (محمود) لرجل سام لا يثق في امرأة سأكون أنا السبب دون رحمة..

حكيت لـ(محمد) كل شيء عن ماضيَّ، لم أخفِ معلومة واحدة، أخبرني بأن كل هذا لا يهمه.

لكن (محمد) كان ذكيًّا.. تقدم لي رسميًّا.. وما إن رأت أمي مستواه ومستوى والده الاجتماعي، حتى وافقت على الفور.. لأتزوج بعدها بشهر واحد فقط لأن (محمد) كان العريس «الكامل»..

لأجدني متزوجة وأمًّا لـ(كاميليا) بعدها بتسعة أشهر..

وأنا ما زلت في العشرين من العمر..

***

نظرت لباب غرفتي المغلق، وأدركت أنني أم سيئة، وأن (محمد) لديه الحق الكامل في كلامه.. لا بد أن تعود (كاميليا) إلى مناخ صحي يجعلها تنشأ كإنسانة بلا عقد أكثر مما تسببنا فيه أنا ووالدها..

اختفى (صفي) تمامًا..

منذ ذلك البرنامج اللعين ترك المنزل واختفى تمامًا، أرسل لـ(رحمة) أن لا تقلق وأن ترعانا حتى يعود، لا يرد على مكالماتي ولا رسائلي، أثار هذا قلقي في البداية وشعرت بأنني وحيدة تمامًا، ثم فكرت قليلًا لأجد أنني قلبت عالمه كله رأسًا على عقب..

كان مختفيًا في قوقعته، يحاول أن يثبت براءته في قضية لعينة، يحاول أن يجعل كل شيء يسير في سلام، ومنذ أن تجرأ وحاول أن يساعدني بدأت مصر كلها تحاول وتطالب بالقبض عليه..

في الأربعة أيام كانت هناك حملة للقبض على (صفي) لأنهم -كما قالت أمي وصدقها بعض الناس- يظنون أن (صفي) هو المدبر والمسؤول عن كل أفعالي.. كما جعل أربعة فتيات ينتحرن، بالتأكيد تلاعب بعقلي حتى جعلني أنتقم من الرجال..

في عقولهم، لا توجد أنثى بتلك القوة لتقرر وتفعل كل هذا وحدها..

بالتأكيد تلاعب بعقلها رجل ما...

النساء لا يفكرن بتلك الطريقة!

اختفى (صفي) تمامًا، وتركني وحيدة تمامًا، الحلقة المعدنية تركت خيط البالون (الهيليوم)، لكن الزمن تكفل بتقليل نسبة الهيليوم داخله فوقع أرضًا جثة هامدة..

كما تركني (محمد) وحيدة تمامًا في زواجنا..

كما تركتني (داما) الآن وحيدة، لا تحميني كما اعتادت.. يا لعقلي اللعين ولذكرياته الألعن!

❊❊❊

(محمد) كان زوجًا نرجسيًّا كما قال الكتاب.. حتى الآن لا أستطيع أن أتذكر ما فعله بي.. كأن عقلي قرر حجب بعض المعلومات حتى إشعار آخر..

لكني أتذكر ألمه...

أحد عشر عامًا مرت، هي عمر زواجنا الفعلي...

كل ما مرَّ بيني وبين (محمد) كان ما يسمونه في الثقافة الغربية «الزوجة الجائزة».. أخذ أجمل فتاة في دفعته الجامعية.. كان يحب أن يتباهى بي كأحد ممتلكاته الثمينة.. كنا في العشرين من العمر معًا.. لذلك كانت أسوأ التجارب في الحياة..

شخص بماضيَّ المؤلم يلتقي بشخص بلا أدنى مشكلة، سوى أن كل رغباته كانت مجابة... فيشعر بالملل ويبحث عن كل ما يثير حماسه بطرق جنونية..

حاولت أن أصدق أن الحياة تصالحني أخيرًا.. للحظة آمنت بأن شخصًا غير طبيعي مثلي يستطيع أن يحيا حياة طبيعية..

لكني اكتشفت بعد مرور أعوام أني تحملي لكل أمراضه النفسية البشعة.. لكل نزواته وخياناته المستمرة.. كان من أجل (كاميليا) ومن أجل الدفاع عن الحياة «الطبيعية» التي شعرت بأنها كل ما أطمح له في الحياة.. وأنني لن أستطيع الاستمرار هكذا..

بدأ التغيير البسيط عندما عرفت حقيقة ما فعلته أمي.. ذلك السر الذي أخفيه حتى عن نفسي.. وعرفه (محمد) معي وظل يذلني به حتى الآن.. لكني اكتشفت (داما) داخلي عندما رأتني (كاميليا) وهي في السابعة من العمر و(محمد) يضربني ضربًا مبرحًا بعد شجار عنيف

عندما اكتشفت خيانة جديدة... ورأيتها تبكي بشدة وهي تراني في هذا الوضع..

كما كنت أبكي وأنا مربوطة في نفس عمرها..

دفعت (محمد) وركضت ناحيتها لأحتضنها أطمئنها إلى أنني بخير، ووجدتني أقول كلمة أمي دون أن أدرك:

– معلش يا حبيبتي بابا كان بيهزر معايا..

صدى الكلمة داخلي جعل شيئًا ما ينفجر، وجدت فجأة (داما) تظهر داخلي بحرملتها الحمراء كالأبطال الخارقين.. تنظر لكل ما حدث داخلي من دمار.. يبدو عليها الغضب..

ومنذ تلك اللحظة بدأت تحميني.. بذكاء الثعالب وقوة اللبؤة وسمية العقرب..

بدأت العمل مذيعة للراديو تشق طريقها... قابلت (حبشي) الذي حاول التقرب مني بحنان العالم، فملتُ إليه لكني أوقفت كل شيء.. بقرار مصيري أنني لن أخطئ ثانية...

وأنني لا بد أن أختار حياتي القادمة، دون أن أكون محملة بأي ذنب من الماضي..

وبدأت خطتي للطلاق من (محمد) حتى تم، لأبدأ بعدها صفحة (عزيزي)... مقتنعة لحظتها بأن كل شيء سينتهي..

لأكتشف أن كل شيء كان يبدأ.. وأن الحرب لم تنتهِ بعد..

***

قالت (رحمة) بقلق، وهي تجلس معي في الغرفة، إلى جانبي (كاميليا) التي كانت تمسح على شعري:

– أنا متضايقة إنك مش قادرة تقومي كده.. بتفكريني بـ(جود) قبل ما تروح مننا..

اختفاء (صفي) مع كل ما يحدث جعل الأيام رتيبة، مملة، بلا تحدٍّ ولا روح أستند إليها.. لم أكن أدرك أنني تركته يتسلل ليصبح بهذه الأهمية، كلمة (رحمة) جعلتني أعقد حاجباي، كأن عقلي يستمد طاقته من القلق..

هل هذا ما كان يريد (صفي) أن أصل إليه؟

هل هذا ما يشعر به كل من أوشك على الانتحار؟

هل نجح (صفي) في تحديه؟ هل اختفاؤه مقصود الآن حتى لا أجد أي جدار من الأمان أستطيع الاستناد عليه؟

اعتدلت في جلستي قليلًاوقد شعرت بالقلق من خواطري، أكملت (رحمة) بصوت حزين وهي تنظر لعيني:

– (جود) هي أول حالة في حياة بابا ما يقدرش يلحقها.. فضل معاها بعد الـ...

نظرت لـ (كاميليا) لحظات، ثم استدركت:

– بعد اللي حصلها، فضلت شهر مش بتقوم من على السرير.. بابا كان معاها كل يوم.. إدّاها كل خبرته كدكتور نفسي وما كانش بيقوم من جنبها.. وبدأت تتحسن فعلًا..

وأغرورقت عيناها بالدموع، وهي تكمل:

– لحد ما رجعت من المدرسة مع بابا، لاقيناها انتحرت..

بدا التأثر على (كاميليا)، و(رحمة) تكمل وهي تمسك قدمي كي تعطيني من طاقتها الحنون:

– ماما ما استحملتش.. جالها اكتئاب وأصرت على الطلاق وخدتني معاها.. عشان يعيش بابا لوحده بيحارب القضية اللي حصلت عشان ولاد الكلب يشوهوا سمعته..

انعقد حاجباي وتساءلت:

– مين دول؟

حكت لي أن (صفي) لم يرتح له بال إلا عندما تم القبض على اثنين من المغتصبين، واحد منهم كان ابن رجل ذي نفوذ، جعل محاميه لا يعمل في شيء إلا الانتقام من (صفي) بعد حبس (صفي) لابنه، ليخرج محامي هذا الرجل بعد سنة بقضية غريبة... أربعة من مرضى (صفي) انتحرن... التقى المحامي بأهالي الضحايا... أقنعهم بتلك النظرية البلهاء.. بناتكم لم ينتحرن لأنكم أهل مهملون.. هناك طبيب نفسي هو السبب.. والدليل هو أول خطاب تركته (نادين)... صدق الأهالي تلك النظرية.. زيف المحامي خطابات للفتيات الأخريات يطابق خطاب (نادين) في آخر جملة تحدث فيها (صفي)... لتتكون قضية متكاملة الأركان...

ويعاني (صفي) وحده بقية أيامه...

وأنهت حديثها بدموع مسترسلة، وهي تقول:

– أنت عارفة إن بابا فكر يعمل زيك؟ ينتقم من كل اللي بيظلم؟ عشان كده كان بيتابعك ونفسه يعمل ده لولا موضوع القضية.

نظرت لعينيها، كلامها يبرئ (صفي) تمامًا، لكن منذ متى ويعلم الأبناء قذارة آبائهم؟

اختفاء (صفي) بعد اعترافي بحبي له ولكل ما يحدث بيننا، جعلني أشك في كل شيء حولي..

أكملت (رحمة) بصدق:

– أنا بقالي كتير أوي بدافع عن (جود).. عارفة كام واحد بيتعرض لي ويهددني؟ لما أنت بدأتي تظهري من سنة الرجالة بدأت تتلم فعلًا.. حتى في تعليقاتهم.. بقوا بيقولوا بلاش يا عم أحسن تلاقي بتاعة عزيزي طالعة في بقك دلوقتي..

ابتسمت لتلك القوة التي تحاول أن تعطيني إياها، ابتسمت ونهضت لأحتضنها، فاحتضنتني هي بقوة..

للمرة الأولى يخبرني أحد بأهمية ما أفعل غير الضحايا اللاتي أنتقم لهن..

دمعت عيناي، وقبل أن أقول شيئًا سمعنا جميعًا صوت إغلاق الباب بعنف، ثم خطوات مسرعة ليفتح (صفي) بعدها الباب دون استئذان من حماسه، وقال بعين تتألق:

– تعالوا معايا حالًا..

***

وقفنا أمام التلفاز الذي أصبح محرك حياتي في الأيام السابقة، لو كان هناك من يكتب روايتي أو فيلم من بطولتي، لكانت الأيام

السابقة أصعب تحدٍّ له لجعلها مثيرة تستحق الحكي، امرأة مكتئبة على الفراش لمدة أسبوع والعالم ينهار حولها..

فتح (صفي) برنامج لمذيعة شهيرة تدافع عن المرأة دائمًا، يهاجمها الكثيرون ويحبها الكثيرون لآرائها المتطرفة في بعض الأحيان، نظرت لـ(صفي) في عدم فهم، أحاطني بذراعيه وضمني إليه في حركة تلقائية، نظرت للبنات فابتسمتا في خبث، ونظرت للتلفاز، قالت المذيعة بهدوء:

- في المعتاد التريند بيقعد يوم يومين والناس بتنساه وتشوف اللي بعده... بس (هيا المهندس) بقالها أربع أيام موضوعها بيزيد... والكل بيتكلم عنها..

وقالت بابتسامة ساخرة:

- وأنا الوحيدة اللي ما اتكلمتش عنها.. عشان أنا بحب أعمل شغلي صح.. وأعرف القصة صح قبل ما أتكلم عنها..

لم أفهم لماذا يجعلني (صفي) أشاهد ذلك، لكني قررت الصبر، لأجد المذيعة تقول:

- معانا لأول مرة على التلفزيون.. (س)... الضحية رقم واحد اللي (هيا المهندس) خدت لها حقها..

سرت قشعريرة في جسدي كله، وأنا أرى (سارة) أمامي تحتل شاشة التلفاز، تلك الفتاة التي كانت قصتها تشبه قصتي لدرجة جعلتني أنسى كل شيء وأنفذ الانتقام بحدة وقوة.. كنت في بداية الطريق ولم أكن فهمت قواعد صفحة (عزيزي).. تحرش بها أبوها مرارًا وتكرارًا بعد وفاة والدتها... قصة بشعة لم أحتمل أن تظل

هكذا... ذهبت للأب وبحثت في ماضيه حتى وجدت فضائح كثيرة.. هددته بها، ما المقابل؟ أن يترك ابنته تعيش وحدها ولا يبحث عنها ثانية... ساعدت (سارة) على الانتقال من هذا المكان الموبوء لتبدأ حياتها دون أدنى قلق من تهديدات أكثر مكان كان من المفترض أن يوفر الأمان لها.. بيتها!

قالت (سارة) بقوة، وهي تبتسم ابتسامة جميلة كوجهها البريء الضاحك القوي، وهي تظهر بوجهها دون خوف:

- أنا مش بعرف أتكلم أوي قدام كاميرات، بس أنا جيت هنا معايا رسالة من ناس كتير.. عاوزين الناس تفهم الحقيقة بيها...

ابتسمت المذيعة، وقالت وهي تنظر للكاميرا:

- (س) جاتلي بحاجة حلوة أوي عاوزين نوريها لكم...

بدأ فيديو بموسيقى ناعمة، ظهرت فيه فتاة ما وهناك دائرة حول وجهها تجعل ملامحها غير واضحة، وهي تقول:

- أنا (غ)... الضحية رقم اتنين اللي (هيا) انتقمت ليها ورجعت لها حقها..

بدأ قلبي في الارتجاف، وفتاة ثالثة تظهر بنفس الدائرة التي تخفي وجهها وهي تقول:

- أنا (ن).. الضحية رقم أربعة..

وتوالت الفتيات في الظهور.. كل فتاة تقول رقمها... وما إن انتهى تقديمهن، بدأت كل فتاة تسرد قصتها... في جمل تداخلت مع بعضها باختلاف شخصياتها..

«أنا ضحية اغتصاب وأنا طفلة من راجل...»

«أنا ضحية عنف زوجي من راجل...»

«أنا ضحية خيانة وإجهاض من راجل...»

«أنا ضحية تحرش عائلي من راجل...»

«أنا ضحية إجبار وعنف منزلي من راجل...»

«أنا ضحية نفسية من راجل نرجسي...»

وتوالت الاعترافات بكل الجرائم التي تم ارتكابها فيهن، كل واحدة فيهن بقصتها، بقصة انتقامي لها ولحقها المهدور، وكيف انتقمت لها..

دمعت عيناي وأنا أشاهدهن بتلك القوة، يحكين قصصهن دون خوف أو خجل..

كلهن أصبحن ملكات، تحققن رغم أنف الجميع، يتحدثن بثقة، يأكلن كل قطع الشطرنج ويتحركن بثقة فوق الرقعة دون خوف، يحكين قصصهن بشجاعة، قالت الضحية العاشرة التي ظهرت بوجهها وتنظر للكاميرا مباشرة:

– كان بيئذيني كل يوم بجبروته وعارف إني مش هاقدر أتكلم.. و(هيا) وقفته عند حده ورجعت حقي... (هيا) عمرها ما أذت بني آدم.. (هيا) كانت بتمنع أذاهم عننا...

استمر الفيديو قرابة الربع ساعة، وأنا ثابتة مكاني، يحيطني (صفي) بذراعه والفتيات يحتضنني، وانتهى الفيديو بنهاية لم أتوقعها على الإطلاق.. قالت (سارة) في الفيديو وهي تنظر للكاميرا بحب وحسم:

- «ما تلومش اللي خدت حقي وعملت كده عشاني... ما تلومش اللي حسستني بأمان... لومني أنا... أنا (هيا)..»

اقشعر جسدي للمرة الألف وأنا أسمع الجملة التي يقلنها تتكرر على ألسنتهن:

- لومني أنا.. أنا (هيا)...

«أنا (هيا)..

أنا (هيا)..»

تكررت ثماني وعشرين مرة، شعرت بأنهن صاعقات كهربائية تعيد قلبي للحياة...

انتهى الفيديو، لتبتسم المذيعة بفخر غريب، وقالت بابتسامة لم أرَ أروع منها في حياتي:

- ماحدش فينا لام الرجالة اللي عملت كده.. ماحدش فينا فكر في البنات اللي اتاخد لهم حقهم... كلنا بنفكر نشتم ونهاجم اللي حاولت تعمل حاجة صح... وسط دنيا ماحدش بيفكر فيها غير في نفسه... فأنا عاوزة أقول لكم حاجة واحدة... يارتني بربع شجاعة البنت دي.. ياريتني عرفت أغير حاجة واحدة في كل اللي بيحصل ده.. ما تلوموش اللي حاولت تتحرك.. لوموني أنا»..

ونظرت للكاميرا بنظرة قوية، وقالت بابتسامة تسخر من كل الرجال كعادتها:

- أنا (هيا)..

كتب تحت وجهها (#أناهيا) وهي تكمل:

- اكتبوا قصصكم على الهاشتاج ده.. خلينا نكسب بيه الهاشتاج القذر بتاع (عزيزتي هيا) ده... خلي صوتنا يعلا تاني...

وغمزت بعينيها كأنها تغمز لي:

- وطبعًا أنا حاولت أوصل للزميلة ومذيعة الراديو الرائعة (هيا المهندس)... بس تليفونها مقفول بقاله كتير.. عاوزة أقول لك يا حبيبتي ما بيجيش من ورا الرجالة غير الهم... وهستناكي تجيلي ضيفة معززة مكرمة في برنامجي...

ابتسمت لحظات... نظرت لهم وشعرت للمرة الأولى بأن هناك من رد الحياة لأوصالي..

نظرت لـ(صفي) الذي ابتسم وقال بهدوء:

- أنا دخلت الصفحة من اللابتوب.. كلمت كل الناس.. وكلهم تحمسوا.. الفيديو ده كان صعب فشخ وأنا بعمله..

احتضنته دون أن يكمل كلامه.. قلت فجأة وأنا أحتضنه ساخرة سخرية افتقدتها في منذ فترة:

- أقسم بالله لو طلعت خازوق في الآخر هافشخك..

ضحك بشدة، شعرت باحتضان البنات لي من الخلف... سمعت (داما) تتثائب داخلي وتخرج من مكانها وتنظر حولها لتلك الصحراء الجرداء، تطلق سُبَّة قبيحة وتبدأ في بناء المكان داخلي من جديد..

لتظهر داخلي فكرة، أكثر جنونًا من كل الأفكار السابقة..

فكرة ستنهي كل ما يحدث..

23

هل تعلم يا عزيزي أني سأتفق في شيء واحد فقط معك في حياتي كلها.. أن الأنثى شرها أقسى وأسوأ من ما يتخيل أي ذكر على وجه الأرض.. غضبنا عاتٍ، قوتنا صارخة، وحتى لو هزمتنا بقوتك، ستخرج -على الأقل- بإصابة مستديمة تجعلك تتذكرنا ما تبقى لك من حياة..

شرنا يقيم حروبًا، يدمر عائلات، يهد عوالم وأكوانًا..

لكننا دائمًا وأبدًا رد فعل.. ما ستزرعه.. ستحصد منه أضعافًا مضاعفة..

فاحذر ما تسقينا من مشاعر.. حتى لا ترى شرنا أبدًا فيما نطرح..

◎ ◎ ◎

جلست أمام (كاميليا) ناظرة لعينيها مباشرة، عيناها اللتان قد أحارب العالم من أجلهما.. قلت مبتسمة بصدق:

- بابا عاوزك ترجعي له عشان اللي بيحصل لي ده كتير.. ومش عارفة أعمل اللي وعدتك إني هاعمله..

وأكملت وأنا أبتلع ريقي:

- وأنا شايفة إن ده أحسن لك.. هناك الدنيا مافيهاش دوشة وهتخدي بالك من دراستك و...

وضعت يدها على فمي لتجعلني أصمت، وقالت:

- أنا عمري ما كنت فخورة بيك قد ما أنا فخورة بيك دلوقتي..

واحتضنتني قائلة بابتسامة:

- أنا عاوزة أفضل معاكِ.. وعارفة إن كل ده هيعدي..
وهنرجع أحسن من الأول..

احتضنتها بقوة، وما إن خرجت من عناقي حتى نظرت لعينيها
وأمسكت كتفيها قائلة:

- أنت بلعتي واحدة عندها تلاتين سنة إمتى؟

ضحكت بقوة ضحكة افتقدت أن أسمعها منها، وقالت بفخر:

- ماما سوبر هيرو مصرية وعاوزاني أسيبها؟ بعدين يا ماما كل
صحابي بيتكلموا كده!

لا أدري هل أشعر بالفخر أم بالتعاسة لجيل كامل من الأطفال
كبروا كثيرًا عن سنهم.. لكنها حياتهم.. سيدركون كل شيء في وقته
ويقررون هم بأنفسهم..

أتت (رحمة) مسرعة وقالت لاهثة:

- جهزنا كل حاجة... بابا مستنيك..

نظرت لها لحظات وابتسمت.. ونهضت ببطء..

***

وقفت أمام هاتفي المحمول المعلق على «حلقة الإضاءة»، نظر (صفي) لي لحظات، قال بنبرة هادئة:

- متأكدة؟

أومأت برأسي إيجابًا، نظرت للهاتف في خوف وقلق، وقف (صفي) خلف الهاتف، اشترطت ألا تحضر الفتيات ما سأفعل رغم عبثية الأمر، قال (صفي) بهدوء:

- مستعدة؟

كانت كل خلية في جسدي ترتجف، ظهرت (داما) بداخلي كعادتها عندما أخاف، لكني في تلك المرة لم أتركها لتصعد، احتضنتها للمرة الأولى في حياتي، في المعتاد كانت هي من تحتضنني، لكني احتضنتها تلك المرة في رسالة واضحة بأن (هيا) هي التي ستتحدث الآن، دون خوف..

أشرت لـ(صفي) برأسي، ضغط زر بداية البث المباشر على الإنستجرام، ظللت أحدق في الرقم الذي يعلو بطريقة مجنونة، وصلت لمليون مشاهد في دقيقة واحدة، ابتسمت من هول الموقف.. رغبت في أن أركض تاركة كل شيء خلفي... لكني وقفت..

تنحنحت كأبي دون أن أدرك، رفعت ذراعي على شعري لأهرش فيه كأمي، يدي التي لا تظهر في الكادر تكوَّرت في عصبية كأخي، بعينين ورثتهما ابنتي، ونصف ابتسامة يعلو وجهي كمن أحب..

أنا نتاج كل هؤلاء..

أنا.. (هيا)..

قلت بصوت مرتجف:

- أنا (هيا).. مش طالعة أدافع عن نفسي.. مش طالعة أبرر أي حاجة...

وابتلعت ريقي في قوة، تتصاعد داخلي الأغنية اللعينة (anoth-
er love) التي تصاحبني دائمًا، قلت بقوة تلك المرة:

- بس زي ما كل اللي خدت لهم حقهم طلعوا حكوا قصتهم...
أنا حبيت الناس تعرف أنا مين... وليه بعمل كده...

ودون كلمة أخرى، رفعت التيشيرت الذي كنت أرتديه، وأقف
أمامهم بحمالة صدر قديمة، ذات حديدة لعينة تنغرس في ظهري...

وللمرة الأولى منذ فترة طويلة، أرى على شاشة هاتفي جسدي
الذي كنت أهرب منه منذ فترة طويلة..

الآن يرى الجميع كل شيء.. في أكثر الأماكن التي يشتهون
رؤيتها.. ولا يدركون ما تحمَّله هذا المكان من قاذورات بسبب
شهوتهم تلك..

جسدي..

أشرت لأسفل رقبتي، لذلك الوشم الضخم الذي يحتل نصف
كتفي حتى نهدي الأيمن..

***

«ما تخافيش يا حبيبتي.. ده عامل زي المصاصة بالظبط»!

***

271

وشم عليه رأس ميدوسا، الذي يرمز عالميًّا لضحايا العنف الجنسي... وابتسمت وأنا أدمع قائلة:

- أنا (هيا).. الطفلة اللي عمها سرق سنين طفولتها.. عشان متعة رخيصة ومرض نفسي بسبب الحرمان..

تحركت يدي على الوشم الذي بهت من قدمه، لتذهب وتشير لتشوُّه في الجلد في منتصف صدري، تم مداراته بوشم آخر لزجاجة تقطر سمًّا يتبعثر حول الحروق..

***

في تلك المظاهرة، عندما أمسكني فجأة أحدهم وصب «مياهًا حارقة» على صدري وهو يصرخ بشماتة:

- يا متبرجات ياولاد الوسخة..

وركض تاركًا إياي أصرخ دون انقطاع..

***

قلت مبتسمة في قوة وأنا أشير للوشم:

- أنا (هيا)... اللي اتحرقت عشان بتحط مكياج... وماشية بشعرها..

تحركت يداي لذلك الوشم أسفل صدري الأيسر، وأبتسم...

***

«لازم تدفعي تمن الحضن ده».

***

وشم لوردة تتداخل معها وردة مثلثة أخرى، الوشم الذي يرمز لضحايا الاغتصاب، وقلت بابتسامتي:

- أنا (هيا).. اللي اغتصبها مدرس الفيزيا بتاعها عشان كانت طالبة شقية شوية وعاوزة تتمرد..

أوشام كثيرة تملأ جسدي.. ذلك الوشم على النهد الأيسر لقلب مكسور، مكان يد متحرش أمسكه دون وجه حق، وشم لفرع طويل بامتداد بطني طوليًّا حتى منتصف صدري، عليه فرع تخرج منه ورقات شجر ترمز لكل مرة ضربني فيها رجل ممن أحببت، أبي ومدرس الفيزياء وفي الجامعة عندما أحببت (أحمد الألفي) فصفعني مرتين وجذبني أرضًا من شعري، ذلك الوشم بطول ذراعي لحبل يحاول أن يقيد يدي كما كان يفعل أبي بي لكنه مقطوع ليرمز لحريتي..

ثم ذلك الوشم الذي احتلَّ نصفي الأعلى كله، لأنثى حرة يتطاير شعرها، يتداخل مع بقية الأوشام ليداري على جراح طبية تم تخييطها بغرز طبية، وحروق دائرية على ذراعي وجسدي كله...

أشرت إليها وقلت بهدوء:

- أنا (هيا) اللي اتجوزت راجل سادي.. بيعذب وبيطفي سجاير في جسمي... وبيعورني بسكينة تلمة كل مرة ينام معايا... عشان بيحب الدم... وبيحب الوجع...

انقبض قلبي وأنا أتذكر كل مرة يفعل (محمد) ما يفعله بي، ويعود باكيًا نادمًا راكعًا، وعندما أرفض العودة له، يذلني بابنتي، وبعودتي لأمي التي أكرهها، وبأخي الذي لا أحتمل سلبيته، وذلك السر الذي لا أستطيع البوح به...

قلت وابتسامتي تتسع مشيرة لجسدي:

- أنا حلفت أني هاعمل تاتو أفتكر بيها كل راجل حفر قرفه على روحي.. وزي ما أنتم شايفين... جسمي خلص والقرف لسة ما خلصش..

وأكملت ما أردت قوله في البداية:

- وإوعوا تفتكروا إن ده جسمي أنا بس... كل راجل يبص في جسم مراته، بنته، أخته وأمه هيلاقي عليه نفس الأثر... هم ما عملوش تاتو... بس ده شكلهم من غير ما يقولوا... من غير ما يحكوا... ما تقولوش بناتنا أشرف من الشرف... ما توهموش نفسكم بوهم تجروا بيه من الحقيقة..

وأكملت بقوة:

- كلنا جسمنا اتعلِّم عليه من قرف القهر والظلم والخوف من الكلام والفضيحة... أوسخ حاجة إنهم علمونا نسكت ونداري على اللي شوهنا... بدل ما نحاسبه على القرف اللي عمله..

نظرت لعيني (صفي) الذي تأملني، رأى جسدي من قبل ولم يعلق تعليقًا واحدًا، لم يسأل سؤالًا واحدًا، قبلني كما أنا وتركني أنا لأحكي..

ولم أحكِ أبدًا إلا الآن..

قلت بهدوء:

- أنا هاكمل صفحة عزيزي... وعاوزة كل راجل في الدنيا يخاف مني...

وأكملت:

- عشان أنا (هيا)... مش هاسمح لجسم واحدة تانية من بناتنا... اللي لسه جايين وفاكرين الدينا حلوة.. إنه يتشوه ويبقى زيي..

وابتسمت مشيرة لهم بالسلام قائلة:

- بلغني أيها الكائن البشري ذو العضو الذكري.. إن أيامك الجاية هاتبقى سواد بسببي... سلام...

ضغط (صفي) زر إغلاق البث.. نظر لي لحظات بعين متأثرة... ابتسمت وأنا أنظر له وأمسح دمعتي قبل أن تسقط..

فاقترب مني واحتضنني..

دون أن ينبس ببنت شفة..

24

هل تعلم يا عزيزي أن كل ما أخبرك به من معلومات وحقائق.. اكتشفها العالم أجمع إلانا؟

بل معظم تلك الحقائق جمعتها أنا ببحث لا يتعدى النصف ساعة على الإنترنت!

هل تعلم أن العالم أجمع قفز قفزات حضارية واسعة، لكننا و اقعون في فخ التقاليد الذي يجعل من حياتنا حلقة مفرغة ندور فيها دون خطوة واحدة للأمام؟

تعلم ولا تبالي؟

لأنك لستَ الضحية يا عزيزي.. أنت المستفيد الوحيد من صمتنا عن كل الحقائق السابقة..

فدعني أتحدث عن عالم آخر لا تريد أن تسمع عنه.. وتجاهل كل تلك الحقائق حتى لا تسمع أختك تخبرك بأنها تريد أن تشعر بحريتها.. ولا تخبرك زوجتك بأنها تريد أن تعمل ما تحب... تجاهل الحقائق واجعل منا ضحايا أكثر..

ينتقمن منك في المستقبل القريب..

◎◎◎

بعد ذلك البث انفجر كل شيء..

موجة دفاع عني رهيبة لم أتوقعها... وموجة هجوم بدأت تضعف بعد أن رأوا جسدًا تشوَّه لتلك الدرجة... وروح تشوَّهت لأبعد من ما يتخيل أحد..

في ذلك الكافيه في الدور الأربعين، وقفنا أنا و(صفي) نستند إلى السور العالي، لا نهتم بأي شيء..

أخيرًا خرجت من المنزل، بثقة، وأنا أنظر في عين كل من عينه تتعرف على ملامحي، أنظر له بثقة لأجده نظر في الأرض وأكمل سيره في سلام..

لم أعد أخاف شيئًا..

مر يومان و(محمد) يحاول الاتصال بي، ظهر في أكثر من برنامج يحاول أن يكذب كل ما قلت مؤكدًا قصة مرضي النفسي، رفع قضية تشهير وتعويض ضخم...

لكني لم أبالِ..

سيحارب حربه كي يدمرني، لكني قررت الحرب للنهاية...

قال لي (صفي) إنه يريد أن يجلس معي وحدنا، واقترح ذلك الكافيه المحبب له، فلم أرفض رغم الذكريات السيئة التي صاحبته، لكني قررت أنني لن أجعل شيئًا في ذكرياتي يحدد ما سأفعله في مستقبلي..

وقف (صفي) صامتًا لحظات طويلة، نتأمل أنا وهو كل شيء من أعلى، اقتربت منه وأمسكت يده فابتسم، جاء في ذاكرتي المشهد

العبقري في فيلم (fight club)، عندما أمسك البطل البطلة من يدها ونظرا للعالم كله وهو ينهار أمامهما...

شعرت بأنني و(صفي) نتشارك تلك اللحظة الآن فقط..

قلت فجأة بابتسامة، كي أقطع حيرته وصمته وتوتره، وأنا أنظر للسماء وليس له:

- (نادين) كانت القشة... ما عملتش معاها حاجة وحاولت تنقذها.. ولما ماتت وخسرت المعركة مع بنتك ومعاها.. أنت اتكسرت..

صمت تمامًا وهو يزفر دخان سجائره الحديثة، فنظرت له بنصف وجهي وأنا أقول بهدوء الدنيا:

- بس الضحية التانية والتالتة ضحاياك فعلًا.. صح؟

أخذ نفسًا عميقًا، وزفره بقوة، وأومأ برأسه إيجابًا في صمت... كنت واثقة..

قال بهدوء وهو ينظر للسماء معي، بنصف ابتسامته التي رأت من الصدمات النفسية ما رأت حتى أصبحت ثابتة، لا تتزحزح:

- حياتهم كانت هتبقى أوسخ بكتير لو عاشوا... كانوا هيموتوا كل يوم ألف مرة...

ونظر لي بنصف ابتسامته وقال:

- وعمرهم ما كانوا هيعرفوا يبقوا زيك..

منذ أن أظهرت ضعفي لكل من حولي، تخلصت من كل المخاوف التي كانت تحيط بي، اتحدت بداخلي (هيا) و(داما) في قوة جديدة لم أشعر بها من قبل، ابتسمت نصف ابتسامة وقلت بهدوء:

- وشايفهم ضحاياك إزاي؟

لم يرد..

(صفي) هو أكثر الأشخاص الذين رأيتهم في حياتي كتمانًا.. يحمل داخله الجحيم ذاته ولا يستطيع أن يعبر عنه مهما حاول.. صمت فترة طويلة وهو ينظر للسماء، يشعر بذنب رهيب أراه في كل مسامٍّ جسده، نبضه الذي أشعر به في يدي التي تمسك يده.. يريد أن ينفجر ولا يستطيع..

لكني كنت أعلم دون أن يحكي..

البارحة فقط، ذهبت لأهل الضحية الثالثة (مريم)، لأجدهم يستقبلونني استقبالًا مرحِّبًا، أصبحوا يعرفون من أنا، لم أحتج لوقت كثير، أخبرتهم بأنني سأكمل انتقامي من كل مؤذٍ، فحكوا لي كل شيء عن تغير ابنتهم بعد مقابلة (صفي).. (مريم) كانت ضحية اغتصاب أخرى، أب عصبي قاسٍ، ليقابلها (صفي) بانكسار، سمعها محبطًا كتب لها أدوية كثيرة، وأصبحت بعدها تتحدث عن الهدف من الحياة، وعن أن الأمل معدوم طالما أن هناك أهلًا لا يؤمِّنون الثقافة والأمان لبناتهن، ذلك الهاجس بالحرمانية على كل ما هو ليس محرم في الدين لكنه محرم في المجتمع... التحريم «المجتمعي» الذي اكتسب سلطة كادت أن تتجاوز سلطة الدين في الإيمان والثواب والعقاب..

سلطة «العيب، وما لا يصح»..

وأدركت أنا ما حدث دون ذكاء..

انكسر (صفي) بعد موت ابنته أمام عينيه، و(نادين) بعدها، ليشارك مرضاه ضحايا الاغتصاب بالذات، آراءه الشخصية الذاتية،

واعتراضاته على كل ما يحدث في المجتمع، دون مراعاة الأداء الاحترافي كطبيب نفسي، بعدم التدخل بآرائه الشخصية وأحكامه مهما حدث... الأولوية للمريض وأهدافه ورغباته فقط..

قالوا لي إنه بكى مرة يائسًا وهو في جلسة مع (مريم)، لتعود بعدها هي محطمة تمامًا..

ولم تمر فترة قصيرة حتى أنهت حياتها يائسة، دون أن تقول شيئًا..

إنه اليأس.. الشيطان المتجسد في هيئة شعور كاسح... يقتل كل ما تبقى من إيمان داخل النفوس..

ودون بحث مضنٍ، عرفت أن هذا ما حدث مع (إسراء) الضحية الثانية، و(هديل) الضحية الرابعة...

كان (صفي) الملاذ الأخير لنفوس مرهقة، ولم يدرك أحد أن ذلك الملاذ كان يحترق بنيران اليأس، فنقل أفكاره اليائسة لتلك النفوس الضعيفة، ليقتلها بدلًا من أن يعالجها..

ضغطت على يديه أؤازره، قال وهو يعطيني ملفًا كان يستند إلى السور جانبه طوال هذا الوقت، بابتسامته الجميلة:

- أنت كسبت التحدي.. وأنا خسرت... ده اعترافي بكل حاجة...

ابتسمت وأنا أنظر للملف في هدوء، أنا لم أكسب يا (صفي)، أنت من أردت أن تخسر طوال الفترة السابقة... منذ أن اقتربت مني وأنت تعلم أن تلك اللحظة ستأتي... منذ تعليقك على الصفحة كنت تريد من يخلصك من الذنب دون أن تؤذي ابنتك التي تدافع عنك منذ

سنوات.. أنت من أردت الانتحار بين ذراعي، بعد معركة دخلتها وأنت تعلم بخسارتك مسبقًا.

أنت من أردت أن تهزمك (داما)، فتموت في المعركة شهيدًا، بعد حرب رائعة استغلت آخر قدراتك العبقرية في التلاعب..

لكن ما زال هناك شيء واحد فقط يحيرني، سألته وأنا أدخل أصابعي داخل أصابعه كأني أعانقه:

- ليه فضلت تساعدني كل ده؟

نظر لي بعين تحمل شعورًا غريبًا، لم أره في عينيه من قبل، ابتسم نصف ابتسامته التي يختلف معناها كل مرة بحسب شعوره الداخلي:

- (هاني) لسه بيكلم باباكِ.. (هاني) كلمني لما باباكِ قال له عليا... كانوا عاوزين واحد مجنون زيك يعرف يفهمك... عشان يحاول يصلح اللي همَّ بوَّظوه..

نظرت له بدهشة وأبعدت يدي عن يده، ليكمل هو بهدوء:

- أبوك عارف كل حاجة عني.. باباك بقى مستشار قانوني كبير أوي في اسكندرية... وهو اللي بيخلص قواضي كتير أوي بس من الباطن.. عشان مش بيحب يظهر لأن القواضي بتاعته حساسة أوي...

ومن أجل أن يهرب من أمي ومني يا (صفي)، قلتها داخلي وأنا أشعر بصدمة من كل حرف يقوله، ليكمل (صفي) بهدوء:

- باباك كان مريض عندي سنين كتير أوي لحد ما اتعالج تمامًا... بقى معتدل جدًا.. هو اللي خرجني براءة ومقتنع

تمامًا بإن موت البنات مش ذنبي.. كان دايمًا بيقول لي إني بفكره بيك.. وفضل في ضهري طول السنين اللي فاتت..

ابتلعت ريقي، (صفي) يتحدث عن شخص آخر تمامًا لا أعرفه، (صفي) كان من أشهر الأطباء النفسيين قبل تلك الحادثة، هل عالج أبي حقًّا؟ قال (صفي) بهدوء:

- بس مش ده السبب الوحيد..

نظرت له، لأجد عينيه تنظران لي نظرة من حنانها وقوتها شعرت بها تحتضن قلبي قبل عيني، وهو يقول:

- أنا وأنت اتنين ما بيتقابلوش في العمر كله غير مرة واحدة.. الروح اللي اتقسمت نصين، لما بيقابلوا بعض بيبقى أحلى إحساس في الدنيا... كل حاجة في مكانها صح أوي... وبيبقى قدامهم اختيار.. يا يستغلوها ويعيشوا أحلى أيام عمرهم سوا... يا يهربوا من قوة مشاعرهم وما يشوفوش بعض تاني.. ويعيشوا حياتهم يدوروا على حد شبهنا ومش بيلاقوا.. ويكملوا حياتهم كلها ناقصين بعض..

نظرت له وهو يمسك يدي، يرفعها لشفتيه، يقبلها قبلة طويلة، ثم يقول:

- وأنت اللي عمري ما هاقابل حد غيرها يكمل روحي تاني.. بس لازم أمشي عشان وجودي ضد كل اللي هي بتحارب عشانه..

دمعت عيني وأنا أبتسم لجملته الدقيقة، وقف هو واستعاد نصف ابتسامته قائلًا:

– الورق معاكِ.. مش فارق معايا هتختاري تعملي إيه... بس أنت كسبتِ التحدي.. وأنا خسرت كل حاجة...

وأكمل ناظرًا لعيني بقوة:

– فارق معايا إني دلوقتي أقدر أقولها براحتي لما عرفتي كل حاجة..

واحتضنني بذراعيه القويتين، ضمني لصدره وشعرت بأنفاسه الدافئة في مؤخرة عنقي، وهو يقول بنبرة أكثر دفئًا من أنفاسه:

– أنا بحبك يا (هيا)..

ودون كلمة أخرى، ترك عناقي فجأة، لأشعر ببرد مفاجئ وروحي تنسحب من صدري، حتى أنني شهقت بقوة.. لا لم يلقني من أعلى..

فقط ترك عناقي وانصرف مسرعًا بكل قوته... لا يلتفت للخلف أبدًا...

وكان شعورًا أسوأ من أن يلقيني من الدور الأربعين في ذلك الكافيه... الذي شهد بداية تحدٍّ مجنون.. وشهد نهاية نفس التحدي بألم لا يطاق في صدري...

وحيرة أكبر من عمري بأكمله..

25

هل تعلم يا عزيزي أنك لا تعلم شيئًا؟

◎ ◎ ◎

جلست أمامه.. أنظر لعينيه مباشرة..

لم أترك لنفسي مجالًا للبكاء أو الصدمة، توقفت حياتي كثيرًا الفترة السابقة بسبب الصدمات، انصراف (صفي) ومفاجأتي من كل ما قاله عن أبي وعن (هاني)، صنع بداخلي تساؤلات كثيرة، ما جعلني أمسك هاتفي وأحدثه في الهاتف من الرقم الذي أرسل لي رسالة منه بعد أن ظهر في برنامج ذلك المذيع...

أبي الغالي.. (عبد الرحمن المهندس)...

قال لي إنه في القاهرة، أرسل لي موقعه، لآخذ (كاميليا) وأذهب لمكانه، استقبل (كاميليا) بدموع مكتومة وحنان رهيب...

عندما رأيته، لم أشعر بأنه أبي، شخص آخر مختلف تمامًا، عيناه أكثر قوة وصلابة وخبرة... هناك هدوء نفسي غريب يحتل كيانه، هدوء أبحث عنه منذ كنت صغيرة، لكني لم أعثر عليه أبدًا، فأصبحت تلك الشخصية التي تعيش دائمًا على حافة الغضب.. منفجرة دائمًا بلا دقيقة واحدة من الراحة...

هل علاج (صفي) له جعله يجد السلام النفسي أخيرًا؟

شعرت (كاميليا) بعد ترحاب جدها الذي تراه لأول مرة، بأنني أريد أن أحدثه، فتركتنا وذهبت لتجلس مع هاتفها بعيدًا عنا، لأجلس أمامه في غرفة مكتبه داخل شقته..

وأنظر لعينيه مباشرة..

ابتسم وظل صامتًا، عيناه تريدان أن تحتضنني لكنها لا تجرؤ، ساد الصمت قليلًا، قال بهدوء:

- كبرتي أوي يا (هيا)..

يا لها من كلمة بلا داعٍ! لم أعقب وقلت أسئلتي التي جئت لأسألها:

- إزاي عرفت إني أنا اللي ماسكة صفحة (عزيزي) وبعت (صفي) عليا هناك؟

ضيق عينيه لمباشرة السؤال، ابتسم لحظات ثم قال بهدوء:

- أنا كنت أب وحش أوي... شاكك في كل حاجة حواليا... لما كنت بتنزلي دروسك أو مع صحابك كنت بافتِّش أوضتك كتير.. قريت اللي كنت بتكتبيه في مذكراتك..

أدركت ما سيقوله قبل أن يقوله، ليكمل هو:

- «بلغني أيها الكائن البشري»... دي أكتر كلمة كنت بتكتبيها في مذكراتك... قصة آدم وحوا دي أنت واخداها من حاجة كتبتيها وأنت عندك 15 سنة... بس استخدمتيها تاني في بوست على الفيسبوك..

اقشعرَّ جسدي وأنا أتذكر تلك المذكرات، لم تكن لدينا هواتف محمولة تحتمل كل الألم الذي نكتبه، فكنت أكتب كل كلماتي الغاضبة للبشر تحت عنوان «بلغني أيها الكائن البشري»، كنت أظنني الوحيدة التي اخترعت تلك الكلمة... عندما فتحت صفحة (عزيزي) أضفت فقط «ذو العضو الذكري»، اقشعر جسدي عندما أدركت أنه يعرف من أنا منذ البداية..

قلت سؤالي الثاني الذي جئت لأسأله، حتى أقرر إذا كنت سأبلغ عن (صفي) أم لا:

– (صفي) بريء فعلًا؟

ابتسم لحظات ونظر لمكتبه المنمق، قال بهدوء:

– مافيش حد بريء مية في المية... ومافيش حد مجرم مية في المية...

نظرت له نظرة استنكارية، لا وقت للفلسفة الحمقاء الآن، قال وابتسامته تتسع:

– أنا عارف ومتأكد إنه بريء... بس ده مش مهم.. المهم إنت حاسة إيه؟

أومأت برأسي إيجابًا، قال بهدوء كأنما يعرف أن انصرافي قد اقترب:

– الشر في الدنيا يا (هيا) مالوش علاقة براجل وست... الشر في الدنيا عشان كل الناس فيها الشر..

نظرت له بعدم فهم لتلك الجملة التي يقولها ضيف الشرف في أي فيلم عربي، ليكمل هو ناظرًا لعيني مباشرة كأنما يريد أن يكمل دور ضيف الشرف بجدارة:

– أنا كنت الشر في قصتك.. والخير في قصة ناس تانية... مامتك هي الشر في قصتك... وكانت الخير في قصة ناس ساعدتهم في حياتهم بعيد عنك... أنا راجل ربِّتني ست... وأمك ست ربِّتها ست... وأنت ست ربِّتها ست... وطلعتِ فيك (هيا) وفيك (داما)..

وأكمل بهدوء:

– عشان كده المجتمع والدنيا والدين بيشدوا على الست شوية... بيخافوا منها عشان هي أصل كل حاجة... بفسادها.. الدنيا كلها بتفسد.. وبصلاحها الدنيا كلها بتصلح...

لا بد أن ملامح الملل بدأت تظهر على وجهي، فقال بابتسامة:

– قصدي إن اللي بيحصل فيكم ده خوف من جبروتكم وتأثيركم... رعب من قوتكم لما تعرفوا قد إيه كل حاجة بإيديكم... أعظم رجالة الدنيا بيرجعوا ياخدوا رأي الست اللي اختاروا يكملوا حياتهم معاها... ولو مش متجوزين بيجروا على أمهم... أنتم أصل الحياة وكل حاجة بتبدأ وتخلص بيكم.. وده اللي مافيش راجل واحد هيرضى يعترف بيه... ولو اعترف بيه... هيفضل طول عمره يحاربه...

قلت بحدة:

- مش مبرر.. معلش إني بأذيك عشان خايف منك؟ ده مبرر؟

عرف كيف يخرجني عن شعوري، صمت تمامًا، ليقول هو بهدوء:

- مش مبرر.. كل اللي بيحصل ده مالوش مبرر.. كل اللي باقوله إنها مش خناقة راجل وست.. ومالهاش علاقة بأي دين..

وأشار بيده إشارة للكون الواسع ويشير لعقله بعدها وهو يقول:

- دي خناقة أرواح بكل أنواعها مع المجتمع والدنيا اللي اتزرعوا فيها...

ابتسمت لحظات، نهضت من مقعدي وذهبت إليه، أخرجت من حقيبتي (فلاش ميموري) وأعطيته إياه، نظر لي بدهشة لأبتسم وأنا أخرج ملفًّا طبيًّا أحتفظ به منذ خمس سنوات، أجراه (محمد) لي عندما كنت زوجته بنفوذه، لتخرج النتيجة كما توقعت أنا تمامًا..

قلت بهدوء وأنا أضع الملف على المكتب:

- أمي عمرها ما كانت خير لحد.. ولا هتبقى خير... زمان قولتها لي... أنت بنتي بس (هاني) ابن أمه...

وابتسمت بسخرية مكملة بهدوء وأنا أشير لشيء ما تحديدًا في الملف:

- اللي أنت ما تعرفوش.. إن أنا آه بنتك.. بس هاني يبقى ابن عمي الله يحرقه..

عقد حاجبيه بشدة، نظر للملف أمامه، قال بغضب مكتوم:

- فهمتي ليه قولت لك لو فسدت الدنيا كلها حواليها بتفسد؟

لأكمل أنا بهدوء:

- أنا مش جاية لك هنا بصفتي (هيا) بنتك.. مش فارقة معايا..
أنا جاية آخد حق الضحية رقم 29...

وأكملت بقوة ناظرة لعينيه مباشرة:

- حق (هاني) من (إلهام)...

للمرة الأولى في حياتي، يدخل رجل في قائمة الضحايا التي تنتقم
(هيا) لها، ويكون الجاني أنثى -هذا لو اعتبرت (إلهام) أنثى- يؤخذ
الحق منها...

أخي العزيز الذي عاش حياته كلها يرضع من سم أمي، في
كراهية رجل لم يكن أباه في الأساس..

قلت لأبي بنبرة صاحبة صفحة (عزيزي):

- حق (هاني) إني أفضح إلهام في كل حتة... الست دي راحت
في سكة مستحيل ترجع منها... وأنت وأنا و(هاني) اتبهدلنا
بسبب اختياراتها في الحياة... جه الوقت اللي كل اللي هي
عملته فينا يترد لها... أنت محامي شاطر... وعارف بلاويها
كلها... قدامك اختيارين..

وقلت وأنا أضرب بكف يدي المكتب بقوة، ناظرة لعينيه:

- هتبطل سلبية مرة في حياتك وتاخد حقنا منها؟ ولا هتسيب
لي الطلعة دي؟

شعرت بنيران الغضب في عينيه، شعرت بأنه سينفجر، لكنه
تماسك وقال بهدوء شديد تعلمه بعد 7 سنوات من العلاج النفسي
مع (صفي):

- شكرًا ليكِ... أعتقد إنك عملتِ اللي عليك... اللي اختار (إلهام) لازم هو اللي يخلّص حوارها..

ابتسمت في انتصار، ثم قلت بهدوء:

- وهتساعدني برضه في حق الضحية رقم 30 اللي هاخد حقها... بس مش كأب عشان أنت عمرك ما كنت أب.. كمحامي..

نظر لي متسائلًا، فقلت بهدوء:

- حق (هيا) من (محمد خالد)...

ابتسم وهو ينظر لي، يومئ برأسه موافقًا، ثم يقول في مزاح أبوي ليس في مكانه:

- بس أنا سعري غالي أوي عليكِ..

لأصفعه برد هو من جلبه لنفسه:

- مش هييجي تمن اللي محتاج تعوضه لي بعد كل اللي عملته..

وانصرفت دون أن أنظر له نظرة أخرى...

26

هل تعلم يا عزيزي أن العلاج النفسي هو الحل والأمل الوحيد لمستقبل أفضل لكم ولنا؟

هل تعلم يا عزيزي عدد الأسر التي تمنع أولادها من الذهاب للطبيب النفسي، ويحاربون بشدة الذهاب بأنفسهم؟

الأمل موجود.. الذهاب إليه هو المشكلة الوحيدة التي تواجهنا...

◎ ◎ ◎

«عزيزي أيها الكائن البشري ذو العضو الذكري.. عزيزتي الكائنة البشرية ذات الفتحة الأنثوية..»

أصبح #أنا_هيا متصدرًا كل شيء تراه عيناي...

أصبح مصدرًا لحكي قصص كثيرة، لفتيات ونساء ظلمن بشكل غير منطقي ودون وجه حق..

اليوم تم أخذ حق الضحية رقم 30... حقي أنا.. (هيا) من (محمد خالد) طليقها... بأخذ حضانة ابنتها قانونًا... باعترافه بمرضه النفسي بعد أن تم الكشف على زوجته الثانية التي أدلت بشهادتها، أنها تتعرض لنفس نوع التعذيب الجسدي الذي كان يمارسه عليها... وأدلت أكثر من ضحية بممارسته لنفس الأفعال المشينة في شركته

بالإنتاج... وإجباره لهن على الصمت بسبب نفوذه وعلاقاته.. وبتهديدات مستمرة بالفضيحة..

هل تعلم يا عزيزي متى ستنتهي معاناتنا كإناث في الحياة؟

عندما يتم محو كلمة «فضيحة» من القاموس المجتمعي بأكمله..

لا يوجد في الأساس ما يسمى «بفضيحة»... لا للرجل ولا للأنثى...

هي مجموعة اختيارات خاطئة للبشر في حياتهم... تم الكشف عنها بشكل ما... ولا يوجد ما يعيب في هذا...

لكنك أكثر نرجسية من أن ترى أنك بلا قيمة...

لا بد أن تضيف بهاراتك.. أن تضع لمساتك بالحكم على الآخرين... مخالفًا كل قواعد الستر التي أُمِرتَ بها...

أنت يا عزيزي سبب الفضيحة... أنت سبب أن هناك من ينتحر خوفًا من أن يفضحه أحد.. أنت السبب في أن هناك من يقتل حتى لا تعرف أنت المعلومة وتنشرها في كل مكان... أنت الحاكم القاسي الذي قد تقتل روح فتاة عندما ترى جسدها بسبب صورة شاركها رجل ملعون هددها ولم تسمع كلامه..

بل لو فكرت بشكل أعمق ستجد أن كل جرائم البشر في الأساس في الخوف من كشف شيء مستور..

فكيف نحارب كل هذا؟

بعد أن نعالج نفسيًا بالطبع.. نجعل كل ما «ينكشف» عاديًا، لا يحاسب عليه إلا القانون... لو كان ما تم ارتكابه يدينه القانون...

هناك من اغتصب، يُسجن، دون أن تخشى الضحية على سمعتها شيئًا، هناك من قتل، يُعدم، دون أن يعاني أهله من المعاملة السيئة من جرائم حدثت باختيار من أنجبوه، هناك من مارسوا الجنس، لديهم رب سيحاسبهم على ما فعلوه في دينهم، لو لم تكن أنت من سترجمهم فلا تجعل من نفسك السلطة على محاسبتهم سواء بالفضح أو الإعلان أو التعليق...

لا أقول أن نجعل من الأذى نفسه شيئًا عاديًّا، بل أقول أن نجعل من انكشافه محاسبة منطقية لصاحب الحق كي يأخذه... ويعاقبه القانون فقط... في مجتمع لا يفضح «الشاكي» ولا «المشكو فيه»...

المفهوم الخاطئ للستر، هو المتسبب الفعلي لمعظم المشاكل النفسية والجسدية في المجتمع الشرقي بأكمله..

لا يوجد «ستر» في جريمة.. لا يوجد «ستر» في أذى... لا يوجد «ستر» في أي شيء يؤذي النفوس..

فكر معي في عالم بلا خوف من فضيحة.. ستجده أصبح -على الأقل- أكثر اعتدالًا من كل الأمراض المتفشية داخل مجتمعاتنا الآن..

وسأبدأ بنفسي..

أنا (هيا عبد الرحمن المهندس)... مذيعة سابقة في الراديو... ابنة (إلهام المحمدي) المتهمة الآن في قضية نصب على مواقع التواصل الاجتماعي بإجراء مسابقات مزيفة تتربَّح منها بشكل غير شرعي.. (إلهام) التي أخطأت في علاقة محرمة بينها وبين أخي زوجها... ما جعلها طوال عمرها تحارب بكل الشر الكامن داخلها كل من هدد بفضحها... تتظاهر بكل ما ليس فيها.. حتى أخرجت للدنيا

طفلين داخلهما أمراض الدنيا... تعيث فسادًا في الأرض لخوفها من «الفضيحة»...

أنا (هيا عبد الرحمن) المهندس.. طليقة (محمد خالد)... الرجل الذي استغل نفوذه وفعل كل شر الدنيا في زوجاته وآخرين... حاربته حتى أخذت حقي وحق ابنتي منه...

لو رأيت في كل ما قلته شيئًا مهينًا، يستحق الفضح، فتلك مشكلتك ومشكلة كل أب وأم ربياك على النميمة والحكم على الآخرين...

أنا الآن حرة من أحكامكم...

ولكل من يتساءل لماذا لا يأخذ القانون مجراه معي؟ لأنني يا عزيزي الكائن البشري لم أفعل ما يخالف القانون... أخذت حق كل الضحايا بأكثر الأساليب القانونية في الحياة... لم أبتز، لم أفاوض، لم أسرق معلومات بطرق غير شرعية... ولو لاحظت يا عزيزي فأنا لم أفضح كائنًا واحدًا منكم على تلك الصفحة..

الصفحة ستكمل مسارها.. لكن الآن أصبحت على مجال أكبر بكثير لأن معناها أصبح الآن أكبر أيضًا.. الصفحة مفتوحة للضحايا أيًّا كان نوعهم... أنثى كانت أو رجلًا.. لأنني اكتشفت أن الشر لا يتعلق برجل وامرأة...

يتعلق بالبشر أيًّا كان نوعهم..

لذا... بمساعدة فريق العدالة الجديد على تلك الصفحة.. سأنتظركم جميعًا برسائلكم...

#أنا_هيا

27

نهاية

قابلني في ذلك الكافيه، بعد أن أرسلت له أن يأتي..
وقف أمامي مبتسمًا، لأنظر له مبتسمة..

مرت ثلاثة أشهر منذ آخر مرة تركني وحيدة في هذا المكان...
أجرت شقة خاصة بي، عادت علاقتي بـ(كاميليا) رائعة، بعد أن
بدأت إجراءات قضية (محمد) بقيادة أبي.. كلمتني (دينا) بعد البث
المباشر... لتخبرني بأن (محمد) يفعل نفس الشيء معها... وأنها لا
تحتمل.. وتريد أن تشهد معي ضده..

أصبحت -بشكل ما- مكان يذهب إليه من تم دهسهن طوال
عمرهن ولم يجدن من يسمعهن..

قضايا كثيرة وضحايا أكبر، مواضيع لو بدأت فيها لن أنتهي من
قسوتها وألمها..

لكني قررت قضاء بقية عمري في أخذ حقوقهن..

ابتسم (صفي) نصف ابتسامته واقترب مني خطوات، كان في
الكافيه تلك الأغنية التي لم أسمعها منذ فترة طويلة لانتهاء إيماني
بالأغاني الرومانسية..

Dance me to your beauty with a burning violin

قلت بهدوء والهواء يضرب شعري:

- محتاجة دكتور نفسي شاطر.. لسه بتعرف تعالج؟

اقترب أكثر وقال هازًّا كتفيه بلا مبالاة:

- ما بقيتش مهتم أعالج حد.. وحتى لو.. مش هاعرف أعالجك أنت بالذات..

ابتسمت وقلت في هدوء متوقعة رده:

- حالتي صعبة أوي كده؟

ليرد بما توقعته:

- لأ... عشان مش هاقدر أمنع نفسي أحس بيكِ..

نظرت للدنيا من أعلى ثانية، كنا في وقت المغرب، كل شيء يبدو ساحرًا، شردت للحظات، كم رجل الآن يخاف من أن يؤذي أنثاه بأي شكل من الأشكال؟ لو تحقق هذا فقط.. لن أندم لحظة على كل ما تعبت من أجله...

قلت ملتفتة له وقد اقترب مني بشدة:

- في مكان في الفريق محتاجك...

وابتسمت مكملة:

- (باتمان) محتاج (روبن)..

كان الفريق مكونًا مني أنا و(هاني) و(عبد الرحمن المهندس)... (رحاب) ضحيتي رقم 25 و(سارة) الضحية رقم 1 اللتان تطوعتا.. لكن ظل هناك شيء ناقص..

وجودك إلى جانبي يا (صفي)..

قال بنبرة جادة تلك المرة، وهو ينظر لعيني نظرة متفحصة كعادته:

- بس ده مش هيبقى نفاق؟ عشان عرفتيني مش هتنتقمي مني؟

ابتسمت قائلة بثقة:

- قواعد صفحة عزيزي... إنها ما بتاخدش حق القانون ممكن ياخده.. وأنت القانون برَّأك يا (صفي)..

قال بجدية وهو يعقد ذراعيه:

- ما يهمنيش القانون..

نظرت لعينيه لحظات طويلة، دقات قلبي تعلو ثانية افتقادًا لروحه التي تحتويني دون سؤال، ودفء طاقته الذي يدفئ قلبي:

- وقلبي مصدق إنك بريء يا (صفي)... مش هاممني حاجة تانية..

تبادلنا نظرة طويلة، وددت لو اقترب واحتضنني لأشعر بالأمان ثانية، لكنه لم يقترب، قال بعينين تقطران حبًّا:

- وأنا لسه بحبك..

ابتسمت ونظرت للسماء، وقلت رافعة إصبعي:

- لأ..

عقد حاجبيه متسائلًا، فأكملت:

- أنت حاسس بحاجات شبه الحب.. بس هي مش حب..

ضحك بملء فمه، فضحكت معه، وأكملت:

- أنت لسه ما عرفتنيش عشان تحبني..

أومأ برأسه إيجابًا، وقال بتحدٍّ وهو يمسك يدي هذه المرة:

- وأنت لسه ما عرفتينيش عشان تحبيني..

ما زال أمامي طريقٌ طويلٌ من العلاج، ما زال أمامك أنت أيضًا طريقٌ طويلٌ من التعافي يا (صفي).. لكنه سيصبح أسهل بكثير.. ونحن نحارب أمراضنا معًا.. بتقبُّل لا تشوبه الذكريات السيئة التي حطمتني وحطمتك..

بدأنا سيرنا معًا منصرفين، وأنا أقول بهدوء:

– عادي.. مافيش استعجال.. عندنا عمليات انتقام كتير نعرف فيها بعض أكتر...

وسرنا متجاورين، يتلامس كتفانا مستندين إلى بعضنا البعض...

❈❈❈

تمت بحمد الله

13-1-2023

إهداء أخير

لكل من ائتمنني على حكايته الخاصة..

كل قصص الضحايا في تلك الرواية حقيقية.. من أرض الواقع.. لكن
(هيا) لم تنتقم لهن.. هن أنقذن أنفسهن بأنفسهن ويحاربن حتى الآن..
بقوة وصلابة وإرادة تمنيت لو أنها داخلي أنا شخصيًّا..

فعلت ما أردتنَّ.. حكيت قصصكن كما هي دون مبالغات.. أرجو أن
يليق هذا العمل بكن.. وأن يُحدث ولو فارقًا قليلًا في نفوس الآخرين..

شكر خاص

عائلتي الكريمة.. (أحمد صادق) (ماجدة الباز) (سها صادق) و(نهى صادق).. دمتم لي دعمًا وقوة..

الكاتب الرائع (أحمد مراد)

والمستشار الثقافي والصديق (عماد العادلي)

والكاتب الرائع (أحمد عبد المجيد)

والكاتب (محمد عبد القوي مصيلحي) والكاتب الجميل (رامي أحمد) والكاتبة (نوران السقيلي)

كالمعتاد تتحملون ظروفي وضغطي لكم.. ودائمًا وأبدًا لا أجد من هم أجمل منكم لأستند إليه في الوسط الثقافي كله

الأصدقاء الأعزاء: (نورهان أبو بكر) (ناريمان أبو بكر) (شيماء المارية) (مي إبراهيم) (أدهم ناصف) (عمرو حلمي) (شادن زهران) (آية عادل) (سارة سرحان) (جينا ميتري).

دعمكم الدائم وتقبلكم لجنوني يثير دهشتي أنا شخصيًّا.. شكرًا للمحبة الصافية والتشجيع دون مقابل..

في هذه الرواية فريق القراءة كان عظيمًا.. شكرًا لكل من ساعدني برأيه في حرف.. وأعطاني اهتمامًا برأي صادق ومحبة جميلة لا أستحقها..

الممثلة الرائعة والصديقة الأجمل (أسماء جلال)، الممثلة والمغنية (غفران محمد)..

الأصدقاء:

(فيروز أبو المكارم) (شيرين قابيل) (سلمى المصري) (أحمد ماجد) (أحمد قدوة) (ميرنا أحمد) (كريم النجار) (شهاب أحمد) (نهى الصيفي) (رويدانا محمد).

وأخيرًا وليس آخرًا.. لك أنت أيها القارئ العظيم الذي يدعمني برأيه سواء بالسلب والإيجاب.. في انتظار رأيك يا صديق الرحلة الطويلة منذ أن بدأت أكتب حرفًا حتى الآن... كالمعتاد أنتظر رأيك في مكاني الدائم على إنستجرام... حتى نتناقش وأستفيد من آرائك.. حتى أتعلم ألا أكرر أخطائي في المستقبل.. أنت سبب البداية وسبب الاستمرار.. أرجو أن تستحق هذه الرواية انتظارك لي الفترة السابقة..

محمد صادق

للتواصل مع المؤلف

Facebook: Mohamed Sadek – محمد صادق

Instagram: _mohamedsadek_

MOHAMEDSADEK